DOSSIERS SECRETS - 1

Pierre Bellemare est né en 1929. Dès l'âge de dix-huit ans, son beau-frère, Pierre Hiegel, lui ayant communiqué sa passion pour la radio, il travaille comme assistant à des programmes destinés à RTL. Désirant maîtriser la technique, il se consacre ensuite à l'enregistrement et à la prise de son, puis à la mise en ondes. C'est Jacques Antoine qui lui donne sa chance en 1955 avec l'émission « Télé Match ». À partir de ce moment, les émissions vont se succéder, tant à la radio, où il est connu et reconnu par des auditeurs comme un exceptionnel conteur, qu'à la télévision. Au fil des années, Pierre Bellemare a signé plus de quarante recueils de récits extraordinaires. Retenons, parmi ses dernières parutions, *Je me vengerai !* (2001).

JACQUES ANTOINE
PIERRE BELLEMARE
MARIE-THÉRÈSE CUNY

Dossiers secrets

Tome 1

ÉDITION N° 1

MORT D'UN MORT

Le vingt-sept juin mil neuf cent cinquante-huit, les premiers vacanciers sont là, tôt levés, traînant des parasols et des chaises pliantes, poussant vers la plage une cohorte de gamins encombrés de ballons, de seaux, de pelles et de petits bateaux.

C'est alors que les yeux d'une femme s'arrondissent et qu'un homme crie :

– Attention! Attention!

Une jeune fille pousse un cri d'effroi. Tous les visages se tournent vers le carrefour où, comme un paquet de linge, le corps d'un vieil homme tournoie à un mètre du sol pour retomber sur l'asphalte où sa tête éclate comme une noix.

Le motocycliste qui vient de le heurter zigzague dans la rue comme un fou, perd finalement le contrôle de sa machine en heurtant le trottoir et tombe à son tour.

La foule, quelques instants figée, reflue maintenant vers le vieil homme allongé dans le sang qui jaillit en un véritable jet, si épais et si tiède qu'on le voit presque fumer dans l'air encore frais.

Pour Martin Lemaire, commissaire de La Baule-les-Pins, identifier ce cadavre, prévenir la famille, ne devrait être qu'un travail de routine. Or, il n'en sera rien, car le visage rondouillard et paisible du vieil homme recèle un étonnant secret. Martin Lemaire penche ses cheveux en brosse et sa moustache rousse sur le cadavre. En face de lui, le médecin déjà se relève :

– Il n'y a plus rien à faire, dit-il.

Dans la fourgonnette de la police, le jeune chauffard, pâle et qui tremble de tous ses membres, se mord les lèvres, prêt à tourner de l'œil. Le commissaire Lemaire, qui vient de fouiller les poches du malheureux et n'y a trouvé que quelque menue monnaie, remarque, dépité :

– Il n'y a aucun papier. Est-ce que quelqu'un le connaît?

Un petit bonhomme lève le doigt comme un écolier timide.

– C'est le vieux Martens! dit-il, il est gardien de l'école où va mon fils.

– C'est tout ce que vous savez?

– Oui, c'est tout.

Quelques instants plus tard, Martin Lemaire entre dans le bureau du directeur de l'école Saint-Arnolphe et lui demande :

– Reconnaissez-vous cette veste, monsieur?

Le directeur, jaune et maigre, fronce les sourcils :

– On dirait celle de Paul Martens!

– Il est gardien de cette école?

– Oui, depuis quelques années.

– Vous pouvez me le décrire?

– C'est un homme de taille moyenne, la soixantaine passée, au visage rond, l'air assez sévère. Il n'a plus beaucoup de cheveux. Je ne sais quoi vous dire d'autre, sinon qu'il porte souvent un nœud papillon. Il lui est arrivé quelque chose?

– Il est mort, renversé par un motocycliste. Vous connaissez sa famille?

– Non, je crois qu'il est seul au monde. Mais je

peux vous donner son adresse. Je pense que madame Lesueure, la boulangère, le connaît mieux; il a été son chauffeur-livreur pendant des années.

– Mon Dieu! Mon Dieu! s'exclame cette brave madame Lesueure en apprenant ce qui est arrivé à son ancien employé, ce pauvre monsieur Martens...

Sa grosse poitrine se soulève d'émotion. Sa coiffure blondasse et compliquée glisse rapidement devant les baguettes dorées, les ficelles et les pains de quatre livres pour rejoindre le policier.

– Vous le connaissiez bien? lui demande Martin Lemaire.

– Assez bien.

– Selon vous, qui faut-il prévenir?

Madame Lesueure réfléchit, essaie de se souvenir :

– Je ne vois pas qui vous pourriez prévenir à La Baule, je pense qu'il n'a pas de famille, en tout cas pas ici! Mais je suppose que vous trouverez des renseignements dans sa chambre.

Deux maisons plus loin, Martin Lemaire escalade un escalier étroit, la boulangère sur ses talons :

– Je n'ai pas pu le garder comme livreur, explique-t-elle, c'était trop fatigant pour lui! Mais je lui ai laissé sa chambre.

Au troisième étage, en trois tours de clef, elle ouvre une porte et fait entrer Martin Lemaire dans une petite pièce lambrissée, proprette et sobre. Des livres : quelques romans policiers, un petit dictionnaire, un guide de la Bretagne, un attirail de pêche dans un coin, deux reproductions de toiles célèbres de Vlaminck. A part cela, rien qui puisse renseigner le policier, sinon, dans le tiroir d'un buffet, parmi quelques paperasses sans importance, une carte de combattant établie dans le département de la Seine le cinq décembre mil neuf cent trente-cinq. Elle porte le numéro 504 660 et précise que Paul Emile Armand Martens, domicilié à l'époque rue de Neuilly à Rosny-sous-Bois, est né à Paris le sept octobre mil huit cent quatre-vingt-quinze.

Etonné, le policier s'assoit sur une chaise :

– Je ne sais toujours pas qui je dois prévenir! dit-il.

C'est alors que la boulangère, qui a un cœur d'or et ne supporte pas l'idée qu'il puisse n'y avoir personne à l'enterrement du vieil homme, se frappe le front :

– Je me souviens! Il a un cousin! Il s'appelle René Play et il habite à Saint-Ouen-les-Vignes! Si vous voulez, nous retournons à la boulangerie et je vais lui téléphoner.

Pendant une demi-heure Martin Lemaire trône au milieu de la boulangerie, assis sur une chaise, tandis que madame Lesueure débordante d'activité commente pour ses clients la mort de ce pauvre monsieur Martens, actionne le tiroir-caisse, brandit ses pains et ses ficelles tout en houspillant ces demoiselles du téléphone :

– Alors ça vient? J'attends un appel de Saint-Ouen-les-Vignes, ça me paraît bien long.

Saint-Ouen-les-Vignes est un tout petit village et René Play n'ayant pas le téléphone, il a fallu le chercher pour lui demander de venir à la poste. Dès que le cousin est enfin en ligne, le mystère commence, pour tout le monde :

– Voulez-vous répéter, dit René Play, le cousin, à la boulangère, je ne comprends pas.

– Comment vous ne comprenez pas! Je vous dis que votre pauvre cousin Martens a été renversé par un motocycliste et qu'il est mort!

– Mon cousin Martens?

René Play reste quelques instants silencieux au bout du fil, puis répète :

— Non vraiment, je ne comprends pas, dit-il enfin. Mon cousin Paul Martens est mort depuis quatorze ans.

Chez la boulangère, l'émotion fait place à l'agacement :

— Mais pas du tout, il est mort ce matin!

— Vous devez vous tromper de cousin! Comment voulez-vous que ce pauvre Martens soit mort à nouveau puisqu'il a été tué en mil neuf cent quarante-quatre lors du bombardement de Brest!

— Vous êtes sûr?

— Absolument! Et vous, vous êtes sûre que c'est Paul Martens?

— Evidemment, je le connais depuis plus de dix ans!

Comme le cousin et la boulangère ne parviennent pas à se mettre d'accord, Martin Lemaire prend le téléphone et demande à René Play de venir le plus rapidement possible à La Baule.

— Je serai là demain, promet le cousin en raccrochant.

L'Ouest Républicain hier soir, puis la presse parisienne ce matin ayant publié l'information, le vingt-huit juin à neuf heures, plusieurs journalistes se pressent dans le couloir devant le bureau du commissaire, où vient d'entrer René Play, grand escogriffe, mécanicien de son métier, accompagné d'une sorte de géant chevelu.

Le cousin désigne le géant au commissaire :

— Je vous présente monsieur Zimmerman. Il est le neveu de Paul Martens.

— Donc, remarque le commissaire, contrairement à ce qu'il a toujours prétendu, Paul Martens n'était pas du tout seul au monde.

— Seul au monde? Vous voulez rire! s'exclame le géant Zimmerman. Il a une fille à Roissy près de Paris, un fils dans le nord de la France et, quelque part, une seconde femme; sa première étant morte en mil neuf cent vingt-quatre.

Le commissaire sort un bloc et un stylo :

– Parfait. C'est tout ce que je voulais savoir. Donnez-moi l'adresse de sa femme, que je la prévienne.

– Attendez, monsieur le commissaire! Vous ne pouvez pas faire ça!

– Et pourquoi donc?

– Mettez-vous à la place de ma malheureuse tante... Cela va lui faire un choc d'apprendre que son mari est mort une deuxième fois!

Et le dénommé Zimmerman, en y ajoutant quelques détails, confirme la déclaration du cousin René Play :

– Peu de temps avant la guerre, mon oncle a quitté sa femme brusquement. Celle-ci l'a cherché pendant quatre ans, jusqu'en mil neuf cent quarante-quatre où elle apprenait officiellement qu'il était mort. Bien entendu, elle a voulu savoir pourquoi et comment. Le ministère des Armées lui a appris que son mari avait joué un rôle très important dans la Résistance. Chargé à ce titre, en mil neuf cent quarante-quatre, d'une mission à Brest encore aux mains des Allemands, il y est arrivé au moment où les sirènes se mettaient à hurler : dans le cadre d'une attaque aérienne, des centaines d'avions alliés bombardaient la ville. Mon oncle Martens s'est réfugié dans un abri qui allait être complètement écrasé sous les bombes. Parmi des centaines de cadavres, son corps a été identifié sans l'ombre d'un doute, grâce aux documents qu'il portait. Paul Martens est enterré sous son nom au cimetière de Thiais dans les environs de Paris. Il a été cité à l'ordre de la Nation et sa femme touche une pension. Voilà.

Dans le silence qui suit, le commissaire sort d'un

maigre dossier la carte du combattant qu'il a trouvée dans la chambre du défunt, et la montre à la ronde :

– Est-ce que vous reconnaissez votre oncle sur cette photo?

– Oui! répond Zimmerman.

– Et vous, est-ce que vous reconnaissez votre cousin?

– Oui, répond René Play.

Le commissaire se tourne vers cette brave Mme Lesueure, la boulangère, discrètement assise sur le bord d'une chaise.

– Est-ce que vous reconnaissez votre chauffeur-livreur?

– Oui, répondit Mme Lesueure, formellement.

Alors le commissaire conclut :

– Messieurs, le cadavre de notre Martens à nous est à la morgue. Allons-y, il faut en avoir le cœur net.

Ce même après-midi du vingt-huit juin, un homme en blouse blanche soulève le drap sous lequel repose le cadavre. Le commissaire demande à l'un des parents de M. Martens de venir l'identifier.

– Monsieur Play, lui dit-il, regardez-le bien, mais ne dites rien, je vous interrogerai tout à l'heure.

Le visage ensanglanté du vieil homme ayant été nettoyé, son masque paisible et rondouillard paraît étrangement serein à ce pauvre René Play qui l'examine longuement. Puis, vient le tour du neveu géant et chevelu, M. Zimmerman. Celui-ci, avec autant d'attention, considère le visage de son oncle.

Pendant ce temps, le commissaire fait quelques pas avec René Play.

– Alors? lui demande-t-il à voix basse.

– Il y a bien une ressemblance avec mon pauvre cousin, mais je ne pense pas que ce soit lui...

– Bien, je vous remercie. Monsieur Zimmerman, voulez-vous faire quelques pas avec moi?

Dans le couloir où ils déambulent maintenant, le commissaire interroge le neveu Zimmerman :

– Alors? L'avez-vous reconnu?

– Il a drôlement vieilli et bien changé, remarque le géant, mais tout de même, je suis à peu près sûr que c'est mon oncle.

Cette fois, le commissaire lève les bras au ciel. Si la famille elle-même est partagée, si elle n'est pas capable de le reconnaître avec certitude, l'affaire devient inextricable.

La mort à répétition de Paul Martens fait grand bruit. La presse et la radio de l'époque lui consacrent de longs reportages. Le ban et l'arrière-ban de la famille sont invités à venir reconnaître le corps qui repose toujours à la morgue. Malheureusement, si les uns reconnaissent leur parent, d'autres s'y refusent. Comme, hélas! ces derniers admettent tout de même une certaine ressemblance, plus aucun avis n'est crédible.

La police interroge des centaines de témoins. Elle retrouve même les gens qui ont vécu le terrible bombardement de Brest. Un employé de la Défense passive, ayant participé au déblaiement d'un abri, se souvient fort bien que l'une des victimes avait été identifiée grâce aux documents qu'elle serrait contre elle dans une serviette noire. Ce détail s'était inscrit dans sa mémoire en apprenant qu'il s'agissait d'un chef de la Résistance.

Au commissariat de La Baule-les-Pins, Martin Lemaire en perd son latin. D'autant plus que le procureur de la République le harcèle constamment; il est dans une situation inextricable : le jour même de l'accident, il accusait d'homicide par imprudence le jeune motocycliste qui avait renversé Paul Martens; or, depuis, l'avocat du jeune homme a facilement obtenu la libération de son client, selon une argumentation fallacieuse, mais légale :

— Vous ne pouvez pas garder en prison un garçon qui a écrasé un mort, a-t-il expliqué, texte de loi à l'appui.

Maintenant, il réclame un non-lieu :

— Dame! nous ne pouvons pas être coupable de la mort d'un homme enterré depuis quatorze ans!

Le procureur, devant cette affreuse logique, cherche désespérément quel motif d'accusation il peut invoquer contre le jeune chauffard. Déjà, le juge qui devra statuer sur l'affaire s'inquiète de l'invraisemblable débat juridique qu'il va devoir affronter. Enfin, le commissaire Martin Lemaire jette devant les journalistes les premières bases d'un raisonnement qui devrait permettre d'élucider l'affaire :

— Une suite de coïncidences, dit-il, peut avoir eu 405pouffet de créer cette confusion. Erreur d'état-civil, papiers égarés, pourraient expliquer que deux hommes soient morts à quatorze ans d'intervalle sous le même nom. Par contre, j'admets difficilement qu'à cette suite d'hypothétiques coïncidences, vienne s'en ajouter une autre, aussi énorme; manifestement, les deux hommes se ressemblaient. Là, je n'admets plus la coïncidence. Je crois qu'il s'agit de circonstances voulues, d'une machination, d'un stratagème, organisé par qui et dans quel but? C'est ce qu'il nous reste à découvrir.

C'est alors que deux jours plus tard, un médecin de Saint-Nazaire demande à être reçu :

— Voilà, explique ce médecin, j'ai bien connu Paul Martens dans les années quarante. Il était très remonté contre sa femme et déçu par ses enfants. Il m'a dit plusieurs fois combien il souhaitait ne plus avoir de lien avec sa famille. Je pense donc que, lors de ce bombardement à Brest, ayant remarqué que l'une des victimes lui ressemblait, il lui aura placé entre les mains sa serviette noire contenant les fameux documents. Ainsi, il allait être considéré comme mort et refaire sa vie comme il l'entendait.

Quelques jours plus tard, une femme demande à être entendue à son tour :

– J'étais interprète à la Kommandantur de Brest, dit-elle. Au moment de ce bombardement, il y avait dans la ville plusieurs chefs nazis. Je me souviens que l'un d'eux, un homme rondouillard, au visage sévère, mais qui parlait un français impeccable, s'était laissé aller à une confidence : « Nous sommes en train de perdre la guerre », me dit-il. Le lendemain du bombardement, ce chef nazi n'était plus à Brest. Voilà ce que je pense : réfugié dans cet abri mais ayant échappé à la mort, voyant que l'un des cadavres lui ressemblait, il pourrait fort bien s'être approprié ses papiers, parmi lesquels la carte du combattant, de façon à échapper ainsi à toutes les poursuites éventuelles et recommencer une autre vie, en France.

Alors, chef nazi ou résistant? En mil neuf cent quatre-vingt-trois, le mystère de la mort à répétition de Paul Martens n'est toujours pas éclairci.

LES MASQUES DE PLOMB

– M'sieur! m'sieur!

Le policier de permanence au poste de Guanabara, faubourg de Rio de Janeiro ce vingt août mil neuf cent soixante-six, passe une main bourrue sur les cheveux ébouriffés du gamin qui vient d'ouvrir la porte avec fracas.

– Eh bien mon bonhomme, qu'est-ce qu'il t'arrive?

L'enfant reprend son souffle. Il est rouge, en sueur, les yeux exorbités.

– Il y a deux hommes avec des drôles de masques sur le Moro do Vintem.

– Ah! oui, et alors? Ils s'amusent.

– Non m'sieur, ils sont morts.

Quelques instants plus tard, l'un derrière l'autre, le chef de la police de Guanabara, deux flics en uniforme dont l'un porte deux civières, et un photographe escaladent le Moro do Vintem, sorte de colline ronde caractéristique des environs de Rio de Janeiro. Loin derrière eux, un médecin légiste, qui n'est plus tout jeune, tente de les rejoindre en soufflant sur la pente. Presque au sommet, la petite silhouette du gamin qui les guidait, se fige brusquement :

– C'est là, dit-il, en montrant du doigt deux corps étendus.

De loin, on croirait les deux hommes endormis et se protégeant les yeux avec une sorte de visière de couleur grise. Mais de près, c'est tout différent. Leurs chairs ont des reflets bistre. Ils sont morts depuis plusieurs jours sans doute et commencent à se putréfier. Et surtout, il y a ces masques de métal, grossièrement fabriqués, apparemment destinés à leur protéger les yeux.

– Qu'est-ce que c'est que cela? grogne le policier porteur de civières.

Le chef de la police de Guanabara est loin d'être un imbécile. Mais ces masques sont un mystère et pendant des années, ce mystère va le hanter.

– Ces masques, c'est du plomb, dit-il, et ils ont dû les fabriquer eux-mêmes.

– A quoi cela peut-il bien servir?

– Ma foi, je n'en sais rien, de protection sans doute. Mais cela ne les a pas empêchés de mourir.

Les policiers sortent avec précaution de la poche des cadavres des papiers d'identité aux noms de Miguel Viana et Manuel Pereira, tous deux radio-techniciens et tous deux mariés. Dans la poche du pantalon de Miguel Viana, un carnet qui fait ouvrir des yeux ronds au porteur de civières. Sans un mot, il le tend au chef de la police, qui découvre, page après page, quantité de formules indéchiffrables :

– Qu'est-ce que c'est? demande le porteur de civières.

– Je ne sais pas... On dirait un code secret.

C'est alors que le médecin légiste, toujours essoufflé, les rejoint en brandissant une feuille de papier :

– Regardez ce que je viens de trouver!

Cette feuille de papier quadrillée, arrachée à un

cahier d'écolier, porte un très curieux message :
« 16 h 30, se trouver à l'endroit fixé; 18 h 30, avaler
la capsule. Après effet, se protéger le visage : attendre le signal convenu. »

Le chef de la police regarde autour de lui, avec
effarement, ce paysage tranquille inondé de soleil.
C'est un homme pragmatique qui ne se laisse pas
facilement impressionner. Mais il a conscience
d'être au début d'une affaire extraordinaire.

– Vous n'évacuerez les corps que lorsque le
médecin légiste aura fait son travail, dit-il aux
porteurs de civières.

Ce à quoi le médecin légiste fait remarquer qu'il
aura bien du mal à établir les causes de la mort,
puisque les corps ne présentent aucune blessure et
ne montrent aucun indice qui permette d'établir un
diagnostic.

Dans les jours qui suivent, rien n'est négligé.
L'autopsie ne fait apparaître aucune trace de poison. Les spécialistes mesurent même le taux de
radioactivité. Ayant conclu qu'il est négatif, ils ne
peuvent fournir que l'heure du décès survenu
autour de dix-neuf heures le dix-sept août.

Les femmes des deux victimes n'apportent
aucune lumière. Elles affirment que leurs maris ne
les ont tenu au courant de rien et qu'ils avaient
un comportement tout à fait normal. Par contre,
lorsque la police entreprend d'interroger systémati-
quement les habitants des environs de Moro, elle
reçoit des déclarations étonnantes.

La première est celle d'une mère de famille qui
accueille les enquêteurs sur le pas de sa porte :

– Le dix-sept août vers dix-neuf heures? C'est sûr,
j'ai vu quelque chose!

– Ah! oui, et quoi?

– Eh bien, j'étais là, comme en ce moment,
devant la maison avec un panier de linge que je

m'apprêtais à étendre pour le faire sécher. Et puis j'ai vu un truc, dans le ciel, qui volait et qui était tout rond. Il brillait comme de l'aluminium et par moments crachait des étincelles.

– C'était bien vers dix-neuf heures?

– Oui, oui! Notez que le truc n'est pas resté longtemps. Il s'est arrêté en haut du Moro do Vintem puis il s'est envolé tout droit, très vite, mais alors très vite, comme une fusée!

De l'autre côté du Moro do Vintem, un rentier, assis à l'ombre d'un araucaria, s'exclame :

– Le dix-sept août? C'est le jour où j'ai vu une grande fleur dans le ciel! A quelle heure vous dites?

– Dix-neuf heures.

– Alors c'est cela! J'allais rentrer pour allumer la radio lorsque j'ai vu une grande fleur dans le ciel, très lumineuse, comme une fleur de flamme.

– Où était-elle? Que faisait-elle?

– Elle était là, au-dessus du Moro, elle est restée sans bouger pendant un moment, puis elle est partie à une vitesse vertigineuse.

Jusque-là, toutefois, les témoignages de tous ces gens plutôt simples n'obtiennent qu'un crédit relatif tant ils sont extravagants. Au Brésil, tout change avec le décor et le niveau social des témoins. Le lendemain, les enquêteurs se transportent dans une somptueuse propriété de Copacabana auprès de la señora Gracinda Barbosa Coutinho da Sousa, dame de la haute société de Rio de Janeiro qui a spontanément offert son témoignage. Les policiers la trouvent avec ses trois enfants :

– Le soir du dix-sept août, dit-elle, j'allais en voiture visiter une de nos domestiques souffrante qui était restée chez elle. Cette voiture est décapotable. Alors que nous passions aux abords du Moro do Vintem, en fin d'après-midi, l'un de mes enfants

s'est mis à brailler : « Maman, maman... regarde! »
J'ai oublié de vous dire que mes trois enfants
étaient avec moi. Ils pourront témoigner aussi.
Tous, nous avons tourné la tête pour voir au sommet de la colline un objet orange, fluorescent, en
forme de dragée, entouré d'une bande incandes-
cente.

La femme se tourne vers ses trois enfants qui
l'écoutent les yeux brillants, comme s'ils revivaient
la scène :

– C'est bien cela, n'est-ce pas?

– Oui maman, s'empressent de répondre les
gamins.

– Que faisait-elle cette... chose?

– D'abord elle ne bougeait pas. Elle lançait par
intermittence des éclairs aveuglants. C'était un
spectacle extraordinaire... Evidemment, je me suis
arrêtée. Pendant environ trois ou quatre minutes,
l'appareil n'a fait aucun mouvement horizontal,
mais il s'élevait par moments pour redescendre
aussitôt. Enfin il s'est envolé et a disparu. N'est-ce
pas, les enfants? C'est bien cela?

– Oui maman.

Le fait est que les enfants vont répondre aux
questions des policiers avec force détails sans que
leur récit ne fasse apparaître la moindre contradic-
tion.

Cette fois, la presse s'enflamme et donne à
« l'affaire des masques de plomb » une importance
considérable. Une foule escalade quotidiennement
le Moro do Vintem, étudiant, discutant, émettant
d'innombrables hypothèses. Parmi les témoins qui
ne cessent de se faire connaître, l'un d'eux affirme
que deux mois avant leur mort, Miguel Viana et
Manuel Pereira s'étaient rendus sur la plage d'Atafano à la nuit tombante. Le témoin les aurait
observés de loin alors qu'ils effectuaient des expé-

riences bizarres en compagnie d'un troisième homme qu'il n'a pu identifier. Un engin émettant une lueur aveuglante serait alors descendu vers le rivage. Mais une terrible explosion l'aurait détruit tandis qu'il survolait la mer. Parmi les pêcheurs interrogés, il s'en trouve deux pour affirmer qu'une soucoupe volante se serait en effet abîmée dans la mer ce soir-là.

Comme si cela n'était pas suffisant, d'autres révélations plus sensationnelles les unes que les autres apprennent aux policiers que les deux victimes étaient passionnées de spiritisme et faisaient partie d'un groupe spiritualiste, qu'ils maniaient des explosifs et s'intéressaient à la planète Mars, avec laquelle ils tentaient soi-disant d'entrer en communication.

Il faut admettre que les circonstances ont mâché le travail aux amateurs d'Ovni et autres soucoupes volantes. Un journaliste émet donc une hypothèse qui, bien que fantastique, s'adapte parfaitement aux circonstances. D'après ce journaliste, au cours d'une expérience, les deux victimes (qui étaient radiotechniciens) seraient parvenues accidentellement ou volontairement à entrer en contact avec un engin extraterrestre voyageant sur une orbite terrestre. Etant convenu avec ses occupants d'un rendez-vous au sommet du Moro solitaire, ceux-ci leur auraient prescrit d'observer quelques précautions : le masque de plomb, sans doute pour protéger leurs yeux de radiations inconnues, ou de l'éclat dangereux émis par l'astronef au moment où il atterrit et la pilule dont la nature et la nécessité sont inconnues. Toujours selon ce journaliste, leur mort serait due, soit à l'effet imprévu de cette pilule, à moins qu'il ne s'agisse tout simplement d'une sanction des extraterrestres fâchés de ce que les hommes n'aient pas respecté des conditions préalables à la rencontre. Si une grande partie du public semble fascinée par cette hypothèse, ce n'est évidemment pas celle qui retient l'attention du chef de la police qui poursuit son enquête avec acharnement. Mais les choses ne vont pas en rester là.

Le vingt-six août, à la morgue de Rio de Janeiro où l'on conserve les corps des deux victimes pour les laisser à la disposition des médecins légistes, un homme se présente, qui augmente le mystère.

– A première vue, il avait l'air d'un homme tout à fait normal, explique le gardien qui l'a reçu... Mais quand il s'est approché, j'ai eu froid dans le dos. Il était très grand, portait des lunettes noires, était vêtu d'un costume noir et d'un chapeau noir. Avec une voix d'outre-tombe, il m'a prié de lui montrer les deux cadavres. Je lui ai dit que c'était impossible. Alors il m'a demandé s'il pouvait n'en voir qu'un. Je lui ai dit que c'était tout aussi impossible. Comme il insistait, je l'ai conduit auprès du directeur.

A son tour, le directeur témoigne :

– Il faut reconnaître, explique-t-il, que ce visiteur avait quelque chose d'étrange. En tout cas, sa démarche avait de quoi surprendre : il voulait prélever sur l'un des deux radiotechniciens un petit échantillon de matière cérébrale. Comme je lui demandais : « pour quoi faire, mon Dieu? » il m'expliqua qu'il devait procéder à des analyses. « Pour le compte de qui? » Au lieu de me répondre, il a sorti une liasse de billets de sa poche. Comme je refusais, il m'a montré une deuxième liasse, puis une troisième. Voyant que je faisais toujours « non » de la tête, il a remis l'argent dans son portefeuille en haussant les épaules. Puis il est parti sans un mot en claquant la porte.

Bien que la police fasse des pieds et des mains pour le retrouver, le mystérieux visiteur de la morgue semble avoir disparu comme par enchantement, en épaississant le mystère.

S'agit-il d'une tentative désastreuse de communication avec une civilisation extraterrestre? D'une affaire d'espionnage industriel ou militaire? Ou tout simplement d'une expérience scientifique mal conduite par des amateurs imprudents?

La seule hypothèse qui coïncide avec les faits est fantastique : les deux hommes seraient morts au cours d'un essai de communication avec une civilisation extraterrestre. La police fait effectuer une analyse par activation nucléaire sur quelques cheveux des victimes. Elle recherche quatre éléments : l'arsenic, le mercure, le baryum et le thallium. Les quantités relevées sont tellement infimes qu'elles ne peuvent avoir été la cause des décès.

Alors la police cherche et trouve le troisième homme ayant participé, sur la plage d'Atafano, à cette soi-disant expérience, un dénommé Elcio Gomez. Il s'agit d'un pilote de l'aviation civile, qui déclare que les deux radiotechniciens étaient sur le point d'émettre un programme de radio clandestine, ce qui pourrait être le motif d'un assassinat politique. Comme par ailleurs les contradictions fourmillent dans le récit du dénommé Gomez, il est purement et simplement jeté en prison.

Les mois passent. Le vingt-huit juin mil neuf cent soixante-huit, la police fait savoir qu'elle recherche un homme blond qui aurait été vu conversant avec les deux victimes au masque de plomb, la veille de leur mort. Cet homme blond qui avait des allures étranges était au volant d'une Jeep arrêtée sur le bas-côté de la route qui conduit au Moro do Vintem.

Malheureusement, l'homme n'est pas retrouvé.

Le Brésil est à l'époque secoué par plusieurs attentats. Dans le même temps, Dino Kraspedon, l'auteur d'un livre qui raconte ses contacts avec des extraterrestres venant de Vénus, passe à la télévision pour avouer publiquement que son ouvrage n'est que pure invention. Là-dessus, il est arrêté et accusé d'être le chef des terroristes, mais il met en garde le gouvernement : son arrestation pourrait avoir des conséquences graves pour l'humanité. Ses amis vénusiens risquent d'attaquer la terre pour le délivrer, lui et ses amis.

Alors, de ce salmigondis de terrorisme et de soucoupes volantes, un journaliste fait une synthèse géniale : selon lui, les hommes au masque de plomb sont morts pour avoir refusé ce que Dino Kraspedon a accepté : l'emprise des Vénusiens; celui-ci est devenu une de leurs créatures. Les Vénusiens, l'ayant pris sous leur contrôle, lui faisaient exécuter ces actes de terrorisme destinés à déstabiliser la planète. D'où son comportement absolument incompréhensible pour un être humain normal!

Et c'est ainsi que pendant trois ans, les Brésiliens verront périodiquement réapparaître, dans les médias, l'affaire des hommes au masque de plomb, liée aux rebondissements politiques du pays. Comment s'étonner que la police un beau jour réagisse?

Le vingt-deux février mil neuf cent soixante-neuf, le ministre de l'Intérieur annonce que l'affaire des hommes au masque de plomb est enfin éclaircie par les aveux d'un criminel notoire, Hamilton Bezani. Celui-ci, qui purge actuellement un autre crime en prison, vient d'avouer qu'il a été le complice d'un meurtre sur commande. Une certaine Helena, animatrice d'un club spiritualiste, l'a contacté avec trois autres malandrins pour tuer deux membres de son club : les radiotechniciens Miguel Viana et Manuel Pereira qui avaient beaucoup d'argent sur eux car ils allaient acheter une nouvelle voiture et du matériel électronique. S'étant rendu à une réunion du club avec les trois autres complices, Hamilton Bezani attendit la fin de la réunion pour conduire l'instigatrice du crime, ses trois complices, Miguel Viana et Manuel Pereira au pied du Moro do Vintem. Là, ces deux derniers durent descendre pour se diriger vers les buissons du sommet pendant qu'il attendait dans la voiture.

Lorsque Helena et ses complices revinrent une demi-heure plus tard, elle tenait une bourse contenant environ six mille nouveaux cruzeiros. Ils avaient, paraît-il, contraint les deux victimes à avaler du poison sous la menace d'un revolver. Les journalistes ont accueilli ces révélations dans un silence de mort, lors de la conférence de presse du ministre de l'Intérieur.

– Pensez-vous pouvoir arrêter les assassins? demande enfin l'un d'eux.

– Certainement, puisque ce sont des criminels notoires. D'ailleurs, à l'heure où je vous parle, la femme est peut-être déjà sous les verrous.

– Mais les masques de plomb?

– Nous n'avons pas encore l'explication, mais nous l'obtiendrons. Et puis, après tout, ces masques n'ont pas un rapport direct avec le crime.

– Et ce fameux texte que l'on a trouvé auprès d'eux : « 16 h 30, se trouver à l'endroit fixé; 18 h 30, avaler la capsule, etc.? » Comment l'expliquez-vous?

– Nous l'expliquerons lorsque nous aurons arrêté les criminels.

– Et les objets volants non identifiés? Et l'homme blond? Et le visiteur de la morgue? Et le troisième homme? Et pourquoi l'autopsie n'a-t-elle pas décelé le poison?

Les masques de plomb

A toutes ces questions, le ministre de l'Intérieur ne peut répondre qu'une chose :

– Les explications viendront, messieurs, elles viendront, chacune en son temps.

Depuis, quatorze années ont passé, les explications ne sont jamais venues.

LE CERCUEIL IMMERGÉ

Le crâne rasé émergeant d'une cape noire, somptueuse et sinistre, sur la scène d'un théâtre de Topeka, dans le Middle West des Etats-Unis : l'illusionniste Emile Stavanger va réaliser son numéro vedette qui, depuis quelques semaines, fait courir les foules.

Derrière l'illusionniste, un grand bassin de Plexiglas plein d'eau : sorte d'aquarium de deux mètres cinquante de long sur un mètre vingt de haut et quatre-vingt-dix centimètres de large. Devant lui, un cercueil noir en ébène.

– Mesdames et Messieurs, annonce alors Stavanger d'une voix grave et volontairement contenue, le moment est venu de réaliser devant vous ce numéro exceptionnel, réellement unique au monde.

D'un geste, il invite son assistante, bas résille et chapeau claque, à ouvrir le cercueil. Les spectateurs qui le désirent montent alors en file indienne sur la scène par un petit escalier côté cour, pour redescendre côté jardin après avoir inspecté l'intérieur du cercueil. Celui-ci est extrêmement étroit et capitonné. Mais ceux qui passent la main sur ce capitonnage de soie bleue peuvent constater qu'il ne dissimule rien. De même le couvercle, bien qu'épais, ne présente aucune particularité. Alors, l'illusionniste s'adresse à la salle :

– Le jeune Herbert Pass, spectateur qui a accepté publiquement au début de la première partie de notre spectacle de se prêter à cette expérience, est prié de venir nous rejoindre.

Au milieu du public, un jeune homme blond d'une vingtaine d'années se lève pour monter à son tour sur la scène et se prêter avec gaucherie à la mise en scène macabre. Les mains attachées dans le dos, le visage recouvert d'une cagoule, il s'allonge dans le cercueil que l'assistante, en bas résille et chapeau claque, referme prestement.

– Comme vous avez pu le constater, proclame l'illusionniste, ce cercueil ne contient aucun trucage.

A l'aide d'un vilebrequin, il bloque rapidement le couvercle tout en poursuivant son explication :

– Vous avez pu, en début de séance, prendre ses dimensions et constater comme moi que le volume intérieur n'excède pas quatre cents décimètres cubes, ce qui, vu les mensurations du jeune Herbert Pass, ne laisse à celui-ci guère plus de cent cinquante décimètres cubes d'air respirable. Le minimum d'air nécessaire à la survie étant de huit décimètres cubes par minute, et n'importe lequel d'entre vous peut le vérifier : Herbert Pass ne devrait donc survivre dans ce cercueil que quinze minutes environ.

Ayant alors fermé hermétiquement le cercueil, Stavanger se redresse et annonce d'une voix forte :

– Or, nous allons le plonger dans ce bassin et il va y séjourner une heure, c'est-à-dire pendant toute la seconde partie du spectacle.

Puis, pour provoquer les rires et détendre un peu l'atmosphère, il ajoute :

Le cercueil immergé

— Evidemment, nous lui rembourserons le prix de sa place!

Là-dessus, avec un palan suspendu dans les cintres, l'illusionniste soulève lentement le cercueil qu'il fait redescendre tout aussi lentement dans l'énorme aquarium sous les regards fascinés des spectateurs.

Une heure plus tard, à la fin du spectacle, l'illusionniste, à l'aide d'un palan, sort le cercueil du bassin, puis entreprend de dévisser le couvercle.

Et le jeune Herbert Pass surgit de la boîte macabre, devant le public ébahi. Il a toujours les mains liées derrière le dos et le visage recouvert d'une cagoule. Celle-ci lui étant arrachée, il ouvre lentement des yeux éblouis par la lumière. Hébété, comme s'il sortait d'un profond sommeil il demande :

— Depuis combien de temps suis-je là-dedans?

— Une heure, comme prévu mon garçon!

Et ainsi, chaque semaine dans les petites villes des Etats-Unis des années cinquante, où la télévision n'arrive pas encore, la salle croule sous les applaudissements.

Il n'y a, bien sûr, rien de magique dans ce numéro d'illusion, mais le tour est assez remarquable et le procédé ingénieux. Emile Stavanger, au cours de l'année, va effectuer son numéro trente-huit fois. A chaque spectacle, il fait semblant de rechercher dans la salle un volontaire pour l'expérience. En réalité, ce volontaire est choisi à l'avance : il serait difficile de convaincre un spectateur de rester enfermé, d'une façon si pénible, pendant la moitié d'un spectacle pour lequel il a payé.

Le numéro a énormément de succès et le bouche-à-oreille produisant son effet, plusieurs théâtres font savoir à l'illusionniste qu'ils seraient heureux de lui voir présenter à nouveau l'année suivante un spectacle dont le clou serait encore le « cercueil immergé ».

Or, l'année précédente, dans ces villes, l'illusionniste a lié quelques relations : c'est quelquefois le directeur du théâtre, quelquefois le volontaire qui s'est fait enfermer dans le cercueil, l'hôtelier, un restaurateur, un journaliste, des spectateurs enthousiastes, ou quelques jeunes femmes séduites par son crâne rasé, sa cape noire et son regard aux reflets magnétiques.

C'est ainsi qu'un journaliste de la feuille locale de Topeka lui raconte incidemment la mort du jeune Herbert Pass :

– Figurez-vous que son patron l'a découvert dans le grenier du garage où il travaillait, il s'était pendu !

– Non ! Pauvre garçon. Qu'est-ce qui lui était arrivé ?

– On n'a jamais su ! Son patron n'a pas compris. Sa fiancée affirme qu'il n'y avait pas de problème entre eux. C'est tout juste si les parents ont remarqué qu'il était devenu un peu neurasthénique.

Quelques semaines plus tard, à Byers, dans les environs de Denver, c'est le directeur du théâtre qui lui signale :

– Au fait, vous vous souvenez de la petite Susanna ? Celle que vous avez enfermée dans le cercueil ?

– Oui, je crois m'en souvenir. Une petite brune ?

– C'est cela. Eh bien, elle est morte !

– De quoi mon Dieu ? Elle avait l'air en parfaite santé.

– Oui, c'est assez étrange. Au cours d'une banale opération. Il a fallu l'endormir et elle ne s'est pas réveillée.

Quelques semaines encore et le bel illusionniste au crâne rasé et au regard magnétique cherche à joindre depuis son hôtel une jeune femme qui, l'année précédente, lui a servi non seulement de volontaire mais aussi de compagne durant la semaine où il a vécu dans cette ville.

– Mademoiselle Holmans? C'est elle que vous demandez?

– Oui, de la part d'Emile Stavanger.

Petit silence gêné au bout du fil.

– Vous êtes un parent?

– Un ami.

– Désolé monsieur, mais on l'a enterrée la semaine dernière.

– De quoi est-elle morte?

– Ah! ça, je ne sais pas, il faudrait demander à ses parents.

Emile Stavanger ne songe pas une seconde à questionner les parents de la jeune femme. Jusqu'à présent, cette triple disparition ne l'a pas encore frappé. Il a donné trente-huit fois son spectacle l'année dernière et, mon Dieu, trois décès sur trente-huit personnes, ce n'est qu'une coïncidence. Pourtant, deux circonstances devraient le frapper. D'abord, s'il a donné trente-huit fois son spectacle l'an passé, par contre c'est seulement la sixième fois qu'il retourne dans une ville où il est déjà passé : le rapport n'est donc pas de trois sur trente-huit, mais de trois sur six. Deuxièmement : pour des raisons de prudence, les volontaires qu'il a recrutés ont toujours été des garçons ou des filles adultes, mais jeunes afin de diminuer les risques d'accidents cardiaques. Or, en mil neuf cent cinquante, à cet âge la proportion de décès est de un sur six cents : nous sommes donc bien loin des statistiques.

L'assistante de l'illusionniste, une femme de trente-six ans, encore très sexy dans ses bas résille et son chapeau claque, fait montre d'une certaine aigreur de caractère. Il semble d'ailleurs qu'elle ait été autrefois la maîtresse d'Emile Stavanger. Il faut croire que la coïncidence ne lui échappe pas car c'est elle, un beau jour, dans une autre ville qui lui annonce :

– Dis donc Emile, j'ai essayé de retrouver ce beau gosse qui nous avait servi de cobaye ici, tu sais ce garçon aux cheveux frisés qui t'avait emmené à la chasse le lendemain de la représentation? Eh bien, il s'est tué en voiture. Tu ne trouves pas cela bizarre? C'est le quatrième mort, Emile!

Stavanger, bien qu'illusionniste, a les pieds sur terre. Il estime la série fâcheuse, mais pense que ce n'est qu'un hasard. Il est bien placé pour savoir que le numéro du cercueil immergé est physiologiquement tout à fait anodin. Et s'il devait avoir un quelconque effet psychique, cela n'expliquerait ni l'accident de voiture ni l'erreur de l'anesthésiste.

Mais à Reeder, dans le Dakota du Nord, son assistante lui annonce le matin même de leur arrivée :

– Emile, il faut annuler le spectacle d'après-demain. La fille que nous avons enfermée dans le cercueil ici, l'année dernière, vient d'être internée. Elle est devenue folle.

Cette fois, l'illusionniste est troublé. Mais annuler, il n'en est pas question. Il ne veut ni invoquer la véritable raison, ni payer le dédit que lui impose le contrat. L'assistante lui déclare alors :

– Dans ces conditions, Emile, il ne faut plus compter sur moi. Tu peux te chercher une autre partenaire. En ce qui me concerne, c'est fini!

Sans doute l'assistante de Stavanger a-t-elle déjà parlé car dans la soirée, un représentant de la police locale vient le voir à son hôtel. C'est une espèce de petit singe aux yeux tout ronds et noirs, brillants, au-dessus d'une grosse moustache.

– Monsieur Stavanger, le bruit court que votre

numéro aurait fait un certain nombre de victimes. Mon informateur m'en a énuméré cinq. Peut-être y en a-t-il d'autres?

L'illusionniste hausse les épaules :

– Des victimes? C'est vous qui les appelez ainsi. Certains de nos partenaires occasionnels sont morts, c'est vrai, mais ce ne peut être qu'une coïncidence. Cette enquête est stupide.

– Comprenez-moi bien, monsieur Stavanger, je suis tout prêt à croire qu'il s'agit en effet d'une coïncidence et je n'ai pas l'intention, pour le moment, de faire obstacle à votre travail. Tout le monde doit vivre. Mais, étant donné les bruits qui courent, je viens vous demander sous le sceau du secret, de m'expliquer votre truc.

Il ne reste bien entendu à l'illusionniste qu'à montrer au policier le fameux cercueil, le système respiratoire qu'il utilise inspiré du brevet, alors récent, du détendeur Cousteau Gagnant que, malgré les apparences, le couvercle dissimule. Il explique qu'il fait dans chaque ville un relativement long séjour pour rechercher ses partenaires. Que ceux-ci sont tous volontaires et qu'il les informe et les entraîne à la manipulation de l'appareil la veille et le matin du spectacle. De même, pleinement conscient du traumatisme psychique que pourrait entraîner un séjour d'une heure dans un cercueil totalement clos et immergé, il les fait examiner par un médecin et procède lui-même à certains tests. Enfin, en cas de malaise, les compères peuvent actionner un bouton-poussoir qui projetterait un colorant dans l'eau.

– Comme vous le voyez, dit-il pour conclure, tout cela est très sérieux, rien n'est improvisé, toutes les précautions sont prises.

Il ne reste au petit singe policier qu'à prendre congé, d'autant qu'Emile Stavanger lui rappelle

que sur les cinq victimes, l'une est décédée probablement d'une erreur d'anesthésie et une autre
d'un accident de voiture : quel rapport peut-il donc
y avoir entre le numéro et ces accidents?

Plusieurs mois s'écoulent encore et, cette fois,
c'est un représentant du F.B.I. qui convoque l'illusionniste :

– A la demande de la police de Reeder dans le
Dakota du Nord, nous avons enquêté dans toutes
les villes où vous avez réalisé le numéro du cercueil
immergé. Sur les soixante-huit partenaires occasionnels que vous avez eus, onze sont décédés, un
est en clinique psychiatrique, un autre en cours de
traitement pour un suicide raté. Evidemment, il ne
s'agit peut-être que de hasards. Toutefois, les médecins ont décelé parmi les autres plusieurs états
dépressifs. Chez certains, des obsessions morbides
et des fantasmes macabres. Si vos méthodes n'en-
freignent pas la loi, nous devons tout de même
attirer votre attention sur leurs effets. Il serait
vivement souhaitable que vous renonciez à votre
numéro jusqu'à ce qu'une enquête plus complète ait
fait toute la lumière. Nous ne doutons pas que votre
sens du devoir vous y conduise.

Dès la semaine suivante, le cercueil d'ébène et
l'énorme aquarium sont entreposés au domicile de
l'illusionniste à La Nouvelle-Orléans et le numéro
du cercueil immergé est remplacé par celui, hélas!
moins original, de la femme à la tête coupée.

Trois années plus tard, le crâne rasé et le regard
se voulant toujours magnétique, Emile Stavanger
fait irruption dans les bureaux d'un ministère qui
correspond à quelque chose près, à notre ministère
de l'Intérieur.

– Monsieur! déclare l'illusionniste à son interlo-
cuteur, voilà trois ans que j'ai interrompu mon

numéro du « cercueil immergé » pour permettre le développement d'une enquête qui devait faire toute la lumière sur cette affaire. Oui ou non, cette enquête a-t-elle abouti à une conclusion?

Derrière son bureau, le fonctionnaire, jeune médecin aux tempes rasées et aux lunettes à monture d'acier, sort le dossier d'un tiroir :

– Hélas non, monsieur Stavanger. Plusieurs hypothèse ont été avancées, mais aucune n'explique scientiquement cette troublante statistique.

– Dans ces conditions, demande l'illusionniste, la seule explication raisonnable n'est-elle pas d'admettre tout simplement qu'il s'agit d'une suite de coïncidences?

– Vous avez probablement raison, mais...

– Puisque rien dans mon numpéro n'est contraire à la loi, je demande l'autorisaion de le reprendre!

Le jeune médecin hésite manifestement et Stavanger insiste :

– La mise au point de ce tour m'a demandé un très important travail. Son interruption me cause un préjudice grave!

– Je veux bien l'admettre, monsieur Stavanger, je veux bien l'admettre, mais...

– Mais quoi? Vous n'allez tout de même pas croire à un maléfice attaché à ces quatre bouts de bois? Et quand bien même! Depuis trois ans que ce matériel dort dans ma cave sous une couche de poussière, son pouvoir maléfique doit s'être envolé!

Cette fois, le jeune médecin ne peut s'empêcher de sourire :

– Ne vous moquez pas de moi, monsieur Stavanger, je ne crois évidemment pas à un quelconque maléfice, mais il est possible que le fait, pour un être humain, insuffisamment préparé ou mal motivé, de se sentir enfermé pendant une heure dans un cercueil, puisse provoquer un traumatisme psychique qui, dans certains cas, conduirait inconsciemment le sujet, sinon au suicide, du moins à une acceptation latente de la mort, en diminuant ses facultés de réaction face aux dangers, aux microbes, bref, préjudiciable à sa survie.

Dans le bureau du ministère, il y a un bref silence :

– Vous plaisantez? murmure enfin l'illusionniste atterré.

– Ecoutez, dit brusquement le médecin, voici ce que je vous propose : vous reprenez votre numéro comme par le passé, mais au lieu de partenaires occasionnels, vous utilisez toujours le même compère. Vous pourrez ainsi mieux le préparer psychologiquement et mieux le surveiller après coup.

Le médecin n'ajoute pas, mais cela tombe sous le sens, que de cette façon le risque en vie humaine sera réduit.

– Ce sera moins spectaculaire, remarque l'illusionniste.

– Peut-être, mais ce serait mieux que rien?

– Soit.

Emile Stavanger engage donc un jeune comédien d'origine italienne, Corso Arnaldi, après l'avoir minutieusement entraîné et motivé physiquement et psychologiquement. Le « cercueil immergé » repart en tournée à travers les Etats-Unis. Trois mois plus tard, dans une piscine de Cincinnati, à l'heure de la fermeture, le maître nageur siffle le dernier baigneur :

– Eh, vous là-bas, sortez! On ferme!

Il s'aperçoit alors que le nageur est immobile. C'est Corso Arnaldi, victime d'une hydrocution.

Le cercueil immergé

Sans doute s'agissait-il encore d'une coïncidence, mais cette fois, Emile Stavanger brûla le cercueil d'ébène et vendit l'aquarium. C'est ainsi que le numéro, qui passe pour porter malheur, n'a jamais été repris.

DOUX COMME DU CACAO

Le vingt-neuf juillet mil neuf cent cinquante-deux, des promeneurs découvrent dans un buisson du parc de Galkoviek, aux environs de Lodz en Pologne, le cadavre d'une femme de soixante-sept ans. Nue, avec un bandeau sur les yeux, les vêtements remontés jusque sous les bras, les mains liées avec du fil électrique et un autre fil électrique serré autour du cou : une vision de cauchemar. Mais le lendemain, c'est la ville entière (un million d'habitants) qui va vivre un cauchemar lorsque Szartek, – le compétent, intelligent mais rigide lieutenant blond de la police criminelle – déclare :

– L'autopsie révèle que la malheureuse a d'abord été frappée dans le dos, puis jetée sur le sol, avant d'être ligotée avec du fil électrique, violée et finalement étranglée.

Un journaliste demande :

– A-t-on pu déceler l'origine des blessures qu'on a relevées sur son cou?

– Oui. Ce sont des morsures.

Devant les journalistes impressionnés qui échangent quelques regards, le lieutenant poursuit :

– Le criminel a bu son sang. Je ne crois pas devoir vous dissimuler ce détail affreux : il l'a fait alors que la malheureuse vivait encore.

– Quoi! Un vampire?

Le grand mot vient d'être lâché. Le malheureux lieutenant de police comprend, mais un peu tard – et d'ailleurs aurait-il pu faire autrement? – qu'il vient de déclencher l'inéluctable processus qui transforme parfois les choses les plus simples ou les plus sordides en légendes capables de traverser les siècles. Il tente de rectifier les choses d'avance :

– Attendez mes amis, attendez! Mettons-nous d'accord sur le sens du mot « vampire ». Pour moi, un vampire, ce n'est pas, comme le veut la superstition populaire, un mort qui sort de son tombeau pour sucer le sang des vivants mais un malade dangereux, un point c'est tout!

– Vous croyez qu'il ne recommencera pas, lieutenant?

– Je n'ai pas dit cela. Je pense que malheureusement, ce genre de déséquilibré n'en reste jamais là.

Mais, rien à faire, encore une fois le grand mot à été lâché. Les journalistes ne l'écoutent plus, il y a un vampire à Galkoviek! Dès le lendemain et sur plusieurs colonnes, les journaux font à leurs lecteurs un cours sur le « vampirisme ».

Ce n'est certainement pas le fait du hasard si l'habitat naturel des vampires se situe à la limite des pays slaves et germaniques. Et il en sera ainsi longtemps encore car il se trouvera toujours de braves gens amoureux de leur folklore pour en perpétuer la tradition.

Quelques mois plus tard, peu avant Noël, d'autres promeneurs trouvent dans le même parc à peu près au même endroit, à savoir un buisson de rhododendrons, un second cadavre. Il s'agit, cette fois, d'une jolie blonde aux yeux bleus, de trente-deux ans, mariée et mère de trois enfants.

Doux comme du cacao

Comme la première victime elle est quasiment nue, ses mains ont été liées avec du fil électrique, ses yeux ont été bandés, elle a été violée et mordue profondément à la nuque.

– Et à la poitrine aussi, fait remarquer le lieutenant de police de Lodz. Ce qui n'est pas dans la tradition des vampires.

Qu'importe, le criminel a définitivement trouvé son nom : pour tous et pour toujours, il sera le vampire de Galkoviek. Varsovie envoie à Lodz deux de ses meilleurs détectives. Ceux-ci arrêtent en février mil neuf cent cinquante-trois un jeune ouvrier qui vient de violer une jeune fille de quinze ans dans une petite rue sombre. Récidiviste des agressions sexuelles, cet ouvrier maçon a dans sa poche du fil électrique et il habite près du parc de Galkoviek. Pas un instant les journalistes et les habitants de Lodz ne prennent cette arrestation au sérieux : un vampire, ce n'est pas cela. Un vampire, c'est forcément un aristocrate qui vit, sinon dans un château, du moins dans une demeure à la fois luxueuse et inquiétante. C'est un homme maigre puisqu'il est parfois mort depuis des siècles, et qui porte une grande cape noire... Non, ce jeune ouvrier maçon dans sa combinaison rapiécée ne peut pas être le vampire de Galkoviek!

Or, la suite semble vouloir donner raison à l'opinion publique.

Alors que le jeune ouvrier est encore en prison, la ravissante Elisabeth, dix-sept ans, sortant de son usine où elle a travaillé très tard, est attaquée dans une rue déserte, deshabillée et violée. Puis le vampire de Galkoviek enfonce ses dents dans sa gorge et boit longuement son sang. Ensuite il lui noue un fil électrique autour du cou et s'apprête à serrer. Mais à quoi bon, la ravissante jeune fille est morte...

Pendant quelques minutes, le vampire caresse le corps nu, avant de s'effacer dans l'obscurité.

En réalité, la jeune victime a eu la présence d'esprit de simuler la mort et sera la première personne à pouvoir donner sur le vampire quelques détails sommaires.

Le lieutenant de police Szartek n'est pas mécontent d'annoncer aux journalistes :

– Cette fois, messieurs, ça y est! Notre assassin prend forme. Mais j'aime mieux vous dire que vous allez être plutôt déçus. Votre vampire est armé d'un pistolet. Il est vêtu de noir comme il se doit, mais malheureusement c'est un vieux manteau de ratine et non la vaste cape chère à Dracula. Enfin, la victime a remarqué qu'il portait des gants de caoutchouc.

Malgré ces détails qui cadrent mal avec l'idée qu'on se fait d'un vampire, la légende continue à enfiévrer l'imagination des Polonais de Lodz. Les libraires qui vendent des ouvrages traitant du vampirisme sont dévalisés. Des spécialistes de l'occultisme, du vampirisme et de la sorcellerie échafaudent mille hypothèses. Des gens surveillent les cimetières, convaincus de voir, une nuit sans lune, le vampire de Galkoviek sortir d'un caveau entrouvert.

Quelques semaines plus tard, sous un autre buisson de rhododendrons du parc de Galkoviek, des promeneurs découvrent une ouvrière du textile âgée de vingt ans, nue, ligotée et étranglée.

On pourrait s'étonner qu'il y ait encore des promeneurs près des rhododendrons du parc de Galkoviek, mais il faut savoir : premièrement que c'est un très grand parc et qu'il est difficile de l'interdire à la circulation, deuxièmement qu'il n'est pas exclu de penser que certains amoureux de la légende s'en vont au lendemain des nuits sans lune à la découverte des cadavres, comme on va au lendemain des nuits pluvieuses chercher des champignons.

Toujours est-il que, sous le sang coagulé qui a ruisselé sur la gorge de la malheureuse, les médecins légistes découvrent une profonde morsure.

Un mois encore et une nouvelle jeune femme est assaillie la nuit aux environs du parc. Mais des passants l'entendent appeler « au secours » et se précipitent sur les lieux pour la voir se défendre avec énergie et l'agresseur s'enfuir. Cette fois, la victime fournit une description plus précise :

– Messieurs, déclare le lieutenant de police en s'adressant aux journalistes, nous avons une silhouette de l'assassin : il s'agit d'un homme d'environ un mètre soixante-quinze, mais d'une largeur d'épaules démesurée puisqu'il doit peser dans les cent kilos, avec des bras qui n'en finissent pas et des mains larges et rondes comme des assiettes. Si vous voulez mon avis, il ressemble plus à un orang-outan qu'à un vampire.

– Est-ce qu'il a essayé de la mordre dans le cou ?

– Oui.

– Est-ce qu'il était vêtu de noir ?

– Oui.

– Est-ce qu'il a un chapeau noir ?

– Oui. Mais il avait son pistolet et ses gants de caoutchouc.

Qu'importent le pistolet et les gants de caoutchouc, qu'importe qu'il ait l'air d'un orang-outan, les habitants de Lodz continuent à surveiller les cimetières et il ne fait pas bon être un ex-aristocrate maigre et distingué, surtout si la grippe vous donne un regard fiévreux.

En effet, dans l'année qui suit, le vampire de Galkoviek ne chôme pas. Il apparaît la nuit ici ou là. Réussissant parfois à se nourrir du sang de ses victimes, mais échouant le plus souvent car celles-ci se méfient terriblement. Toutefois, une jeune ména gère de vingt-six ans, que des badauds parviennent à délivrer alors que les dents du vampire étaient déjà plantées dans son cou, confirme que son agresseur avait une silhouette de catcheur et que les quelques phrases qu'il lui avait adressées laissaient paraître un langage quasi primitif.

– Votre vampire, fait remarquer le lieutenant de police aux journalistes qui l'interrogent, est d'une vulgarité décourageante. Sur vingt mots, il en a prononcé dix que je n'oserai pas répéter tant ils sont obscènes.

Qu'importe! Certaines lettres font remarquer gravement à la police qu'il ne suffit pas d'arrêter et de condamner à mort un vampire pour le rendre inoffensif. Le pendre ne signifierait nullement que l'humanité en serait débarrassée. Si le vampire de Galkoviek est arrêté, expliquent ces bonnes âmes, il faudra le faire fusiller avec des balles en argent, lui enfoncer un gros pieu en bois à travers le cœur et, finalement, l'enterrer sous un croisement de routes.

Toujours sous un buisson de rhododendrons, le dernier repas nocturne du vampire de Galkoviek a lieu le vingt-neuf juillet mil neuf cent cinquante-cinq. Puis les mois passent. A la fin de l'année, le lieutenant de police interrogé par les journalistes déclare avec un soulagement compréhensible :

– Je vous affirme que depuis le vingt-neuf juillet, le criminel que vous appelez le « vampire de Galkoviek » ne s'est pas manifesté et ce n'est pas moi qui m'en plaindrai. J'imagine qu'ayant senti qu'il courait trop de risques, il a quitté la région. Malheureusement, c'est un malade dangereux et je crains qu'il ne poursuive ailleurs la série de ses crimes sadiques.

Une année passe encore. Aucun vampire n'est signalé à travers la Pologne. Intime déception pour certains, car s'il s'agit réellement d'un vampire, il ne peut entretenir sa vie d'outre-tombe sans s'abreuver de sang humain de temps à autre.

Quant au lieutenant de police, il ne voit qu'une explication :

– Ce genre de sadique ne peut laisser beaucoup de temps s'écouler sans que la perversion de ses pulsions sexuelles ne soit assouvie. Si donc il n'agit plus, c'est probablement qu'il n'en a plus la possibilité physique : la maladie l'a peut-être frappé après son dernier crime, à moins qu'il n'ait été victime d'un accident mortel ou qu'il n'ait préféré se suicider.

Or, le lieutenant de police de Lodz se trompe. Mais il faudra attendre près de douze années, ce qui est absolument unique dans les annales criminelles, pour que le vampire de Galkoviek fasse à nouveau parler de lui.

Septembre mil neuf cent soixante-sept donc, à Varsovie, Antonia Gazek qui habite avec sa mère, une rentière de quatre-vingt-sept ans, rentre chez elle. Sa mère n'est ni dans le salon, ni dans la salle à manger, ni dans sa chambre. Alors, elle passe dans la salle de bain et trouve la malheureuse étranglée dans sa baignoire. Elle a été déshabillée, violée, étranglée avec un fil électrique. Son cou montre de profondes morsures.

Personne ne songe à imputer ce crime au vampire de Galkoviek. D'abord, parce que Galkoviek est bien loin de Varsovie, ensuite parce que tout le monde a oublié cette affaire vieille de quinze ans, et

45

même à Lodz, plus personne n'y pense. Il faut dire
que le vampire de Galkoviek est désormais grandi
par la légende. Il semble pour toujours acquis que
ce devait être un noble décadent, ou un médecin
déséquilibré ou, puisque rien n'empêche un médecin fou d'être noble et décadent, les deux à la
fois.

Seul, le lieutenant de police de Lodz fait le
rapprochement. Le « modus operandi » est par
trop semblable, et lui, qui a vu personnellement six
des cadavres, n'est pas près d'oublier le fil électrique et les morsures.

Il est tout de même surpris lorsque la police de
Varsovie arrête un éboueur!

La fille de la victime en faisant la chambre d'un
des locataires de sa mère, un dénommé Stanislas,
âgé de trente-huit ans, honnête fonctionnaire municipal de la ville, a voulu accrocher au portemanteau
une veste qui traînait sur un fauteuil. C'est alors
qu'elle a senti, dans une poche, un rouleau de fil
rigide : du fil électrique.

Le jour même, le dénommé Stanislas, qui ressemble à un orang-outan, avec des bras qui n'en finissent pas, des mains larges et rondes comme des
assiettes, doit quitter ses poubelles pour comparaî-
tre devant les policiers et leur fournir un alibi.
Malheureusement pour lui, l'alibi est faux.

Mais il s'acharne à nier ses crimes. N'a-t-il pas
toujours été un fonctionnaire modèle? Un parfait
éboueur? Un collègue irréprochable? N'a-t-il pas
été marié? N'a-t-il pas été un bon époux? Et un bon
père pour ses deux enfants?

– Eh, pas si vite, ripostent les policiers. Votre
femme vous a quand même quitté deux ans après le
mariage?

– Oui, c'est vrai.

Et le dénommé Stanislas fond en larmes à l'évocation de cette séparation. Il semble que Stanislas aimait vraiment sa femme. Le plus troublant est qu'à cette époque, il vivait à Galkoviek et c'est peu après le départ de son épouse qu'ont commencé les crimes du vampire.

Les policiers retrouvent l'épouse à Crakovie où elle vit avec ses deux enfants, après avoir changé de nom.

– Pourquoi avez-vous changé de nom? lui demandent-ils.

Elle répond :

– Par prudence.

– Pourquoi avez-vous quitté votre mari?

– Parce que je le trouvais trop brutal.

A un autre, elle dit :

– Parce qu'il était trop porté sur la « chose ».

Et enfin à un troisième :

– Il m'a fait deux enfants en deux ans de mariage. Vous ne croyez pas que c'était suffisant?

Les policiers fouillent alors sous le plancher de la chambre de Stanislas et y découvrent un collier en or ayant appartenu à la vieille madame Gazek et, surtout, ce que nous appellerons un « press-book », considérable puisqu'il fait plusieurs volumes. C'est le recueil parfaitement entretenu des articles et coupures de presse collés avec un soin méticuleux, qui permet, dans une chronologie parfaite, de reconstituer de A jusqu'à Z ce que l'on connaît des aventures nocturnes et « gastronomiques » du vampire de Galkoviek.

Le lieutenant de police de Lodz s'est empressé d'accourir à Varsovie et interroge déjà le dénommé Stanislas. Ce dernier, malgré ses dénégations et ses protestations d'innocence, est confronté avec son étrange « press-book » et le collier d'or de sa dernière victime. Il est rapidement obligé d'avouer sept meurtres, six tentatives de meurtres et un nombre impressionnant d'attentats sexuels.

— Le crime sexuel, le viol, à la rigueur je comprends, lui dit alors le lieutenant. Mais le sang? Pourquoi buviez-vous leur sang?

— J'en ai besoin, répond Stanislas.

La réponse a le mérite d'être simple. Mais tout de même insuffisante. Pourquoi en a-t-il besoin? Comment se manifeste ce besoin? Alors le vampire s'élance dans une longue et fumeuse théorie. Il a lu Bram Stoker et connaît l'histoire de Dracula sur le bout du doigt.

— Je suis comme Dracula, dit-il, j'ai besoin de boire du sang.

Le lieutenant découvre alors avec stupeur que Stanislas considère Dracula comme un personnage historique, ayant réussi à survivre pendant plusieurs siècles après sa mort en buvant du sang humain.

— Mais vous n'êtes pas mort! Vous n'avez donc pas besoin de boire le sang des vivants et vous savez bien que tuer des êtres humains est interdit.

— Je sais, mais pourquoi c'est interdit?

— Mais parce que c'est immoral! Enfin!

— Allons donc, nous sommes tous des animaux! Vous mangez des animaux et cela n'émeut personne. Moi aussi après tout, je me nourris d'animaux puisque les humains sont des animaux. Alors pourquoi deux poids deux mesures?

— Mais vous n'êtes pas écœuré de boire du sang humain?

— Pourquoi? Pas du tout. C'est chaud, ça a très bon goût, c'est doux et épais comme du cacao...

Conclusion des psychiatres, psychologues et psychanalystes qui vont l'examiner pendant cinq mois :

« Stanislas a gardé de son jeune âge une fixation haineuse contre sa mère qui s'est petit à petit transformée en une haine farouche contre toutes les femmes. Pourtant, aussi complexé soit-il, Stanislas doit être tenu pour responsable de ses actes car, lorsqu'il tuait, il se savait répréhensible au regard de la loi. »

Tandis qu'à Lodz les tenants de la légende vampirique, déçus, boudent le tribunal, celui-ci condamne Stanislas en janvier mil neuf cent soixante-neuf pour sept meurtres, six tentatives de meurtres, délits de viols, de vols, et port d'armes prohibées, à la peine de mort.

Mais la nouvelle de son exécution n'a jamais été publiée et pourtant, sa grâce n'a jamais été accordée. Alors, qu'est-il devenu ? A ce jour, le dossier est resté secret. Tout porte à croire que pour une raison inconnue, il a été interné dans un asile d'aliénés. Peut-être la justice polonaise croit-elle aux vampires et sait-elle que le pendre serait lui permettre de revenir indéfiniment entre le coucher et le lever du soleil sucer le sang des vivants ?

LA MAISON LA PLUS HANTÉE
D'ANGLETERRE

Le maire plie sa lourde silhouette pour s'asseoir sur un tronc d'arbre couché : sous son poids, l'écorce a craqué, mal soutenue par le bois pourri. Devant lui, se dresse une grande maison de brique rouge délabrée : poutres à demi consumées par l'incendie, pans de murs prêts à s'effondrer, quelques supports de fer aux trois quarts rouillés qui évoquent une véranda disparue, des lianes et des ronces qui s'accrochent aux fenêtres, des broussailles qui ont envahi le jardin et le font ressembler à une forêt vierge. Certaines maisons paraissent prétentieuses, grossières ou borgnes et malhonnêtes, le presbytère de Dumley évoque irrésistiblement l'horreur, le mystère et même les fantômes. Ceci n'est pas dû seulement à son délabrement, mais à son architecture sinistre, à sa disposition entre deux rideaux d'arbres immenses qui le privent de soleil, et bruissent éternellement dans le vent humide et froid qui balaie sans cesse le sommet de cette colline de l'Essex.

Comment s'étonner que, depuis des années, les Anglais viennent en foule visiter ces ruines, écouter les histoires de fantômes terrifiantes que racontent les guides, tandis que les amateurs d'occultisme se livrent dans l'ombre glaciale et l'odeur des moisissures à d'étranges expériences.

Voilà pourquoi le maire Carroll se trouve ce jour-là devant « la plus célèbre maison hantée d'Angleterre », avec une grave décision à prendre : la détruire ou l'abandonner à ses fantômes.

Indécis, il se lève et fait quelques pas vers la bâtisse. Son visage pensif, penché en avant, s'encadre d'un douillet et double menton. Ses petits yeux bleus par-dessus ses lunettes guettent la porte principale où s'agitent de vagues silhouettes. La réunion va commencer, il doit la présider.

Dans la seule grande pièce encore accessible du presbytère de Dumley en Angleterre, devant deux moines en cariatides qui soutiennent le manteau d'une cheminée de pierre sur leurs têtes de lépreux qui ont perdu leur nez, un étrange tribunal est rassemblé. Le maire Carroll préside de son double menton impérieux. Les conseillers municipaux et les témoins mal assis sur des chaises de jardin écoutent le secrétaire qui commence par évoquer la légende pour résumer les faits. Il est myope, barbichu, et lit ses notes :

– Au XIIIe siècle, dans la campagne anglaise, se dressent un monastère et un couvent. Un moine s'enfuit avec une religieuse. Il est rattrapé et tué, la religieuse est emmurée vivante. La voiture dans laquelle ils ont été capturés et un cocher sans tête apparaîtront sous forme de fantômes pendant des siècles.

Le secrétaire marque un temps. Le maire jette autour de lui le regard de ses petits yeux bleus impassibles. Parmi les témoins, un clergyman lève la main : c'est le révérend Wesson :

– Je voudrais faire une remarque.

– Je vous écoute, répond le maire.

– La légende que vous évoquez est inexacte,

52

explique le révérend Wesson. La suite des événements nous en ayant appris une autre.

– Nous avons donc deux légendes, soupire le maire, cela ne simplifiera pas les choses. Mais nous verrons cela, poursuivez, monsieur le secrétaire.

– Au XIVᵉ siècle, poursuit donc le secrétaire, à cet endroit, le révérend Herbert Veal construit un presbytère. Cet homme pieux y habite avec sa femme et ses quatorze enfants, sans ennuis particuliers. Son fils lui succède comme pasteur. En mil neuf cent, le vingt-huit juillet, on voit bien le fantôme de la religieuse, mais à part cela, c'est le calme qui précède la tempête. En mil neuf cent vingt-huit, le deux octobre, le révérend Harry Wesson est nommé au presbytère de Dumley.

Là, le secrétaire se tait, interrompu une fois encore par le révérend Wesson :

– Si vous le permettez, je voudrais faire remarquer que ce récit me paraît tendancieux. Avant que je sois nommé au presbytère de Dumley, celui-ci fut habité trente ans par le fils du révérend Herbert Veal. Or il était déjà formel : le presbytère était hanté. D'ailleurs, il est mort en affirmant qu'après son décès, il ferait tout ce qu'il pourrait pour rester en communication avec les vivants. C'est tout ce que j'avais à dire, monsieur le maire.

Voyant que le révérend Wesson se rassoit, le secrétaire enchaîne :

– En mil neuf cent vingt-neuf, ayant le sentiment que le presbytère est hanté, le révérend Wesson écrit au *Daily Mirror*. Le dix juin mil neuf cent vingt-neuf, le *Daily Mirror* envoie pour enquête le célèbre chasseur de fantômes, John Jewel. Le douze juin mil neuf cent vingt-neuf, l'affaire commence. Des pierres et autres objets sont jetés. Des coups sont frappés de l'autre côté des miroirs. La bonne voit des apparitions.

Un mouvement s'étant produit dans l'assistance, le secrétaire s'interrompt à nouveau. Le chasseur de fantômes John Jewel, un petit homme trapu, chauve, au nez en bec d'aigle, au menton énergique et au cou de taureau s'exclame :

– Ah! mais pardon! Vous avez l'air de penser que l'affaire commence avec mon arrivée : c'est absolument faux! Les événements m'avaient depuis longtemps précédé. Mon intervention n'a fait que les rendre publics.

Comme un murmure s'élève parmi les témoins, le maire intervient avec énergie.

– Nous verrons cela plus tard, je vous demande de laisser le secrétaire finir le résumé des faits tels que nous les connaissons.

Le secrétaire, pressé d'en finir, accélère le rythme de sa lecture :

– Le révérend Wesson, terrorisé, quitte Dumley le seize octobre mil neuf cent trente. Après six mois pendant lesquels le presbytère n'a pas de titulaire, les autorités ecclésiastiques nomment un autre révérend : Georges Forsyte. A partir de là, c'est l'épouvante. Pendant deux ans, les phénomènes se multiplient sous toutes les formes possibles. En janvier mil neuf cent trente-deux, un groupe de spirites tente l'exorcisme. Cela calme un peu les fantômes puis ils reparaissent. En mai mil neuf cent trente-sept, John Jewel annonce qu'il va tirer l'affaire au clair et s'installe lui-même au presbytère. Il y amène des spirites qui entrent en contact avec la religieuse assassinée. Les phénomènes recommencent de plus belle. Le vingt-sept février mil neuf cent trente-neuf, à minuit, c'est l'apothéose. Le presbytère hanté prend feu et brûle. Les témoins de l'incendie voient des êtres étranges et non humains qui marchent dans les flammes. Depuis, sans que la guerre ralentisse leur zèle, des groupes de cher-

cheurs de fantômes et des spirites enquêtent sans
arrêt dans les ruines maudites, troublant le calme
du district. Et le conseil municipal a décidé de faire
la lumière sur cette affaire. Si les faits sont recon-
nus authentiques, les ruines seront préservées.
Sinon, comme elles ne présentent aucun intérêt,
elles seront détruites.

Le secrétaire a retiré ses lunettes pour les poser
bruyamment sur ses papiers. Le maire prend alors
la parole :

– Ayant rassemblé les témoins principaux de
cette affaire, nous allons les entendre les uns après
les autres. Après quoi, le conseil municipal votera
en son âme et conscience. Voyons... Monsieur le
révérend Wesson, ayez la bonté de nous raconter
votre séjour à Dumley.

– Avec ma femme, nous y sommes arrivés en
octobre mil neuf cent vingt-huit, déclare le révérend
en se levant. Notre première impression fut sinistre.
Les bâtiments étaient aussi incommodes que déla-
brés. Mais ce qui nous troubla surtout, c'est la
réputation qu'avait la maison. Peu crédule de nature, je me suis d'abord attristé de voir nos parois-
siens convaincus que le presbytère était hanté. Bien
que défiant, je dus pourtant reconnaître que
d'étranges bruits de pas résonnaient dans les pièces. Des chuchotements, des sifflements se faisaient
entendre à travers les cloisons. Les portes cla-
quaient, les volets s'ouvraient et se fermaient de
façon insolite. La nuit, des lumières semblaient
s'allumer dans les chambres inoccupées. Mon
épouse avait engagé pour les travaux ménagers une
jeune fille de seize ans, fraîche et rieuse, qui ne
craignait heureusement pas les revenants. Elle resta
donc à notre service, bien qu'elle vît, de temps à
autre sur la pelouse, la silhouette d'une religieuse
qui disparaissait à son approche. Un soir, elle aper-

çut, à quelques pas de la maison, une voiture « à l'ancienne mode » tirée par deux chevaux bais et « semblant traverser les arbres ». Chose plus curieuse encore, un homme sans tête lui apparut derrière un buisson. Elle le poursuivit dans le jardin, mais la vision s'évanouit. Alors j'ai eu l'idée d'alerter monsieur Rice, rédacteur du *Daily Mirror*. Enchanté de trouver un excellent sujet d'article, celui-ci fit aussitôt une publicité formidable à l'affaire. Du coup, des hordes de curieux surgirent. Une compagnie d'autocars organisa des excursions. Fatigué de l'insalubrité de la maison et des incursions quotidiennes des curieux, je décidai de quitter le presbytère pour nous installer ailleurs. Voilà... C'est tout, monsieur le maire.

Le révérend Wesson s'étant assis, le maire se tourne vers un homme aux cheveux coupés en brosse et à la silhouette longue comme un jour sans pain.

– Monsieur Rice, vous êtes journaliste au *Daily Mirror*. Comment avez-vous répondu à la demande du révérend Wesson ?

– Comme aurait fait n'importe quel journaliste, monsieur le maire. Je suis venu aussitôt à Dumley. Mais comme personnellement, je ne connais rien aux fantômes, j'étais accompagné d'un spécialiste des sciences occultes : John Jewel.

– Racontez-nous ce qui s'est passé.

– Eh bien, le soir de notre arrivée, d'étranges phénomènes se sont succédé. Tandis que nous nous promenions le long des pelouses, Jewel et moi avons vu apparaître et disparaître derrière des buissons des silhouettes aux contours mal définis. Rentrés dans la maison au crépuscule, nous avons failli être blessés par la chute d'un gros carreau détaché de la véranda. Un moment plus tard, un chandelier de verre rouge dégringolait à travers la cage de l'escalier, heurtait un poêle de fonte et se fracassait à nos pieds. Puis une boule de naphtaline, lancée par une main invisible, m'atteignait au bras. Cet incident fut suivi par une pluie de petits cailloux, tombant du second étage sur le sol du vestibule. Pour compléter le tableau, toutes les sonnettes du presbytère se mirent à tinter tandis que les clefs sautaient hors de leurs serrures pour choir bruyamment sur le plancher. C'est alors qu'au premier étage, dans une des chambres, Jewel décida d'invoquer les esprits qui hantaient le presbytère. Il y avait là le révérend Harry Wesson, sa femme, les deux demoiselles sœurs du précédent pasteur et la secrétaire de Jewel. La voix de Jewel résonna dans le silence : « Si un esprit est présent ce soir, je le prie de se faire connaître! » Quelques secondes passèrent; nous retenions notre souffle. Un craquement se fit entendre, venant de la table de toilette. Puis un autre coup retentit, venant du miroir d'acajou. Aucun doute n'était possible : l'entité voulait se manifester. Jewel demanda si elle accepterait de répondre à quelques questions, utilisant la convention traditionnelle : trois coups pour oui, et un coup pour non et deux coups si la réponse était douteuse ou inconnue. On entendit immédiatement trois coups rapides et violents, venant du miroir. Jewel demanda d'abord à l'esprit s'il n'était pas l'ancien pasteur de Dumley, le frère des demoiselles ici présentes. Trois coups affirmatifs se succédèrent. Jewel aussitôt enchaîna :

– Sont-ce vos pas qu'on entend dans la maison?
– Oui.
– Désirez-vous tracasser ou ennuyer quelqu'un?
– Non.
– Etes-vous tourmenté par quelque chose que vous auriez dû faire pendant votre vie?
– Non.

Alors, Jewel utilisa la méthode alphabétique pour communiquer plus rapidement. Malheureusement, les réponses restèrent incompréhensibles. L'entité ne paraissait pas saisir la technique de ce mode de communication, mais désirait nettement continuer à manifester sa présence. Vers deux heures du matin, les deux mèches de la lampe montées au maximum et la pièce parfaitement éclairée, nous fûmes tous surpris de voir la savonnette sauter hors du porte-savon, heurter le bord du pot à eau et rebondir sur le sol. Le lavabo était à l'autre extrémité de la pièce, nous en étions tous loin, assis auprès du miroir. Voilà, Messieurs, pourquoi je repartais le lendemain, convaincu qu'il y avait des fantômes à Dumley.

– Merci monsieur Rice. A votre tour monsieur Jewel, qu'avez-vous à nous dire?

Au-dessus du menton en galoche de l'énergique John Jewel, une grande bouche s'entrouvre d'où jaillit une voix sourde et monocorde :

– Je tiens tout de suite à vous signaler, monsieur le maire, que ce sont les événements de ce premier soir qui m'ont convaincu, ainsi que d'autres auxquels j'assistai les jours suivants, car je suis venu à Dumley sans idée préconçue. Ayant étudié la légende, j'avais conclu à son invraisemblance. Au XIIIᵉ siècle, le moine et la religieuse n'auraient pu fuir en diligence pour la bonne raison que celle-ci n'existait pas encore. De plus, aucun monastère, aucun couvent n'ont jamais été construits en ce lieu. Enfin, je doutais que l'on ait emmuré une nonne vivante. Ce n'est que plus tard, entré en communication avec les esprits de Dumley que je connus la vérité : une religieuse française répondant au nom de Marie-Laure était venue du Havre pour épouser un habitant de Dumley qui l'avait étranglée et enterrée là où nous sommes.

– Vous faites allusion à d'autres événements, monsieur Jewel. Pouvez-vous nous en parler? demande le maire.

– Eh bien, alors que je dînais avec le révérend Wesson, l'eau de mon verre s'est brusquement transformée en encre. Ce fait et bien d'autres furent constatés par de nombreuses personnes, par exemple l'ingénieur du son de la B.B.C. venu faire des reportages, les innombrables témoins que j'ai fait venir, et, bien entendu, le révérend Forsyte et sa femme qui ont succédé au révérend Wesson.

Le révérend Forsyte est chétif, plus vieux que Mathusalem et perclus de rhumatismes. Il faut tendre l'oreille pour l'entendre raconter comment les livres de la bibliothèque furent un jour retrouvés au sol, comment il lui arriva de découvrir ses meubles renversés, comment il s'entendit appeler par sa femme Susan alors que celle-ci n'était pas dans la maison, etc.

Sa femme, encore jeune et jolie, montre plus de dynamisme dans son récit. Elle raconte comment sa santé s'altéra rapidement dans l'affreuse bâtisse où l'inconfort le disputait au mystère. Elle aussi n'en finit pas d'énumérer les incidents dont elle fut témoin. Elle recevait des coups de poing au visage lorsqu'elle traversait l'ombre d'un couloir, ce qui la conduisait à porter un scapulaire pour se protéger des esprits frappeurs. Des graffiti apparaissaient sur les murs. Un jour l'un d'eux s'écrivit devant ses yeux : « Susan, s'il vous plaît, lumière, messes et prières. » Etait-ce la jeune religieuse française qui réclamait des prières pour le repos de son âme?

Finalement, le révérend Forsyte malade et sa femme épuisée quittèrent le presbytère en janvier mil neuf cent trente-cinq. Alors John Jewel vint s'y installer. Il devait y rester trois ans, le temps de découvrir des ossements humains, probablement ceux de la nonne, enterrés dans le sous-sol. Durant cette fréquentation quotidienne des fantômes, il écrivit deux livres qui allaient faire du presbytère de Dumley la plus célèbre maison hantée d'Angleterre.

Le maire se tourne ensuite vers un autre groupe de témoins qui ne se sont jusqu'alors manifesté que par quelques sourires narquois :

– Je vois que vous n'êtes pas d'accord, dit-il.

La femme du révérend Wesson, soixante ans, l'expression un peu absente, les cheveux blancs, prend la parole la première :

– Depuis que nous avons quitté le presbytère de Dumley, j'ai réfléchi et, contrairement à mon mari, j'ai perdu toute conviction. Les lumières dans les vitres dont il vous parlait peuvent avoir été les reflets de phares de voitures, troublés par l'ombre des feuillages. La petite bonne qui nous a rapporté tant de faits suprenants était curieuse de nature et s'amusait de tout. Il est fort possible qu'elle ait inventé toutes ces choses pour se moquer, voir la tête que nous ferions, ou simplement pour se rendre intéressante.

– Merci Madame. Vous désirez parler, Monsieur ?

– Je suis le chauffeur du car qui, pendant un an, a conduit les touristes au presbytère, déclare un grand gaillard au visage hilare. Je tenais à dire que les bruits que les habitants y entendaient n'ont rien de mystérieux. Car enfin, il faut bien le dire! Ces caves sont pleines de rats! Les poutres sont « bouffées » par les vers! Le vent y souffle sans arrêt! Un jour, comme je venais de déposer des spirites qui se livraient à leurs simagrées, je me suis caché dans l'ombre et d'une voix d'outre-tombe, je leur ai dit que j'étais le fantôme du révérend Bull. Eh bien, croyez-moi si vous voulez , mais eux, ils m'ont cru!

C'est moi aussi qui ai amené ceux qui devaient exorciser le presbytère. Et pour cela, vous savez ce qu'ils faisaient, monsieur le maire? Ils brûlaient de la lavande! Evidemment, cela n'a pas marché; alors, ils ont essayé l'eau bénite, n'importe quoi!

Un élégant gentleman venu de Londres tout exprès, se lève à son tour :

– A votre demande, monsieur le maire, j'ai analysé les graffiti apparus sur les murs du presbytère. Ma conclusion est qu'ils ont été écrits par Susan Forsyte elle-même.

Cette fois c'en est trop! Dans la vieille salle retentissent des cris d'indignation. Une voix aiguë dépasse toutes les autres : celle de Susan Forsyte. Elle crie :

– Mais pourquoi aurais-je fait cela? Pourquoi?

C'est alors que le détective Kendall, impassible, son imperméable bien plié sous le bras, prend la parole :

– Mais, parce que vous vous ennuyiez à mourir dans cette bâtisse, chère Madame. Parce que vous ne saviez quoi inventer pour convaincre le révérend Forsyte de quitter les lieux. La réputation que John Jewel avait faite à cette maison était une trop belle occasion. Avec quelle application vous lui avez emboîté le pas! Car je suis formel, monsieur le maire : il est possible que de joyeux lurons ou de tristes énergumènes se soient déjà déchaînés sur Dumley dès la fin du siècle dernier, mais j'accuse le dénommé John Jewel d'avoir été le grand instigateur de cette monstrueuse mystification qui déshonore la réputation de notre île.

Le crâne chauve de John Jewel, resté assis au milieu des vociférations, se couvre de sueur. Sans pitié, le détective enchaîne :

– La nouvelle direction du *Daily Mirror* possède depuis longtemps un dossier qu'elle n'a jusqu'alors pas publié. Mais l'affaire prenant aujourd'hui un caractère officiel, je suis chargé de vous le communiquer. Vous y lirez par exemple qu'un journaliste qui a passé trois jours avec vous, Monsieur Jewell, au presbytère de Dumley, après avoir assisté à de nombreux phénomènes bruyants, eut l'idée de vous empoigner par la taille. Il a trouvé vos poches pleines de cailloux et une brique glissée dans votre ceinture. Vous avez été incapable de lui fournir une explication... Le journal a étudié tous les phénomènes et trouvé à chacun une explication. La transformation de l'eau en encre par exemple : rien de plus facile; il suffit de jeter dans l'eau des pastilles chimiques. Vous me direz que pour cela, il faut une certaine dextérité. Mais vous l'avez, cette dextérité monsieur Jewel, vous l'avez! En effet, monsieur le maire, monsieur John Jewel, avant d'être chasseur de fantômes était, devinez quoi... prestidigitateur tout simplement!

Comme Jewel hausse les épaules, le maire lui demande :

– Pourquoi avoir fait ça, monsieur Jewel?

Le détective répond à sa place :

– D'une façon ou d'une autre, il faut bien gagner sa vie, monsieur le maire. Les livres, les conférences qu'il a faites à propos du presbytère de Dumley, « la maison la plus hantée d'Angleterre » lui ont rapporté une fortune.

– Messieurs... Inutile d'en entendre plus. Nous allons voter, dit alors le maire en s'adressant aux conseillers municipaux.

– Pour le maintien des ruines?

Personne n'a bougé.

– Pour la destruction?

Les unes après les autres, toutes les mains se sont levées.

LE PUR MALT
FAISANT LE RESTE

A BERLIN, zone rouge en mil neuf cent cinquante-deux, seuls les Russes se déplacent en automobile et tous les Allemands sont à vélo. C'est donc à vélo que Katarina Troll et le docteur Witz arrivent au soixante-douze de la Lichtenbergstrasse. Quelques instants plus tard, Katarina Troll fait asseoir le docteur Volker Witz sur son canapé de velours beige, le quitte un instant et reparaît vêtue d'un déshabillé de satin noir qui met en valeur ses chairs ivoirines. Un ruban turquoise retient le flot de ses cheveux bruns, une lampe coiffée d'un abat-jour juponnant, judicieusement placée près du canapé, révèle des charmes troublants.

Il ne s'agit pas du début d'un roman rose, mais d'une des plus rocambolesques affaires d'espionnage de l'après-guerre dont la C.I.A., le K.G.B. et autres services de renseignements ne sortent pas grandis.

L'affaire commence le six mars, alors que la neige fond et transforme en cloaques certains quartiers de Berlin qui n'ont pas encore été reconstruits. Elle sera close, cette affaire, cinq années plus tard, d'une façon tout à fait inattendue et il n'en restera qu'un dossier qui doit dormir dans une armoire blindée, d'un côté ou de l'autre du rideau de fer.

Donc, Katarina Troll, de ses belles mains aux doigts fuselés, aux ongles soigneusement carminés, verse dans un verre en cristal un whisky ambré. Disons plutôt, pour éviter le sacrilège, un malt, un pur malt.

A ses côtés, le docteur Volker Witz, ébloui, perd rapidement les pédales et ce n'est pas une image car tout à l'heure, alors qu'il roulait vers le domicile de la belle créature, le docteur, bien droit sur la selle de son vélo, la regardait pédaler devant lui et il appréciait la taille mince, les mollets, le balancement des cheveux noirs sur ses épaules. Mais il restait sur ses gardes. Hélas! voilà qu'ici, brusquement, il se sent incapable de réagir. Il ne peut plus pédaler ni freiner, le guidon ne lui obéit plus, il dégringole la pente qui le mène tout droit dans les bras de cette femme.

Le docteur Witz, important personnage des services de renseignements du M.F.S., le service d'espionnage de la Normannenstrasse à Berlin-Est, a quelques excuses. N'importe qui regardant par le trou de la serrure ne pourrait qu'applaudir.

Outre son étonnante chevelure, longue, abondante et d'un noir quasiment étincelant, Katarina a des yeux qui remontent vers ses tempes. Elle ressemble aux femmes des fresques égyptiennes, le corps sculptural contraste avec un petit air candide et c'est plus qu'il n'en faut pour séduire un homme normal. Avec, en plus, la science du geste et la prescience de la psychologie masculine, cela devient suffisant pour un espion, qui n'est pas un homme normal *a priori*. Mais aussi la voix douce un peu voilée, la précision des termes, du choix des métaphores, l'aplomb qui lui permet de laisser croire à cet homme au nez en pied de marmite et qui louche, qu'il lui plaît. Même un agent communiste ne résiste pas, et chacun sait combien un agent communiste est censé résister. Quelques minutes plus tard, le déshabillé n'est plus un obstacle et le canapé gémit.

Le canapé de velours beige de Katarina Troll gémira tous les soirs et le pur malt fera le reste; c'est-à-dire que l'espion de la R.D.A., le docteur Volker Witz, subjugué, perd tout sens des réalités et se laisse aller aux confidences.

Celles-ci sont facilitées par le fait que Katarina, tout en lui versant le pur malt, boisson occidentale s'il en est, n'hésite pas à lui dire :

– Tu sais Volky, si je reste à Berlin, c'est parce que j'ai choisi les communistes!

Les confidences en forme d'anecdotes que va lui faire le docteur Witz agaceraient probablement n'importe quelle autre femme, mais Katarina les entend avec un intérêt poli : notes confidentielles du gouvernement de la R.D.A., décisions du ministre de l'Intérieur de la R.D.A., instructions du Parti communiste de la R.D.A., enquêtes de la police de la R.D.A. Bref, pas une personnalité de la R.D.A. ne peut contracter un rhume de cerveau sans que la belle Katarina en soit informée.

Puis, l'esprit embrumé, légèrement titubant, Volker Witz s'en va. Alors, elle note tout cela sur un rouleau de papier toilette qu'elle déchirera le lendemain. Katarina a une mémoire visuelle : il faut qu'elle écrive pour se souvenir et tout raconter à son correspondant des services de renseignements de l'Allemagne de l'Ouest.

Un jour, pourtant, l'attitude de Volker Witz change légèrement. Il paraît préoccupé comme si, en lui, la conscience reprenait ses droits ou une partie de ses droits. Plus tard, il fournira d'ailleurs une explication :

– C'est vrai, dira-t-il, j'ai été dupe pendant un mois puis j'ai commencé à me méfier. Je me disais :

et si c'était un agent de l'Occident? et si elle m'avait
tiré les vers du nez? Alors, j'ai voulu l'éprouver.

En réalité, il est possible aussi que Volker Witz,
en bon communiste, ait compris qu'il n'avait pas le
droit de s'approprier Katarina, pas le droit de
monopoliser ses caresses et qu'il se devait d'en
laisser un peu aux autres, car voici le langage qu'il
lui tint, langage commun semble-t-il aux exploiteurs
de femmes, qu'ils soient civils ou politiques :

– Ecoute Katarina, tu pourrais me rendre un
grand service : mes chefs du M.F.S. m'ont demandé
des renseignements sur un dénommé Barbel Adorf.
Cet homme organise des groupes de terroristes qui
s'attaquent à l'armée soviétique. Je crois que tu
pourrais m'aider.

– Comment cela, Volky?

– Eh bien, mon Dieu, peut-être que tu pourrais,
enfin... il ne te serait pas difficile de...

– Tu veux que je séduise ce Barbel Adorf?

– C'est cela.

Le pauvre Volky ne sait pas qu'il vient de lâcher
le loup dans la bergerie. La rencontre a lieu. La
scène de séduction se prépare.

Katarina Troll et Barbel Adorf ont posé leurs
bicyclettes dans la cour de l'immeuble, monté trois
étages dans l'ascenseur poussif. Dans l'entrée, Barbel Adorf a retiré ses pinces à vélo. Maintenant
Katarina Troll le fait asseoir sur le canapé de
velours beige, le quitte un instant et reparaît vêtue
d'un déshabillé de satin noir qui met en valeur ses
chairs toujours ivoirines. Un ruban turquoise
retient le flot de ses cheveux bruns, une lampe
coiffée d'un abat-jour juponnant, judicieusement
placée près du canapé révèle des charmes troublants. Toute la technique de charme au premier
degré est en place.

La balafre qui partage la joue droite du redoutable Barbel Adorf pâlit lorsque l'étonnante chevelure longue, abondante et d'un noir étincelant glisse vers lui sur le velours beige comme un tentacule. Son regard agile de baroudeur méfiant ne peut plus quitter ces yeux verts qui s'allongent presque jusqu'aux tempes comme ceux des fresques égyptiennes, ses mains tremblent au contact de ce corps sculptural, son cœur bat devant le petit air candide. Ajoutez à cela le geste, la psychologie, la connaissance de l'anatomie, etc., et le chef terroriste se sent perdre les pédales, il ne peut plus freiner, le guidon lui échappe. Il commence à dévaler la pente. Bis, répétita... et le pur malt fait le reste.

Bientôt, le déshabillé n'est plus un obstacle et le canapé gémit.

Il va gémir un mois, c'est en général le temps qu'il faut à Katarina pour mener à bien une opération classique et celle-ci ne présente aucune difficulté particulière. Si l'on excepte l'œil perçant et la balafre sur la joue droite, Barbel Adorf est plutôt bon garçon. Le redoutable terroriste, dans l'intimité nocturne, n'est pas un foudre de guerre mais un amant délicieux, tendre, prévenant et compréhensif.

Deux ans plus tard, Katarina Troll passe à l'Ouest. A la frontière deux messieurs en imperméable la prient de les accompagner au quartier général américain où un capitaine et un major, après avoir échangé quelques regards destinés à juger leur admiration réciproque, l'interrogent aimablement :

– En deux ans, huit groupes de terroristes ont été démantelés en Allemagne de l'Est sans que le M.F.S. ait eu à tirer un coup de feu et sans que le K.G.B. ait eu à intervenir. Nous avons fait une enquête qui nous a conduits de leur chef Barbel Adorf jusqu'à vous, et de vous au docteur Volker Witz. Vous avez bien connu le docteur Witz?

Les yeux de Katarina se mouillent mais elle garde une attitude digne. Sa beauté candide s'est figée, ses yeux verts de fresque égyptienne regardent droit devant elle :

– J'étais alors jeune et naïve, explique-t-elle. Le docteur Witz a été mon professeur à l'université en zone soviétique. Il n'était pas beau mais passionné et intelligent... Moi, j'arrivais tout droit de mon collège de province. Vous comprenez ce qui s'est passé malgré notre différence d'âge?

– Je comprends, acquiesce le capitaine d'un air grave.

– Evidemment, ajoute le major d'un air désolé.

Le regard de Katarina, lentement et alternativement, se pose sur les deux hommes... Malgré leur expérience et pris par surprise, voilà que le guidon leur échappe des mains.

– J'ai accepté son invitation, poursuit alors Katarina; ce fut un dîner à la française, de la musique douce, du bon vin et du cognac. Je ne sais pas trop comment cela est arrivé, mais c'est arrivé.

– Vous aviez quel âge? demande le capitaine navré.

– Vingt et un ans, Messieurs.

Le major, quant à lui, se retient de passer la main d'un geste paternel sur l'abondante chevelure noire.

– Et vous l'avez aimé?

– Bien sûr. Enfin, j'ai cru l'aimer. Il était le premier n'est-ce pas. Je crois que toute jeune fille doit éprouver ce sentiment pour l'homme à qui elle se donne pour la première fois. Mais ce n'est que des mois plus tard que j'ai appris qu'il était communiste. J'en ai été scandalisée, anéantie. Mais cet homme me subjuguait à tel point que j'ai accepté de lui obéir.

– C'est lui qui vous a suggéré de devenir la maîtresse de Barbel Adorf pour lui soutirer la liste de ses hommes?

– Il a fait plus que me le suggérer. Il me l'a, pour ainsi dire, imposé. C'est lorsque j'ai pu apprécier combien Barbel Adorf était tendre, délicat, qu'un voile s'est déchiré devant mes yeux. J'ai eu honte presque aussitôt. J'ai commencé à détester le docteur Witz et pris part à la lutte clandestine que Barbel Adorf menait contre les Soviétiques. C'est moi qui ai rédigé plusieurs des rapports qu'il adressait aux renseignements ouest-allemands. Vous pouvez vérifier.

Le capitaine et le major ont étudié le dossier de Katarina Troll et mon Dieu... les faits qu'elle rapporte coïncident assez bien. Bien sûr, ils pourraient les interpréter différemment : la même histoire considérée d'un œil malveillant pourrait conduire Katarina en prison. Mais comment porter sur cette jeune femme si belle, à la fois si fière et si candide, un regard malveillant?

– Vous ne pouvez plus retourner à l'Est, Fraülein, vous seriez arrêtée comme complice de Barbel Adorf, conclut le capitaine.

– Hélas! je le sais bien. C'est pourquoi je suis venue. Ne pouvez-vous me garder ici? Ma connaissance des agents soviétiques entourant le docteur Witz pourrait vous être utile. Je connais aussi les noms des instructeurs soviétiques de mon université, ceux des étudiants de Berlin classés comme dangereux. Je puis vous fournir le nombre et la disposition des divisions soviétiques en Allemagne orientale, les noms des agents secrets communistes travaillant à l'Ouest, et en cherchant dans ma mémoire, je trouverai d'autres renseignements.

Le capitaine et le major se concertent un instant :

– Nous allons vous présenter au patron, décide alors le major.

Le lieutenant-colonel, patron de la C.I.A. à Berlin, vingt ans de service, âgé de quarante-six ans, marié, père de trois enfants et plusieurs fois grand-père, a du métier mais aussi un fond d'inépuisable tendresse. Touché par les malheurs de la pauvre Katarina, il l'engage comme secrétaire particulière.

Quelques semaines plus tard, Katarina Troll fait asseoir le patron de la C.I.A. de Berlin sur le canapé de velours beige, le quitte un instant et reparaît vêtue d'un déshabillé de satin noir qui met en valeur ses chairs ivoirines. Un ruban turquoise retient le flot de ses cheveux bruns, une lampe coiffée d'un abat-jour juponnant, judicieusement placée près du canapé révèle des charmes troublants.

Cette fois, il s'agit d'un patron de la C.I.A. : le guidon lui a échappé des mains, il a perdu les pédales, il ne peut plus freiner et il va dévaler la pente.

Question : si la sécurité du monde occidental est entre les mains de gens qui ne peuvent pas se cramponner au guidon de leur bicyclette... où va-t-on?

Réponse : tout droit dans les bras de Katarina.

Autre exemple :

– Oh! pardon!

L'homme de l'Intelligence Service sent qu'il vient de marcher sur le pied de quelqu'un. Il se retourne et s'avise qu'il s'agit d'un pied de femme dans un soulier à haut talon. Son regard suit le corps de la femme et reste planté dans les yeux verts de fresque égyptienne de Katarina Troll. Après un instant de silence, l'homme de l'Intelligence Service semble s'enhardir :

– Puis-je vous offrir un verre? Je vous en prie, pour me faire pardonner...

Après le verre, il propose à la jeune femme un dîner et... après le dîner se retrouve chez elle : le canapé beige, le déshabillé de satin noir, les chairs ivoirines, le ruban, l'abat-jour, et bien entendu : le pur malt. Le jeune homme se montre brillant causeur. Il est le seul employé allemand qui travaille à l'Intelligence Service. Quelle coïncidence!

Il va dévaler la pente d'autant plus vite que, cette fois, Katarina trouve ce nouveau cycliste tout à fait à son goût. Il est grand, mince, musclé, une petite moustache finement dessinée sur un profil de médaille. Il ne faudra pas longtemps à la jeune femme avant d'acheter un nouveau stock de papier toilette. Il était temps. Depuis plusieurs mois, bizarrement, les informations sont devenues rares à la C.I.A. Même son amant secret, le lieutenant-colonel patron de la C.I.A. de Berlin paraît ne plus être dans le coup. Elle a bien réussi à séduire, l'un après l'autre, une bonne douzaine d'officiers dans son service, mais à leur tour, ceux-ci se sont dérobés.

Curieusement aussi, de l'autre côté, son correspondant à l'Est, le docteur Witz est devenu invisible.

Le jeune homme qui vient de croiser Katarina dans le hall de son immeuble maintient la porte.

La scène se déroule au rez-de-chaussée : un ascenseur, un de ces vieux systèmes : une grille qu'un ressort hargneux vous rejette dans la figure dès que vous la lâchez :

– Permettez que je vous aide.

Au troisième étage, quelques instants plus tard : canapé beige, satin noir, ivoirines, ruban, abat-jour et pur malt.

Celui-là aussi est beau garçon, mais du genre colosse, on l'imagine lançant le javelot sur un stade olympique et jetant sur la foule un regard fier.

Celui-là vient du K.G.B. pour la surveiller. Le K.G.B. l'a, certes, prévenu : « Attention, Katarina est redoutable »; mais les avertissements semblent n'avoir servi à rien. La voix douce un peu voilée, le timing et le choix des métaphores, comme tous les autres, l'homme du K.G.B. perd les pédales... Du moins, il semble perdre les pédales...

Et puis vient le temps de la mise au point de chaque côté d'une table de brasserie, dans ce qui reste du vieux Berlin. Devant l'homme de l'Intelligence Service, quelques feuilles de papier. De l'autre côté de cette table, l'homme du K.G.B. s'est, lui aussi, penché sur quelques feuilles de papier. Les deux espions relèvent la tête :

– Oui, ce sont bien les renseignements que je lui ai transmis, remarque l'agent de l'Intelligence Service.

– Et moi, je reconnais la liste de noms que je lui ai fournie, conclut l'agent du K.G.B.

Eh oui, Katarina est un agent double. Depuis des années, elle transmet intégralement à l'Est des informations qu'elle puise à l'Ouest et inversement. Mais les deux hommes se regardent : la même interrogation dans les yeux. Ils estiment avoir accompli leur mission qui était de la confondre et de trouver l'origine des fuites tant à la C.I.A. qu'au Service de renseignements de la R.D.A. mais que vont-ils faire d'elle? C'est peut-être la seule fois où les services secrets des deux bords se sont entendus aussi vite sur une affaire.

Le quatorze décembre mil neuf cent cinquante-cinq, une voiture de la Military Police, sirène hurlante, parcourt les rues de Berlin-Ouest en direction de la Lichtenbergstrasse où demeure la belle Katarina. A la même heure, deux hommes en imperméable, chapeau mou, aux physionomies légèrement bestiales parcourent à grands pas le trottoir de la Lichtenbergstrasse.

Lorsqu'ils parvinrent au numéro soixante-douze, de la voiture noire qui vient de s'arrêter près d'eux, sortent deux gaillards qui mâchent du chewing-gum. Les deux hommes de l'Est et les deux hommes de l'Ouest se regardent sans mot dire et se précipitent dans le hall.

Mais les Américains qui se sentent en quelque sorte chez eux ici, estiment avoir droit à l'ascenseur. Les deux autres, interdits, font demi-tour après avoir constaté que les Yankees s'arrêtent bien au troisième étage.

Du coin de la rue où ils surveillent le soixante-douze de la Lichtenbergstrasse, ils voient les Américains déconfits sortir seuls de l'immeuble.

Que s'est-il donc passé? Les spécialistes se sont hasardés à quelques hypothèses:

Premièrement: il ne fait aucun doute que la motivation de l'agent double Katarina Troll devait être purement matérielle: qui dit agent double, dit double solde.

Deuxièmement: Katarina a été prévenue que l'on venait l'arrêter. Par la C.I.A.? par le K.G.B.? Par les renseignements ouest-allemands? Par les renseignements est-allemands? Elle n'avait pas le téléphone. Celui-ci était installé chez la gardienne de l'immeuble qui affirmera qu'elle a reçu, avant sa fuite, plusieurs coups de fil. De là à penser qu'elle a été prévenue alternativement par les uns et les autres, il n'y a qu'un pas.

Troisièmement: qu'est-elle devenue? Selon les experts, il est probable qu'elle a été récupérée par les uns ou par les autres car des agents de cette trempe sont rares et précieux.

L'un d'eux a dit :

– On décèle chez cette Katarina Troll : la nymphomanie, la mythomanie, une amoralité totale et des besoins impossibles à satisfaire dans une vie normale. A ce degré, l'espionnage n'est pas simplement un moyen de gagner sa vie, mais une tendance caractérielle irréversible. Si donc elle a été récupérée par l'un, il est inévitable qu'elle le soit aussi par l'autre.

Il y a donc, de par le monde, en ce moment même, un canapé qui gémit, une femme agent double, aux chairs ivoirines et au ruban turquoise qui, grâce à ses yeux verts de fresque égyptienne, à sa connaissance de la psychologie masculine et de l'anatomie, s'efforce de séduire un malheureux espion : le pur malt faisant le reste.

UNE CROIX SUR LA COLLINE

Sam Weller a le chapeau d'un cow-boy, les bottes d'un cow-boy et il lève le coude sur le comptoir d'un saloon des environs de Santa Fe, comme un cow-boy. Mais il n'est plus cow-boy. A soixante-quinze ans, le dos brisé par un Mustang récalcitrant, une jambe déchirée par un taureau furieux, il plie son mètre quatre-vingts pour pouvoir marcher de chez lui au saloon et du saloon jusque chez lui. Le visage buriné, l'haleine empestant l'alcool et le tabac, il passe pour un vieux radoteur. Mais le journaliste américain Carl Taylor, adore les vieux radoteurs.

– Alors comme ça, vous avez ici la seule femme shérif du Nouveau-Mexique?

– C'est comme je vous le dis, mon gars. Et elle mérite d'être photographiée, avec votre truc là...

– Pourquoi? Qu'est-ce qu'elle a d'extraordinaire?

– D'extraordinaire? Ah! ben, elle en a des choses extraordinaires! D'abord, elle a pas de cheveux! Vous avez déjà vu ça, vous? Une femme sans cheveux? Juste un peu de poils sur la tête, et ça s'arrête aux oreilles... C'est rasé, pire qu'un homme.

– Elle a les cheveux courts, en somme!

– Pire qu'un homme je vous dis! Même qu'elle porte une cravate et un pantalon. Et même qu'elle voudrait s'attaquer aux « Penitentès ». Personne a jamais pu aller leur chatouiller les pieds à ceux-là, surtout pas le shérif précédent! Pas fou le gars! Mais elle, elle veut y aller.

– Qui sont les Penitentès?

– Oh! ça mon gars, moins on en parle, mieux ça vaut. Chaque fois que la police a voulu les enfermer, il y a eu des morts. Moi je dis que chacun a le droit de vivre et de mourir comme il l'entend! Même crucifié.

– Crucifié?

– Oui, monsieur, crucifié! C'est ça leur religion. Chaque année, le jour de la Passion du Christ... Hop!

– Quoi, hop?

– Eh ben, vous voyez ce que je veux dire : la croix, le type dessus, les clous dans les mains et les pieds, et un coup de pique dans le ventre.

– Vous voulez dire qu'ils sacrifient un homme?

– C'est ça, monsieur, et le pire c'est que le type est consentant. Ouais... J'en ai vu défiler, ça on peut le dire parce que moi, attendez... rapprochez-vous un peu, j'aime mieux pas que ça tombe dans l'oreille d'un autre. Vous, vous êtes de la côte Ouest, vous me tuerez pas pour ça...

Le vieux cow-boy chuchote alors à l'oreille de Carl Taylor :

– Quand je travaillais au nord de la ville, du côté des monts Sandia, je passais des mois avec les bêtes et je les ai vus...

– Qui?

– Les Penitentès. Ils ont un temple, là-bas en pleine montagne. Le Marado qu'ils appellent ça, et c'est là que ça se passe, le vendredi Saint. Une année, c'est un péon de quinze ans, un gamin que je connaissais. Il travaillait comme vacher à l'hacienda, eh ben, il a mis trois jours pour mourir.

– Et vous n'avez rien fait? Vous ne l'avez pas détaché?

– Qu'est-ce que vous voulez faire? S'ils m'avaient vu, ils m'égorgeaient à coups de machette. Allez, gardez ça pour vous! Après tout, peut-être que madame le shérif va les boucler!

Et le vieux cow-boy s'esclaffe :

– C'est pas une prison qu'il lui faudrait à cette pauvre Miss Dunlop, c'est un pénitencier!

Cette conversation se déroule en mars mil neuf cent trente-cinq, au Nouveau-Mexique, Etats-Unis, dans la région de Santa Fe. Le journaliste américain Carl Taylor s'y est rendu pour un reportage photographique destiné à un grand magazine de Los Angeles. Il a trente-cinq ans, il est blond, athlétique, célibataire, et passionné par les Indiens. L'histoire du vieux cow-boy l'intéresse au plus haut point. Il entrevoit la possibilité d'un reportage photographique extraordinaire, d'autant plus que les fêtes de Pâques sont proches.

Mais le secret qu'il va tenter de faire découvrir aux lecteurs de son journal pourra-t-il franchir les limites du Rio Grande? Au-delà des monts « Sangre de Cristo » (sang du Christ)?

Miss Dunlop, la seule femme shérif de l'Etat du Nouveau-Mexique en mil neuf cent trente-cinq, ressemble au portrait qu'en a dressé le vieux cow-boy. Pantalon de toile bleue, chemise à carreaux, cheveux rares, oreilles décollées, nez busqué, et lunettes d'institutrice, elle porte le colt avec une rare désinvolture. Ce journaliste l'ennuie.

– N'allez pas mettre votre nez là-dedans, c'est mon affaire. D'ailleurs, vous risquez gros. Les Penitentès sont des hystériques. La seule solution est de les prendre en flagrant délit. Je prépare une expédition pour les monts Sangre de Cristo, je n'ai pas envie que vous leur mettiez la puce à l'oreille!

– Mais je suis étranger! Je fais des photos, j'irai seulement dans la réserve des Indiens Navahos. J'ai l'habitude.

– Et de là, vous irez fouiner? Laissez tomber! Allez plutôt photographier le défilé de la Passion à Albuquerque, vous les verrez ces fous, avec leurs cagoules noires sur la tête, nus jusqu'à la ceinture, le dos strié par les flagellations. Ils portent des croix taillées dans des branches de cactus. C'est déjà assez horrible pour vos lecteurs, non? Et vous en profiterez pour leur expliquer que ces coutumes barbares viennent du fanatisme des missionnaires espagnols qui ont envahi le pays après les conquistadores. De génération en génération, les conversions du début ont transformé ces pauvres Indiens en fous de la pénitence. L'histoire de la crucifixion et de la rédemption du Christ les a marqués terriblement. Ils sont devenus fous. La secte des Penitentès croit dur comme fer à la rédemption des péchés et à la résurrection du crucifié. Résultat : un mort par an, ou presque, et des centaines de mutilations stupides. La seule solution malheureusement, c'est l'intervention de la police. J'ai l'intention de boucler les meneurs.

– Vous en bouclerez dix ou cent, et d'autres prendront leur place.

– J'y passerai ma vie s'il le faut, mais j'arriverai bien à ce que les mères et les pères de ces adolescents les empêchent de jouer au Christ.

– Vous m'interdisez de me rendre dans la région?

– Je ne peux pas vous l'interdire, allez vous faire tuer si ça vous chante!

– Pourquoi me tuer, moi? Je ne leur veux aucun mal!

– Ils vous prendront pour un policier. Ils savent que cette coutume est formellement interdite.

Pâques approche, ils se méfient, alors méfiez-vous. Et surtout, si vous êtes pris, ne dites pas que vous venez de Santa Fe. Le précédent shérif les laissait tranquilles, jusqu'à plus ample informé, ils ne craignent pas de répression venant d'ici.

Ainsi s'en est allé, un jour de mars mil neuf cent trente-cinq, le journaliste Carl Taylor, à la recherche des Penitentès dans les monts Sangre de Cristo, armé d'un appareil photographique à plaques, d'une carabine de chasse et de vivres pour un mois. Il est parti à cheval, avec une carriole et un âne en plus, comme au bon vieux temps.

En mil neuf cent trente-cinq, le calendrier avait prévu le dimanche de la Passion pour le sept avril; le vendredi saint le dix-neuf, et le dimanche de Pâques le vingt et un. Aux Etats-Unis, Franklin D. Roosevelt s'acharnait à remettre de l'ordre, après la crise de mil neuf cent vingt-neuf, dans les quarante-huit Etats d'Amérique, dont le Nouveau-Mexique, un territoire encore sauvage à certains endroits, et notamment du côté des monts Sangre de Cristo qui dominent le Rio Grande, au nord de Los Angeles et de Santa Fe.

C'est là que Carl Taylor, son cheval, sa carriole, son âne, sa carabine et son appareil de photographie à plaques, ont disparu entre le dix et le quinze avril mil neuf cent trente-cinq.

Mais personne à cette date n'en est encore informé. A Santa Fe, Miss Dunlop, shérif de son état, a préparé son expédition répressive en grand secret. Une demi-douzaine d'adjoints l'accompagnent sur le chemin du temple des Penitentès, et l'un des hommes est parti en avant-garde depuis trois jours. Miss Dunlop l'a chargé de repérer le terrain, et si possible, d'identifier dans la réserve d'Indiens, l'adolescent choisi cette année-là par les Penitentès pour la macabre cérémonie de la Passion du Christ.

Or, ce quinze avril mil neuf cent trente-cinq, en fin de journée, alors que Miss Dunlop et ses hommes ont établi leur camp à quelques kilomètres de la réserve indienne, l'éclaireur, un certain Jimmy Fair, arrive au galop, couvert de poussière et hurlant comme un diable.

Une fois calmé et désaltéré, l'homme raconte ce qu'il a vu. Au village, près de la réserve, vit un couple de métis, José et Madalena, que le gouvernement a chargé d'éduquer les Indiens. L'éclaireur s'est rendu chez eux, afin d'y glaner quelques informations et il a découvert l'horreur :

– Leur maison qui servait d'école a été dévastée, je les ai trouvés tous les deux à demi morts, couverts de sang. La femme, Madalena, m'a raconté qu'une bande d'énergumènes les avait attaqués dans l'école. Ils leur ont coupé les oreilles à coups de machette, taillé le corps, et ils seraient morts si je n'étais pas arrivé juste à temps. La femme m'a dit qu'ils avaient fui en entendant le galop de mon cheval. J'ai tenté de les poursuivre, mais sans résultat, alors j'ai emmené les deux blessés chez le médecin, il est armé et il m'a juré qu'il tirerait sur tout ce qui bouge à cent mètres de chez lui...

Miss Dunlop pose la question tout haut, d'un air incrédule :

– Mais pourquoi eux? Jamais personne ne les a inquiétés depuis qu'ils font l'école. Que s'est-il passé, bon sang?

L'éclaireur lui donne la réponse :

– Ils m'ont dit qu'un type était venu les voir, un nommé Carl Taylor, un photographe; il s'était fait conduire là par le vieux Sam Weller, ce fichu poivrot, qui n'a pas voulu aller plus loin! Le type voulait photographier le temple des Penitentès, dans la montagne. Madalena et José ont accepté de lui prêter un guide, un gamin qui les aide à l'école.

Ils ne les ont pas revus. Elle pense que c'est à cause de ça qu'on les a attaqués. Pour les punir...

– Comment s'appelle le gosse?

– Modesto Trujillo. C'est un métis.

– Il faut le retrouver!

Quelques heures plus tard, Miss Dunlop et ses hommes envahissent le village, et bon gré mal gré, on leur indique la maison des parents du jeune Trujillo. A quelques kilomètres dans la vallée, mademoiselle le shérif et ses hommes découvrent en effet une petite hacienda. Il y a là une femme, assez jeune, l'air fermé, une Indienne, à la tête recouverte d'un châle rouge. Elle regarde cette femme-shérif avec hostilité.

– Où est ton fils?

La femme recule et s'enfuit dans l'hacienda alors qu'un jeune garçon surgit : seize ans environ, bâti en athlète, le cheveu et l'œil noirs, un beau visage aux traits fermement dessinés. En apercevant les hommes de la police, il s'écrie :

– Il est arrivé un malheur! Le photographe a été tué!

Miss Dunlop attrape le jeune homme par le bras, et l'entraîne dans la maison :

– Il a été tué, hein? Tu vas me raconter ça en détail mon garçon...

– Je l'ai conduit jusqu'au sentier qui mène à l'église et il m'a dit de revenir le chercher au coucher du soleil. Quand je suis revenu, je ne l'ai plus trouvé.

– C'était quel jour?

– Avant-hier.

– Tu l'as bien cherché?

– Oui.

– Comment sais-tu qu'il a été tué?

– J'ai retrouvé ses affaires, sa carabine et les photographies.

Miss Dunlop se penche sur des plaques brisées et sur un album contenant quelques clichés. On y distingue des silhouettes devant le temple de Marado, ce que le jeune homme appelle l'église.

– Où as-tu trouvé ça?

– Sur le chemin...

– Tu es sûr? Il n'y a pas de terre sur les plaques, ni sur les photos. Et cette carabine? Elle était sur le chemin aussi? Elle est bien propre. Il manque une balle...

Le jeune homme semble nerveux :

– J'ai rien fait, c'est pas moi, c'est les Penitentès! C'est les Penitentès qui l'ont tué...

– Bon, eh bien, on va te ramener avec nous.

– Non! Non! Je ne veux pas, il ne faut pas...

– Pourquoi?

– C'est Pâques. Ma mère et moi nous devons aller à l'église le jour de Pâques!

– Tu iras à Santa Fe!

– Non, je ne veux pas! Non!

Et le garçon se dégage avec force, saute par une fenêtre, et disparaît avant que les hommes de Miss Dunlop aient eu le temps d'enfourcher leurs chevaux.

Alors l'Indienne, sa mère, se met à pousser des cris et des malédictions... d'où il ressort que son fils est le Christ, et que les hommes n'ont pas le droit de l'emmener! C'est son fils, dit-elle, qui a tué l'étranger parce qu'il était un policier venu les espionner...

Et de montrer dans une grange le corps de Carl Taylor, mort d'une balle dans le dos, au milieu de tout son matériel, écrasé, piétiné avec rage...

Le shérif a compris. Le jeune Trujillo espérait inventer une histoire en se servant des restes de ce carnage, les quelques photos épargnées et la carabine. Mais s'il a fui, ce n'est pas seulement pour échapper à la justice, c'est parce qu'il est le Christ de Pâques, celui qui a accepté d'être crucifié le vendredi saint et que jamais un Penitentès qui a choisi le sacrifice ne revient sur son engagement. La gloire en est, paraît-il, trop grande! D'ailleurs il ne craint pas la mort en croix, puisqu'il est censé ressusciter.

La mère maîtrisée, ligotée, et dûment enfermée au village, Miss Dunlop, l'unique femme-shérif du Nouveau-Mexique, décide de tenter le grand coup.

Les Penitentès sont sûrement sur leurs gardes; le jeune homme qui a couru les rejoindre, les a prévenus de la présence des policiers, mais cela ne les empêchera pas d'organiser leur cérémonie. Le tout est de dénicher l'endroit.

C'est en rassemblant les débris épars des photographies prises par le malheureux Carl Taylor, que Miss Dunlop découvre un indice. L'un des clichés, développé par le photographe, montre une petite colline, surmontée d'une croix. La photo a été prise d'assez loin et dans de mauvaises conditions, mais c'est là, sûrement, que les Penitentès ont l'intention de sacrifier ce vendredi saint, le jeune Modesto Trujillo.

Alors la petite colonne de cavaliers, Miss Dunlop en tête, part à la recherche de cette colline. Ils ont six jours pour trouver, en voyageant de nuit et en essayant de ne pas se faire repérer.

Le dix-sept avril mil neuf cent trente-cinq, à l'aube, alors que la petite troupe chemine péniblement dans les premiers contreforts des monts Sangre de Cristo, l'un des hommes aperçoit au bout de ses jumelles, la croix plantée sur une petite colline. Le temple des Penitentès est à l'est, à deux kilomètres à vol d'oiseau.

Miss Dunlop décide d'établir son camp sur place. Chercher à arrêter les membres de la secte serait inutile dans l'immédiat. Ils sont éparpillés dans les villages, travaillent dans les haciendas de la plaine, comme des gens normaux. Personne ne pourrait les reconnaître. Il faut attendre le vendredi saint. Dans deux jours, ils viendront par dizaines en procession, pour assister à la mort de l'un des leurs sur la croix. C'est là qu'il faudra intervenir.

Mais dans la nuit du jeudi au vendredi, les policiers remarquent une colonne de lumières qui se dirige vers la colline.

Alors, les hommes de Miss Dunlop foncent, eux aussi, dans la nuit, à pied, en direction du calvaire, et lorsqu'ils arrivent enfin à portée de fusil de la croix, c'est pour y découvrir un spectacle hallucinant.

Ils sont une bonne vingtaine, d'hommes, de femmes et même d'enfants, portant des torches, chantant une sorte de psaume incompréhensible, et sur la croix, posée à terre et vaguement éclairée par la lumière des torches, l'adolescent est déjà ligoté, les mains et les pieds transpercés par d'énormes clous noirs.

Disperser la foule à coups de fusil ne fut pas une mince affaire, les Penitentès hurlaient des imprécations, maudissant les policiers, s'accrochant à eux avec fureur pour les empêcher d'atteindre la croix.

Modesto Trujillo, le jeune garçon au corps d'athlète, ne s'était même pas évanoui sous la douleur terrible. Extatique et perdant son sang, il priait à voix haute.

Il priait, mais il n'est pas mort à Pâques de mil neuf cent trente-cinq en se prenant pour le Christ. Il est allé prosaïquement en prison, les mains et les pieds bandés, afin d'y répondre un jour de l'assassinat du journaliste Carl Taylor, devant la justice des hommes. Pour celle de Dieu, il lui faudrait attendre.

Les Penitentès des monts Sangre de Cristo ne disparurent que lentement au cours des années qui suivirent, au fur et à mesure que les réserves se vidaient et que les jeunes Indiens ou métis s'en allaient à la ville pour y trouver du travail et y oublier les excès d'une religion mal assimilée par leurs ancêtres.

En des temps lointains, les Indiens Navahos du Nouveau-Mexique n'adoraient que le soleil, le vent et les dieux des ruisseaux, qui eux n'ont jamais fait crucifier personne.

Alors, la faute à qui? Il faut y réfléchir.

LE RESCAPÉ DU DIABLE

« AMBASSADE d'Angleterre à Istanbul, vingt-neuf juillet mil neuf cent cinquante-quatre. De monsieur l'Attaché culturel au ministère des Affaires étrangères, Londres, dix-huit heures cinquante-sept. »

« Ressortissant britannique, Estef Whiteak, quarante-deux ans, passeport n° 20080.467, délivré à Sydney le dix-huit avril quarante-sept, demande rapatriement sanitaire. Attendons références et autorisation. »

Le message a volé au-dessus du Bosphore, de la Méditerranée et de l'Atlantique pour parvenir à Londres dans un bureau de décryptage, et la routine commence. Qui est Estef Whiteak ? Vérification d'identité, vérification passeport, etc.

La réponse mettra quarante-huit heures à parvenir au responsable de l'ambassade d'Istanbul.

En attendant, Estef Whiteak est effondré sur l'immense canapé de cuir qui orne le bureau de l'attaché culturel britannique à Istanbul. C'est un drôle d'homme. Court, trapu, carré de visage et de corps, il donne l'impression d'une force de la nature. Mais son visage est défait, gris, les yeux cernés. Il traîne une barbe de huit jours et le poids de ses épaules semble vouloir le courber en deux.

Il a déposé sur le bureau du fonctionnaire, un

revolver de gros calibre, plusieurs chargeurs et une petite bourse de cuir dont le contenu a fait rêver l' « l'attaché culturel » Steeve Beford.

– Des diamants? Ils sont à vous?

– Je les ai gagnés en tout cas.

– Ecoutez monsieur Whiteak, je ne comprends pas. Vous n'êtes pas pauvre?

– Si. Qu'est-ce que vous voulez que je fasse de ça? Que je les vende dans la rue? J'ai essayé d'en négocier un contre le prix d'un billet de bateau, mais rien à faire. Je suis allé les proposer à des bijoutiers, ils m'en donnent le quart, ou rien du tout... D'ailleurs je m'en fiche, prenez-les! Tout ce que je vous demande, c'est de me renvoyer en Angleterre dans un lit d'hôpital.

– Le médecin affirme que vous n'êtes pas malade. Seulement à bout de forces...

– Vous savez ce que c'est, vous? Que d'être à bout de forces comme je le suis? Non... vous ne savez pas. Vous jouez au bridge, vous trimbalez une ou deux valises diplomatiques, vous coincez un ou deux espions et il vous arrive parfois d'aller parler échange culturel avec trois Turcs, ne me faites pas rire... Si vous ne me renvoyez pas à Londres, si je sors d'ici, je me flingue! Je suis fou, vous comprenez ça? Fou!

– Le médecin dit que...

– Allez vous faire foutre avec votre médecin!

Dieu du ciel! My God! Le petit attaché culturel, à la mise impeccable et aux manières si distinguées, est proprement effrayé par ce rustre. L'ambassadeur n'en veut pas. Le chef de Cabinet n'en veut pas, le chef des Services de Communications n'en veut pas. Personne ne le connaît, il n'était chargé d'aucune mission ultra-secrète, il est inconnu des fichiers de l'ambassade, alors? Pourquoi est-il venu frapper justement ce soir, à la porte de cette

Le rescapé du diable

ambassade, alors que le petit attaché culturel était de service pour un cocktail réunissant la fine fleur de la poésie turque d'inspiration anglaise? (A moins que ce ne soit le contraire, il ne sait plus très bien.)

Et tout le monde s'en fiche. Il a téléphoné partout, et partout on lui a répondu : « Connais pas ce type! Débrouillez-vous, mon vieux, et bon week-end! » Le pauvre attaché culturel avait beau répéter :

– Mais il a une arme terrible! Et des diamants!

On lui répondait :

– Il vous les a remis? Bon. Alors, mettez ça au coffre et envoyez un message à Londres, nous verrons bien ce qu'ils diront là-bas.

Voilà où en est le petit attaché culturel de l'ambassade d'Angleterre à Istanbul. Tout seul, tout petit dans son joli smoking blanc, devant un rustre en haillons ou presque, sale, barbu, et qui ne cesse de répéter.

– Envoyez-moi dans un hôpital à Londres ou je me flingue!

Ça le change des petits fours et de la poésie.

Estef Whiteak s'est pelotonné sur le beau divan de cuir, l'œil brillant de fièvre et il réclame de la quinine. Il a avalé six comprimés d'un coup, arrosés d'un verre de whisky. Il a l'air d'un lion malade.

Steeve Beford a abandonné le déroulement de son cocktail et tente de convaincre son visiteur de se rendre dans un hôtel pour y passer la nuit. Mais l'autre refuse en secouant la tête, comme un homme ivre.

– Non. Ah! ça, non! Gardez-moi ici, sinon vous serez responsable de ma mort, et je veux pas crever, vous entendez? Je veux pas crever! Faut me sortir de là...

– Vous ne pouvez pas rester ici!

– Et pourquoi pas? C'est mon ambassade, non? Je suis anglais? Bon. Parce que s'ils m'attrapent, je ne sortirai pas des prisons turques avant trente ans! Et j'ai rien fait, j'ai tué personne. C'est l'autre, c'est la faute de l'autre, le Chilien...

– Le Chilien? Quel Chilien?

– Un Chilien de cauchemar, je sais pas ce qu'il nous a fait boire, mais il nous a rendus dingues, complètement dingues... Dites, ça vous est déjà arrivé d'être soûl sans avoir bu? De faire des cauchemars sans dormir? Non? Eh bien, c'est mon cas. J'ai la tête qui s'effrite, j'aurais pu tuer tous les autres moi aussi, si on les avait pas déjà tués...

– Mais qui êtes-vous à la fin?

– Estef Whiteak, représentant de commerce, on m'appelle Stef. Je vends des machines-outils, je suis un type tranquille, je vous assure. D'habitude, je suis un type tranquille.

– Qu'est-ce qui vous est arrivé, alors?

– J'ai rien compris. Ça se brouille dans ma tête...

– D'où vient cette arme?

– Je sais plus. Du Chilien, ou du Français, ou des autres, je l'ai ramassée...

– Où ça?

– Dans le hangar, j'ai mis la main dessus.

– Et les diamants? D'où viennent-ils?

– Les diamants? Ah! les diamants, je les avais au cou. Ça, c'est pas de ma faute, ils m'ont attaché ça au cou, vous comprenez? Alors évidemment, je suis parti avec!

– Ne vous endormez pas là, voyons. Levez-vous, je ne comprends rien à ce que vous racontez. Est-ce que vous êtes un gangster?

Mais l'homme s'est endormi, d'un coup. Le souffle rauque, il transpire abondamment, et a vraiment l'air malade. Pourtant, le médecin a déclaré : « Rien de grave, une petite drogue hallucinogène, le pouls est presque normal, il a dû absorber ça il y a plusieurs heures, aucun risque. »

Il ne reste qu'à attendre. Attendre, d'une part que Londres examine à la loupe l'identité de cet homme et donne une réponse à sa demande de rapatriement; et, d'autre part, attendre que l'individu veuille bien expliquer plus clairement ce qui lui est arrivé.

Steeve Beford a passé une mauvaise nuit dans son smoking tout blanc. L'aube se lève, et le locataire insolite qu'il a accueilli la veille s'ébroue avec précaution sous un robinet d'eau froide.

— Est-ce que vous allez enfin me dire ce qui vous est arrivé?

— Ça risque de vous paraître un peu fou.

— Allez-y et qu'on en finisse.

— Ça a commencé avec le Chilien, un Chilien qu'on a rencontré dans une boîte de nuit près du Bosphore...

— Qui « on »?

— Moi, un petit Français, un Suédois qui avait l'air d'une fille, et puis deux autres. On était six. J'aime mieux ne pas trop me rappeler leur tête. On ne se connaissait pas, une équipe de pauvres types déprimés, en panne dans ce fichu pays, et sans fric.

— Je croyais que vous étiez représentant de commerce?

— C'est marqué sur mon passeport, mais il y a bien longtemps que je ne vends plus rien. Je traînais là avec les autres, un cafard... Alors le Chilien a dit : « Je vous propose le jeu du diable, qui est partant? » On ne savait pas ce que c'était le jeu du diable. Il a dit : « Si vous êtes d'accord, si vous n'avez plus rien à perdre, on y va! Il nous faut une grange et des armes. Qui a une arme? » Le petit

Français en avait une, le Chilien aussi, et puis
l'autre type. Le Chilien est allé palabrer avec je ne
sais qui, et puis il est revenu au bout d'une heure,
en jetant ce petit sac sur la table. « Y'a pour des
millions de diamants là-dedans. Je connais un type
qui met ça en jeu, ça vous va? » Comme on avait
d'argent ni les uns ni les autres, on lui a demandé ce
qu'on allait miser, et à quoi on jouait. Alors il nous a
entraînés dans la rue, on a marché jusqu'à une
grange, le Chilien a fermé les portes, il a allumé une
lampe et il nous a expliqué : « Voilà. Chaque type
se met au fond, tout seul, on éteint, les autres tirent,
ils vident un chargeur, et quand on rallume la
lumière, si le type est pas mort, il emporte le
sac. »

Le petit attaché culturel ouvre de grands yeux :

– Mais c'est de la folie! A quoi ça rime? C'est
même de l'assassinat! Et qui a mis les diamants en
jeu? Qui?

– On en savait rien. Le Chilien a dit que le
commanditaire resterait caché.

– Vous avez servi de bêtes de cirque, oui! Pour
des malades...

– Possible, on savait plus très bien ce qu'on
faisait, le Chilien nous a fait boire quelque chose.
On s'en fichait! Faire ça ou traîner misère dans ce
pays...

– Et vous l'avez fait?

– On a tiré au sort, c'est le petit Français qui a
commencé, et puis le Suédois. Ça allait tellement
vite, on avait l'impression de devenir fou, l'odeur de
la poudre, les types qui s'écroulaient, et le Chilien
qui gueulait à chaque fois! Un vrai diable! A chaque
mort, il allumait la lumière, hurlait et jetait par
terre son paquet de cartes. Celui qui tirait l'as de
pique allait se mettre au fond, à vingt mètres
environ. On lui laissait une minute pour se repérer

dans le noir et essayer de nous tromper sur l'endroit où il s'arrêtait. Après ça, on déchargeait au jugé... Il y avait la prière aussi, une espèce de litanie de Satan, on rechargeait les armes, et ça recommençait. On était transformés en démons enragés. Quand mon tour est arrivé, il ne restait plus pour tirer sur moi que le Chilien et un autre. J'avais repéré une poutre assez haute, et pendant qu'ils comptaient jusqu'à soixante, dans le noir, je me suis déplacé juste en dessous. J'avais la chance d'avoir des semelles de crêpe, je faisais moins de bruit, j'ai déplacé les corps des autres, en vitesse, et puis j'ai attendu... cinquante-cinq, cinquante-six, cinquante-sept, cinquante-huit... j'ai bondi pour m'agripper à la poutre. Quand ils ont tiré, j'ai senti qu'une balle déchirait mon pantalon, elle m'a éraflé la jambe, je m'agrippais comme un singe... Je sentais mes doigts s'engourdir... J'allais tomber. La peur me secouait, c'était une sensation horrible. Quand j'ai lâché, ils tiraient encore, mais aucune balle ne m'a atteint. Une fois la lumière rallumée, je me suis retrouvé à quatre pattes par terre, vivant, et le Chilien s'est mis à hurler de rage, il disait que j'avais gagné, que ce salopard d'Anglais avait gagné. Moi je ne réalisais pas, la tête me tournait. Alors je ne sais pas qui a éteint la lumière de nouveau, et le Chilien et l'autre se sont mis à se tirer dessus comme des fous. A un moment ils étaient si proches de moi que je me suis aplati par terre, j'ai senti une main qui voulait m'arracher le sac qu'on m'avait pendu au cou, et puis plus rien. Je me suis relevé, j'ai cherché la lumière. Ils étaient tous morts, tous... Il ne restait plus que moi. J'ai entendu le moteur d'une voiture au-dehors. Je suppose que le commanditaire s'est sauvé. Il avait eu son compte de spectacle

– De spectacle? Vous appelez ça un spectacle?
– Il faut croire que c'en est un, du moins pour

celui qui a mis les diamants en jeu. A mon avis, il doit espérer que les types meurent tous, pour récupérer ses diamants ensuite. Mais là, il a dû avoir peur. Le Chilien était mort, c'était lui qui devait racoler les fous comme moi et les autres... Sans lui, il a dû avoir peur que je lui tire dessus, ou que je le poursuive...

— Mais le Chilien ne jouait pas, lui?

— Si. Mais il n'a jamais tiré l'as de pique... Une combine sûrement. En voyant que j'étais vivant, il s'est énervé, il a voulu tuer ceux qui restaient, probablement à cause de la police, et puis ça a mal tourné pour lui.

— Vous auriez dû vous rendre à la police! Vous avez participé à un massacre, est-ce que vous vous en rendez compte?

— Si je m'en rends compte? Mais mon vieux, j'ai fait partie du gibier. Quand on a connu ça...

— Qu'espérez-vous en vous réfugiant ici? Nous ne pourrons pas refuser de vous remettre à la police turque si elle vous réclame!

— La police? Personne ne la préviendra. Le type qui organise ce genre de spectacle n'a aucun intérêt à en parler, et les autres sont morts. Par contre, si je ne disparais pas de ce pays, il me retrouvera!

— Rendez-lui ses diamants!

— Vous êtes naïf mon vieux, il est sûrement pourri de fric, c'est pas ça qui le tracasse à cette heure, c'est moi. Je suis en danger, il faut me faire filer en Angleterre...

— Je crains que ce ne soit pas possible, vous relevez du droit commun.

— Et les espions alors? Vous les faites pas disparaître en douce?

— Mais vous n'êtes pas un espion! Et vous ne proposez rien en échange de votre fuite...

— Si! Je propose des renseignements. Ça doit

vous intéresser de savoir comment a disparu la
jeune Anglaise dont parlent les journaux? Miss
Violet Marfield?

– Vous connaissez la fille de Lord Marfield?

– Je sais où elle est en tout cas. Ça aussi c'est une
astuce du Chilien...

– Vous devez dire tout ce que vous savez! Lord
Marfield pourrait vous y obliger!

– Eh bien, qu'il m'y oblige! Mais en Angleterre, et
je lui dirai tout. Ça vous va?

– Je dois envoyer un autre message à Londres.

– Envoyez mon vieux... envoyez! Pourvu que je ne
bouge pas d'ici. Voyez-vous, avant cette histoire, je
me serais volontiers jeté à la mer. J'avais attrapé le
dégoût de vivre. Je n'existais plus. Mais ce que j'ai
vécu l'autre nuit m'a redonné de l'appétit, je veux
voir le ciel, je veux être vivant. Je donnerais n'importe quoi pour ça, prenez mes diamants, télégra-
phiez, mais faites vite, avec un peu de chance, vous
pourrez peut-être récupérer la fille aussi.

Quarante-huit heures plus tard, Estef Whiteak
était rapatrié en convoi sanitaire et, à peine arrivé à
Londres, il racontait ceci :

– Le Chilien faisait partie d'un réseau qui attire
des filles dans une sorte de secte. Il y a des prêtres,
qui sont prêtres si on veut, je ne sais pas ce qui se
passe vraiment, mais j'ai entendu dire qu'ils font
des messes sataniques et qu'ils obligent les filles à
se sacrifier en se donnant au diable. En réalité, le
diable est un homme comme vous et moi, et il
profite des jeunes tendrons qu'on lui amène. Le
Chilien a dit, à un moment de la soirée, pendant
qu'on discutait dans ce bar, qu'il y avait des jeux
pour tout le monde à Istanbul, pour les jeunes filles
de la bonne société, comme pour les pauvres types
comme nous. En rigolant, il a raconté au petit
Français qu'il avait capturé récemment une petite

Anglaise, blanche et blonde, une vraie perle, une fille de lord, et qu'elle jouait très bien avec le diable. Si vous voyez ce que je veux dire. Je n'en sais pas plus. Je ne sais pas où ça se passe. Le Chilien avait un copain dans ce bar, près du Bosphore, vous pouvez peut-être remonter la piste par lui...

La piste fut remontée. Et plusieurs semaines après les révélations d'Estef Whiteak, un autre convoi sanitaire rapatriait Miss Violet Marfield, dix-neuf ans, folle, et que l'on dut enfermer. Elle avait été découverte dans une villa des alentours d'Istanbul, où elle pratiquait le culte du diable. Les médecins réussirent à comprendre à peu près ce qui lui était arrivé, au travers d'un délire verbal et de crises d'hystérie effroyables.

On l'avait persuadée qu'elle devait accepter la visite du diable et que, pour racheter les fautes de l'humanité, elle devait s'offrir aux prêtres...

Les « prêtres » de cette secte immonde ne furent pas tous arrêtés. Certains, même, vu leur position sociale, durent échapper au scandale. Mais la jeune fille avait définitivement perdu la raison.

Estef Whiteak n'a raconté cette histoire que bien des années plus tard, à un journaliste américain. Et l'on a su que cet étrange jeu de mort se pratiquait encore dans certains pays, en Amérique du Sud notamment, où il arrive que la police découvre au fond d'une grange, deux ou trois cadavres, allongés contre un mur, criblés de balles. Mais il est rare, très rare, que l'on retrouve le diable, à l'origine de ces jeux, car il est rare, très rare, qu'il y ait un survivant.

LES PETITS HOMMES
DU CENTRE DE LA TERRE

Il y a scène de ménage chez les Winston. Sarah est dissimulée derrière une table renversée, alors que Lucius, son époux devant Dieu et les onze enfants qu'il lui a faits, tape sur la table en question avec une marmite de soupe.

Il n'y a plus de soupe dans la marmite, les onze enfants pleurent, et soudain un cri perçant jaillit de dessous la table :

– Lucius! Par le démon qui t'habite, tu m'as tuée!

Lucius est un colosse d'un mètre quatre vingt-dix, employé dans une boucherie de San Francisco, où il transporte des moitiés de bœuf sur son dos et sans le moindre effort.

En conséquence de quoi la table sur laquelle il cognait a cédé sous la marmite, et en dessous, c'est à présent le grand silence... L'aînée des onze enfants, Carole, dix-sept ans, se met alors à hurler à son tour, et dans l'immeuble c'est immédiatement la panique. Des voisins tentent de ceinturer le colosse furieux, la police arrive, on retire de dessous la table les restes, plus très beaux, de Sarah Winston dont le crâne a souffert au point de la laisser pour morte.

Les voisins crient à l'assassin, les policiers emmènent Lucius Winston, et ne se doutent pas qu'en démêlant ce qu'ils croient être une classique scène de ménage, ils vont mettre au jour le maître d'un monde souterrain inconnu et fantastique.

Lucius Winston est calmé. Il pleure même, il a peur d'avoir tué sa femme, et le policier qui l'a pris en charge le laisse dans le doute, avec une certaine cruauté :

– Alors? On est grand, on est costaud, et tout ce qu'on trouve à faire c'est de cogner, hein?

– C'est la colère, monsieur! J'ai vu rouge... Ça fait des semaines que je lui disais de laisser tomber, et voilà qu'elle a tout donné à ce type!

– Elle t'a trompé? C'est ça?

– Trompé? Oh! non, Sarah est pas comme ça, monsieur, mais elle est devenue folle. Vous vous rendez compte, dix ans d'économies qu'elle a données à cet escroc! Avec la montre en or de mon père et la paie de la semaine pour faire le compte. Si elle avait pu, elle lui aurait donné ma chemise. Alors vous comprenez, quand elle m'a dit que c'était pour l'humanité! Moi, j'ai vu rouge...

– Tu parles d'un escroc? Il fallait taper sur l'escroc pas sur ta femme!

– A condition de savoir où il est, monsieur! Il paraît qu'il vit sous la terre! Et qu'il a une armée entière... et que si on essaie de lui faire du mal, on meurt...

– Qu'est-ce que tu me racontes, Lucius Winston?

– La vérité, je le jure...

– Personne ne peut vivre sous la terre, voyons... qui t'a raconté ces bêtises?

– Sarah... Sarah ma femme, et elle a tout donné pour la cause : les économies, la montre...

– Voyons ça par le début. Qui est ce type?

– Moi, je l'ai jamais vu, mais Sarah dit qu'il s'appelle Arthur Bell. Il connaît des secrets terribles. Elle lui a donné notre argent pour qu'on soit « heureux et protégés », c'est ce qu'elle disait. Sinon, ceux qui vivent sous la terre nous auraient crevé les yeux, et on serait morts à cause de je ne sais quoi, un rayon qu'ils ont dans la tête. Moi, j'y croyais pas, mais ma femme Sarah, elle est naïve, elle croit tout ce qu'on lui dit. J'aurais pas dû cogner, hein? S'il vous plaît, je voudrais la voir maintenant.

Pauvre Lucius Winston, pauvre colosse de quarante-cinq ans, aux mains comme des battoirs. Il avoue qu'il avait bu une bière avec les copains et que la bière ne lui vaut rien, elle lui monte à la tête, surtout s'il n'a pas mangé. Or, ce soir-là, un soir de juin mil neuf cent trente-sept, voilà qu'il n'y avait rien à manger sur la table, à part une marmite de soupe pour lui et les onze enfants. Voilà que Sarah disait :

– Pendant sept ans, nous mangerons de la soupe. Nous appartenons au « Mouvement de l'humanité », nous devons être pauvres, abandonner tous nos biens terrestres et, plus tard, nous aurons une belle maison sur la nouvelle planète, avec une piscine, et une cascade, nous ne travaillerons plus que quatre heures par jour, dans les jardins, nous serons les survivants, il n'y en aura que deux cents millions sur la terre. Arthur Bell nous a choisis...

La petite Sarah, usée par les grossesses à répétition, levait sur son époux colossal des yeux bleus extasiés. Depuis, sa rencontre brutale avec une marmite de soupe à travers une table de bois, lui a ouvert le crâne. Mais elle ne mourra pas. Le policier vient de comprendre qu'il y avait derrière cette bagarre une de ces escroqueries monumentales qui fleurissent en Californie, à raison d'une tous les printemps. Prêcheurs, Dieu réincarné, rassembleurs de fidèles, annonciateurs d'apocalypses, les maîtres de sectes les plus invraisemblables font chaque année des centaines, voire des milliers de dupes. Quand ils ne tuent pas eux-mêmes ou par procuration...

Alors, nantis des bribes d'informations recueillies auprès du mari et des enfants de Sarah Winston, deux policiers s'en vont à la recherche d'Arthur Bell, qui vit dans la cave d'un immeuble de San Francisco, immeuble dont il est propriétaire.

Mais la rencontre n'est pas simple. L'homme connaît ses droits, et refuse de recevoir des policiers sans mandat de perquisition. Il demeure invisible, comme un rat au fond de son trou, tandis qu'un drôle de « secrétaire », efféminé, sert d'intermédiaire entre lui et la surface.

– Mon maître ne supporte pas la lumière du jour. Il vit dans les ténèbres, il ne pourra pas vous recevoir et n'a rien à se reprocher. Si vous désirez des renseignements, adressez-vous à notre avocat, maître Ronald...

– Qui habite ici?

– Personne d'autre que mon maître et moi-même...

– Et dans les étages?

– Personne je vous dis, nous avons besoin de silence. Voyez notre avocat.

Or, la situation juridique est compliquée. Personne n'a porté plainte pour l'instant, contre cet Arthur Bell. Seul, Lucius Winston demande à le faire, mais comme il est, d'autre part, inculpé de tentative de meurtre, l'avocat a beau jeu de répondre que son client, Arthur Bell, ne pourra être entendu comme témoin que s'il est cité au procès de cet homme. Pour l'instant, cet individu nommé

Lucius Winston a-t-il des preuves d'une escroquerie dont il aurait été victime? Non, bien sûr...

– Ce serait trop facile, messieurs, cet homme veut tuer sa femme et ce qu'il trouve pour se défendre, c'est d'accuser un innocent, en racontant des balivernes! Revenez quand vous aurez des preuves de quoi que ce soit, et il serait bien étonnant que vous en ayez. Mon client est un scientifique, dont la fortune personnelle lui permet de se livrer à des travaux de recherche. Si cet homme ose le traiter d'escroc, je ferai immédiatement le nécessaire pour l'accuser de diffamation...

Et la porte du bureau de l'avocat se referme avec courtoisie sur les deux enquêteurs furieux.

Furieux aussi le shérif :

– J'ai l'impression que dans cette ville il vaut mieux être un fichu escroc qu'un honnête homme avec une bière en trop... Débrouillez-vous pour vous infiltrer dans le circuit de ce type! Je veux savoir ce qu'il magouille, à qui il prend les « dollars de sa fortune personnelle », tout quoi! Et si vous n'arrivez à rien de mieux, coincez-le en flagrant délit d'attentat aux mœurs avec ce type qui vit avec lui, son secrétaire, soi-disant.

– Pas facile Shérif. Ils ne sortent jamais.

– Comment ça, jamais? Et ils mangent quoi?

– On l'ignore, Shérif. Dans le quartier, on nous a dit que personne ne les voyait jamais dans la rue. Des gens leur apportent de la nourriture.

– Alors coincez l'un d'eux, et faites-le parler!

– Bien chef.

– Et le courrier?

– Pas de courrier, chef. Le facteur ne s'arrête jamais chez eux, ils sont malins. S'ils extorquent de l'argent, ce n'est sûrement pas par petites annonces. Ça doit se faire de la main à la main, sans papier ni contrat. Il faudrait faire parler Sarah Winston...

– Les médecins disent qu'elle ne peut pas pour l'instant. Ils ne sont même pas sûrs qu'elle ne restera pas diminuée. Le mari paiera pour ça, mais je le crois sincère sur le reste. Un pauvre type comme lui ne pourrait pas inventer de pareilles énormités. Mettez-vous au travail. Sarah Winston n'est sûrement pas la seule à avoir « confié ses économies » à cet Arthur Bell...

– L'ennui, c'est qu'on est repérés, Shérif.

– Eh bien, trouvez-vous un mouton, une femme de préférence... Quelque chose me dit que l'histoire montée par ce type doit mieux marcher avec les femmes.

Un mouton? C'est parmi les prostituées interpellées dans la nuit, que les deux policiers vont le choisir, ce mouton.

Elle s'appelle Mina, il suffit de la débarbouiller de ses fards, de l'habiller en petite ouvrière, de lui apprendre son rôle, et de lui promettre pour sa peine, d'être protégée dans l'exercice de son métier.

« Les méthodes policières ne sont pas toujours très pures. Mais, lorsqu'on nage dans un milieu pourri, il faut parfois utiliser des méthodes pourries. » (Déclaration du shérif qui approuve le projet.)

Mina, un mètre soixante-deux, cinquante kilos, de mère japonaise et de père blanc, inconnu, a préféré jouer les moutons, plutôt que de moisir en cellule; la voilà donc traînant dans le quartier où gîte Arthur Bell et faisant connaissance peu à peu des fidèles qui viennent lui rendre visite.

Elle comprend rapidement le procédé. Les fidèles viennent de leur plein gré se dépouiller de leurs biens terrestres. Ils vendent leur maison, leurs bijoux, ils apportent leurs économies, et que leur promet-on en échange? Mystère. Il faut, pour accéder aux révélations du maître, lui faire don de tous ses biens. Or, Mina n'a de biens au soleil que sa petite personne, et ça ne suffit pas pour entrer dans le « Mouvement de l'humanité ». Alors, elle laisse entendre que sa famille est aisée et qu'elle arrivera bien à les convaincre. On lui conseille d'apporter une preuve de ses dires, sous la forme d'un paquet de dollars. Comment faire? Pas question pour le shérif de miser lui-même...

Mina propose alors tout simplement la chose suivante :

– Laissez-moi « travailler » dans les beaux quartiers une semaine, sous protection, car c'est une chasse réservée... Je vous laisserai la moitié de mes gains...

Cette proposition fait bondir le shérif. La police deviendrait souteneur? C'est tout à fait immoral!

Mais la petite Mina a la réplique convaincante :

– Vous avez d'autres moyens d'obtenir cinq cents dollars en une semaine avec la bénédiction de vos chefs? Non? D'ailleurs, je ne serai pas la première à refiler un pourcentage à la police. Vous devriez enquêter un peu dans vos services. Ça se pratique déjà sans votre autorisation, vous savez? Et moi, j'ai hâte d'en finir avec cette histoire. J'ai vingt-cinq ans, c'est un âge où on ne perd pas de temps dans mon métier. D'accord? J'en ai pour une semaine.

Et en une semaine, Mina remplit parfaitement son contrat. Cinq cents dollars pour le combat de la justice en marche, cinq cents dollars (peut-être plus) dans sa tirelire personnelle...

Et la voilà dans les entrailles de la terre, prête à écouter le sermon d'un illuminé qui va sûrement lui parler de Dieu ou de quelque chose d'approchant, sous prétexte de lui prendre ses sous.

Or, ce n'est pas ça. C'est pire. C'est de la science-fiction. Voici enfin qu'apparaît Arthur Bell. Vêtu d'une longue robe de lamé, le cheveu rasé, la tête ornée d'une sorte de couronne médiévale, hérissée d'antennes, il ressemble à un insecte malade. Petit, le teint blafard, les ongles démesurés et crochus, il s'assied sur un trône de pierre et dans la faible lueur des torches, il parle :

– Vous êtes ici dans l'antichambre du royaume souterrain. Je suis le roi de l'humanité, celui qui a été envoyé à la surface de votre planète pour choisir ceux d'entre vous qui auront la grâce de vivre sous la protection de mon armée invisible. Devenez pauvres sur la terre pour un cycle de sept années, et vous serez riches et heureux sur une terre débarrassée des êtres méchants ou incrédules.

Ce petit discours achevé, chacun des adeptes vient déposer aux pieds du maître sa fortune. Une trappe s'ouvre et les billets ou les bijoux disparaissent dans les entrailles de la terre.

Puis, l'insecte reprend :

– Je peux débarrasser le monde de la pauvreté et de la guerre quand le moment sera venu. Je suis le représentant d'une race suprahumaine. Mon armée est faite d'hommes qui me ressemblent, ils sont petits, car ils vivent dans les grottes du centre de la terre. Leur tête est métallique, leur cerveau de métal est capable d'émettre un rayon si puissant qu'il peut faire sauter les yeux des humains à des milliers de kilomètres. Un jour, la grande guerre viendra nettoyer la surface de la terre et vous, les élus de l'humanité, vous serez enfin seuls au monde, à la surface de votre planète. Vous serez deux cents millions, pas un de plus, gouvernés par les puissances du magma originel, par le feu du centre de la terre et son armée. Vous serez heureux comme vous ne l'avez jamais été. Vous aurez une maison d'une valeur de vingt-cinq mille dollars avec un équipement ultra-moderne. Vos enfants joueront dans une piscine d'eau bleue et vous mangerez les fruits du paradis terrestre. Plus aucune guerre ne viendra troubler votre félicité. L'armée souterraine vous en protégera à distance. C'est le grand secret que vous partagez désormais avec moi. Mais n'oubliez pas, vous ne devez plus avoir de biens terrestres, et tout ce qui vous sera donné en attendant le grand jour devra servir à la communauté du Mouvement humanitaire. C'est à ce prix que le monde vous appartiendra!

Et l'insecte disparaît dans les profondeurs de sa cave, tandis que le secrétaire fidèle enjoint aux « initiés » d'obéir à la loi du secret, faute de quoi, les petits hommes au cerveau d'acier, les détruiront à distance, à l'aide de leur fabuleux rayon de la mort. Qu'ils n'oublient pas non plus, ces initiés, de vider régulièrement leurs poches, et leur coffre-fort, dans le puits de la terre, sinon le maître les rejettera sans pitié à la surface de ladite terre, où ils périront avec les autres.

Mina, la prostituée au service de la police de San Francisco, se dit que voilà un système remarquable pour détourner l'argent des imbéciles. Bien plus remarquable que son pauvre négoce et qui a dû rapporter gros. Car elle apprend de ses voisins extasiés, que le maître Arthur Bell en est à sa deuxième année d'exercice et qu'ils sont déjà quatorze mille adultes de tous âges, à lui avoir fait don de leurs biens.

Son travail de mouton est terminé, Mina rend compte à la police de San Francisco, et l'affaire se discute à présent au plus haut niveau. Comment piéger Arthur Bell? Aussi insensé que cela paraisse, il est pour l'instant inattaquable. Chaque individu lui a remis de l'argent de son plein gré. Il n'a fait de mal à personne, il n'incite ni à la violence, ni à la perversion; rien légalement, en mil neuf cent trente-sept, ne permet de coincer l'escroc en passe de devenir milliardaire au fond de sa cave.

Même la pauvre Sarah Winston, remise de ses blessures, ne veut pas admettre l'escroquerie dont elle a été victime et, pire, elle demande le divorce avec la garde de ses enfants, avec tous les bons motifs de son côté, puisqu'elle a été victime de violence.

Au fond de sa cellule, Lucius Winston se sent devenir fou.

– Sortez-moi de là! Sortez-moi de là, j'irai l'étrangler ce fils de chien! J'irai l'étrangler je vous dis!

Le shérif n'est pas loin de penser que ce serait là la solution la plus simple. Seulement voilà, Lucius est accusé d'homicide, il n'est pas question de le relâcher même sous caution, puisqu'il a avoué sa tentative d' « homicide ». Alors il sera jugé. Et il va prendre six ans, avec les circonstances atténuantes. Six ans de prison et un divorce à ses torts, ses enfants dispersés, répartis dans les centres d'accueil pour orphelins, car l'état de santé de leur mère ne lui permet pas d'assurer leur existence.

Et les six ans passent...

Lucius Winston retrouve la liberté en mil neuf cent quarante-deux, avec quelques mois de remise de peine. Comme un taureau furieux, il reprend l'enquête, avec pour idée fixe de récupérer son bien, la montre de son père et, accessoirement, de tordre le cou à Arthur Bell.

Il apprendra ainsi que nombre des adeptes sont morts de misère, ou se sont suicidés et que d'autres se sont tout simplement réfugiés dans d'autres sectes. Quand on est fragile, naïf, perdu, à la recherche perpétuelle d'un dieu à adorer ou d'une peur à cultiver, on peut passer ainsi d'une folie à une autre.

Le chemin de l'enquête de Lucius Winston se trouvera ainsi pavé de centaines de drames.

Mais il ne retrouvera pas Arthur Bell, disparu avec la fortune ou les misérables biens d'au moins quatorze mille « gogos », sinon plus. Et la police de San Francisco ne trouvera dans la cave abandonnée qu'un monceau de conserves, un trône de pierre et une trappe vide de tout trésor.

Et, bien évidemment, pas le moindre petit homme au cerveau de fer dissimulé dans les entrailles de la terre.

LA VIEILLE FEMME NOIRE
DE BROOKLYN

Dans un commissariat de Brooklyn, vers cinq heures du matin, en plein été, il y a foule : la nuit a
rejeté, comme une vague sur une plage, les débris
de la nuit : ivrognes endormis, prostituées livides,
visages de clowns tristes aux yeux cernés de noir,
et que l'aube rend fantomatiques, deux ou trois
voleurs à la tire, enchaînés et agressifs, un clochard
philosophe qui parle de Dieu à une chaise vide, une
vieille femme noire et résignée et un journaliste mal
réveillé.

Lorsque le journaliste est arrivé, morose, pour
consulter la liste des arrestations et quêter la
matière de sa rubrique de faits divers, la vieille
femme était déjà là. Assise sur la banquette de bois,
les mains sur les genoux, les yeux clos, elle semblait
prier ou dormir. Le jeune journaliste l'a remarquée,
tout simplement parce qu'elle était le seul visage
noir ce matin-là. Puis il s'est mis à discuter avec le
policier de service.

– T'as du neuf, Mike?

– Un petit voyou si ça t'intéresse, meurtre au
premier degré, une histoire de racket. J'attends la
voiture de patrouille, ils l'amèneront dans un
moment.

Le jeune journaliste hoche la tête. Il attendra. Il

se sert un gobelet de café au distributeur, et son regard tombe à nouveau sur la vieille femme. Cette fois, il remarque qu'elle porte des balafres au visage, de longues cicatrices fines et ciselées dans la peau, à peine visibles au milieu des rides. Elle est étrange cette femme. Immobile et étrange.

– Qu'est-ce qu'elle a fait Mike?

– Qui? La vieille? Rien, elle est un peu zinzin, elle parle de son fils, elle dit qu'on l'a tué cette nuit, mais pas moyen de lui faire dire où ça s'est passé. Une cliente pour l'hôpital, le chef décidera quand le toubib aura fait sa tournée.

La vieille femme ouvre les yeux, regarde devant elle avec lassitude et se lève. Aussitôt, le policier l'interpelle, brutal.

– Eh... Où tu vas, toi?

– Je m'en vais, vous ne faites rien pour mon fils.

– Ton fils, ton fils... Il est où ton fils, hein? T'es pas fichue de le dire! On s'en va pas comme ça! T'as parlé d'assassinat, le chef voudra savoir ce que t'as dans le crâne. Assis! Et on ne bouge plus, ou je te mets dans la cage avec les autres.

– Ma tête me fait mal, je veux partir...

– Pas d'histoire, hein? Si ton crâne est malade, le toubib verra ça...

En bougonnant, Mike boucle la porte du commissariat et lève les bras au ciel :

– Une dingue! Manquait plus que ça ce matin! Depuis la rafle de minuit, ça n'a pas arrêté de piauler et de m'insulter toute la nuit. Ce vieux dégoûtant-là a recraché toute sa bière dans la cellule, et il faudrait encore que j'écoute une vieille peau, noire, à moitié folle!

Les années soixante aux Etats-Unis sont les années dures du racisme. Et même un vieux policier comme Mike, qui n'est pas méchant au fond, ne

110

peut s'empêcher d'employer des termes injurieux pour cette femme digne, qui n'a fait de mal à personne. Mais c'est ainsi, un réflexe conditionné : il l'a traitée de vieille peau noire, comme il a traité l'ivrogne de vieux dégoûtant. Des qualificatifs sans importance pour lui. Depuis tant d'années qu'il fait ce métier, il a l'impression d'être le gardien d'un troupeau d'animaux hétéroclite.

— Tous des dingues, des alcooliques ou des chiffons de trottoirs!

— Je peux lui parler, Mike?

— Sûr! Si ça t'amuse, elle est pas en état d'arrestation, je la garde au chaud parce qu'elle a parlé d'assassinat, mais le chef la mettra sûrement dehors, à moins que le toubib la fasse embarquer! Vas-y mon gars, si t'as du temps à perdre!

Earl Tagger, vingt-cinq ans, jeune journaliste stagiaire en mil neuf cent soixante, étudiant en droit et démocrate, s'intéresse au problème noir dans son pays. Mais ça n'est pas uniquement pour cela qu'il s'approche de la vieille femme. Il a le sentiment qu'elle veut dire quelque chose, qu'elle porte un secret, et après tout, elle a parlé d'assassinat et il est journaliste.

Earl est grand, cheveux en brosse, sourire gentil, pantalon de jean et baskets aux pieds. Il se penche sur « la vieille peau noire », avec une courtoisie qui lui est naturelle.

— Vous êtes malade, madame?

— Malade, oui mon garçon. Je souffre de la mort.

— Que vous est-il arrivé?

— Tu n'es pas policier, toi?

— Non, madame, je suis journaliste, enfin j'apprends mon métier. On ne me paie pas pour l'instant. Je peux faire quelque chose pour vous?

— Je ne sais pas, garçon. Mon fils est mort, je l'ai

senti dans ma tête vois-tu, il est mort et ça m'a fait mal, une grande douleur qui sonne encore dans mon crâne...

– Comment est-il mort?

– Je ne sais pas, garçon. Mais c'est comme si on m'avait tuée moi-même. J'ai vu son visage, et tout a éclaté.

– Comment ça, madame, je ne comprends pas? Vous étiez là? Vous étiez présente? Et vous ne savez pas comment on l'a tué?

– Oh! mon garçon, je n'étais pas là, je n'ai pas vu mon fils depuis bien longtemps...

– Alors, comment savez-vous?

– Je sais! Sa mort est venue jusqu'à moi, dans mon fauteuil. Je ne dormais pas, j'étais inquiète, il faisait chaud, alors j'ai ouvert la fenêtre...

La vieille femme raconte en fermant les yeux, d'une voix lasse :

– ... J'ai tiré mon fauteuil devant la fenêtre, et j'ai regardé dehors, la nuit, les lumières, je respirais mal. J'ai fermé les yeux pour essayer de m'endormir, et tout à coup, j'ai vu le visage de Mathieu, mon fils, comme s'il était devant moi, comme je te vois mon garçon, j'aurais pu le toucher.

– Vous rêviez peut-être?

– Oh non! Presque aussitôt, j'ai senti un grand choc dans ma tête, une grande douleur, comme si elle éclatait, et le visage de mon fils a disparu, alors j'ai su qu'il mourait, il est mort dans ma tête, tu comprends garçon? Une mère peut savoir ça. Chez les Mandingues de l'ancien temps, on savait ça...

– Qui sont les Mandingues?

– C'est ma race, garçon, une bonne race venue d'Afrique, les hommes de chez nous étaient les plus beaux esclaves et les plus chers aussi. Mon arrière-grand-père a été amené dans le Sud. Là-bas, il servait d'étalon pour les autres esclaves. Ma famille à moi mon garçon, c'était des Dioulas de race mandingue, à présent il n'y a plus rien de tout cela... Plus rien... Mon père a travaillé dans les égouts, il était venu dans le Nord pour être libre, et mon fils, lui, il ne voulait pas travailler pour les Blancs. Il est parti très jeune, il disait : « puisque les Blancs nous ont volés, il faut les voler aussi », et je ne sais ce qu'il a fait. De temps en temps il revenait me voir; parfois bien habillé, avec des dollars dans les poches, d'autres fois parce qu'il avait faim et ne savait pas où dormir... et puis le temps a passé, et j'ai vieilli sans le revoir. Il a plus de quarante ans à présent, il ne savait pas que je pensais à lui tous les jours. Une mère pense à son fils tous les jours. Elle a peur pour lui, s'il n'est pas là, parce qu'elle ne peut pas le protéger. Mais Dieu m'a fait connaître sa mort, il ne m'a pas abandonnée. A présent je veux son corps. C'est pour ça que je suis venue à la police, mais ce vieil idiot de flic là-bas, il ne comprend rien. Comment est-ce que je peux faire pour retrouver mon fils? Où est-il? Sa pauvre tête est dans la rue, par terre, ou dans les poubelles, comme un chien... Il était si beau mon fils, un vrai Dioula, grand et fort! Son père lui disait : « Fais de la boxe mon fils, va boxer les Blancs sur un ring, ils te donneront de l'argent pour ça. » Et il est mort... Il n'a pas fait de boxe, il n'a jamais rien fait que d'avoir le cœur et le sang en révolte...

Earl Tagger ne sait trop quoi penser, et le récit de cette femme l'a ému plus qu'il n'ose l'avouer. Mais que faire pour l'aider? Et comment prendre au sérieux le cauchemar d'une vieille femme?

– Tu ne me crois pas garçon? Et pourtant on a assassiné mon fils. Il est mort assassiné, cette nuit, la pendule n'avait pas encore sonné trois heures. Sa tête a éclaté dans la mienne, comme si c'était la mienne, tu comprends garçon? Tu comprends? J'ai eu le goût de son sang dans ma bouche.

Le policier claque des doigts avec impatience :

– Eh... Earl! Tu perds ton temps, j'ai un assassin pour toi! Un vrai, ça t'intéresse oui ou non?

– J'arrive Mike!

En quittant la banquette de bois, Earl Tagger serre la main de la vieille femme et, Dieu sait pourquoi, il dit :

– Je vais voir si je peux apprendre quelque chose...

Une manière de consolation sans doute, parce qu'il se sent gêné de partir, de laisser là ce paquet de désespoir immobile et impuissant, sur une banquette de commissariat où on s'occupe des Blancs assassins avant les autres, les Noirs... Alors il a essayé, il est allé voir le chef de la police. Et d'abord, le chef lui a ri au nez. Puis, il a haussé les épaules : après tout, si ça amusait ce garçon, rien n'était plus simple que de consulter le central par téléphone. Tous les morts trouvés dans la nuit s'y trouvaient en liste, mais il fallait au moins un nom!

Earl a donné le signalement qu'il avait noté :

– Mathieu Appletree, un type grand et fort, genre boxeur, en tout cas d'allure sportive, la quarantaine.

Une heure plus tard, alors que Earl Tagger rédige hâtivement des notes sur les petits faits divers de Brooklyn au bar voisin, le vieux Mike le rejoint :

– Eh... le chef te demande! On a découvert le cadavre d'un type dans la vingt-sixième rue ouest, un Noir, une balle dans la tête, probablement un règlement de comptes entre petits trafiquants... Il s'appelle comme t'as dit.

Earl Tagger a un frisson soudain. Puis il court

avec Mike jusqu'au dépôt, mais ne voit plus la vieille femme.

– Où est-elle?

– Avec le chef. Il pense qu'elle était au courant de quelque chose, et qu'elle a fait tout ce cinéma pour couvrir quelqu'un.

– C'est complètement stupide! Comment pourrait-elle protéger l'assassin de son fils?

– Oh! tu sais... on en voit d'autres ici! Et ces sacrés Noirs ont leurs salades à eux!

Earl Tagger n'écoute pas la suite, il est déjà dans le bureau du chef Mac Coy. Une bonne brute carrée, habituée à secouer les témoins et les suspects sans beaucoup d'égards, car il n'a pas le temps : trop de crimes, trop de violence, trop de tout à New York.

La vieille femme en face de lui a mis sa tête dans ses genoux, bien serrés, elle se balance en gémissant doucement et Mac Coy est furieux.

– Qu'est-ce qu'elle t'a raconté? Pas moyen de lui tirer une phrase à présent. Comment était-elle au courant de la mort de son fils? Il a été tiré comme un vulgaire lapin, dans une cour de la vingt-sixième rue ouest. La mort remonte à trois ou quatre heures à peine, il était même pas froid! Qu'est-ce qu'elle t'a raconté bon sang!

– Elle ne sait rien chef, j'en suis sûr. Une intuition. Ça l'a prise dans la nuit...

– Radotages! Qu'est-ce que tu essaies de me faire croire Tagger? T'es dans le coup?

– Je vous assure que non, chef. Mike l'a vue le premier, elle lui a dit la même chose, mais il n'a pas compris...

– Et toi, tu as tout compris hein? Elle t'a raconté une histoire de visions... Elle a pas vu l'assassin des fois? Parce que ça m'aiderait, tant qu'on y est...

– Chef, elle n'a rien fait de mal, j'en suis sûr. Elle est sincère, c'est une Mandingue...

– Une quoi?

– Un peuple d'Afrique, des esclaves. Elle m'a dit que chez eux, les mères savent ce qui arrive à leurs enfants.

– Des sorciers maintenant! On aura tout vu! Ecoute-moi bien Tagger, je suis pas raciste, mais l'esclavage, y'a longtemps qu'on n'en parle plus, l'Afrique, ses lois et ses sorciers, j'y crois pas... Donc, je la boucle!

– Mais pour quoi?

– Pour dissimulation de preuves à la police!

– Vous vous trompez. Elle était chez elle, elle est venue directement ici quand elle a ressenti ce... ce choc! Je suis sûr qu'on peut le prouver...

– Eh bien, prouve-le, si ça t'amuse! Et commence par payer la caution : cent dollars, d'accord?

– C'est de l'exploitation!

– Cent dollars! Ou rien du tout, si elle me dit ce qu'elle sait.

– Mais elle ne sait rien! Et puis, elle a droit à un avocat, je lui en trouve un dans les cinq minutes, vous n'avez pas le droit de la garder! Vous le savez Mac Coy! Et si vous le faites... Mon journal...

Earl s'avance peut-être un peu, mais le policier cède :

– D'accord! O.K. D'accord, ramène-la à Mike! Son nom, son adresse, les empreintes, je veux tout! Et qu'elle ne bouge pas de chez elle! Après tu pourras la garder, reporter! Et lui faire raconter sa vie. Il paraît que ça plaît maintenant les histoires de Noirs! Et à moi le boulot! Le vrai!

On ne peut pas changer le monde et les êtres en si peu de temps. Mac Coy n'est pas de ceux qui changent facilement en tout cas. Hormis son peu de sympathie pour les Noirs, il faut reconnaître qu'un policier de métier peut difficilement croire aux visions des gens qu'il côtoie dans l'univers criminel. Preuves, logique, évidence, pièces à conviction, aveux signés, voilà la règle, la loi ne peut considérer l'irrationnel, sinon où irions-nous?

Earl Tagger a pris l'épaule de la vieille femme. Elle voulait voir son fils, elle tremblait de tous ses membres. Son chagrin était bien plus fort et bien plus important que le reste. Alors Earl Tagger a consacré sa journée à de bien tristes choses. A trouver la morgue d'abord, et à guider la vieille femme, au long des couloirs glacés jusqu'au chariot blanc et au drap banc, sous lequel reposait le grand corps nu et noir.

La vieille femme a mis ses mains sur le visage de son fils, elle a effleuré la vilaine blessure au front, elle a gardé le silence longtemps, jusqu'à ce que l'employé décide que cela suffisait. Puis ils sont repartis tous les deux, le jeune journaliste stagiaire et inconnu, et la mère qui disait à voix basse :

– J'ai eu mal au même endroit que lui, tu vois? La balle est entrée dans ma tête. A présent, il ne souffre plus, mais moi, j'ai gardé la douleur, elle ne me quittera pas.

– Vous voulez que je fasse quelque chose? Vous voulez aller à l'hôpital?

– Non garçon, merci. La douleur, c'est le visage de mon fils, il est mort quand je l'ai dit?

– Oui madame, vers trois heures...

– S'il avait écouté son père, il ne serait pas tombé dans la rue comme un chien, on ne trouvera pas celui qui l'a tué...

– Ne dites pas cela, la police le trouvera, il sera puni.

– Je sais bien que non...

– Comment le savez-vous?

– Je sais garçon... Mais je ne suis pas sorcière, pas

pour ça. Je sais qu'un Noir qui avait une mauvaise vie, comme mon fils, peut se faire tuer sans que les Blancs courent après l'assassin. Ils disent : « un de moins », c'est tout, c'est normal.

— Mais le reste? Comment expliquez-vous? Dites-moi... C'est extraordinaire d'avoir eu ce pressentiment.

— Ça, garçon, personne ne te l'expliquera. Personne n'explique le malheur, personne n'explique le hasard, ni pourquoi les uns naissent blancs et les autres noirs.

— Mais tout de même... Je n'ai jamais vu ça, et je ne crois pas que cela puisse m'arriver.

— Cela n'arrive qu'à ceux qui aiment, garçon. Ceux qui aiment plus fort que les autres, qui souffrent pour les autres, qui prient et pleurent pour les autres. Mais pas à tout le monde, garçon. Moi, j'ai vu et j'ai senti mon fils mourir dans ma tête, mais lui, ma mort n'aurait pas été jusqu'à lui...

Sur un trottoir inondé de soleil, en pleine chaleur d'été à New York, Earl Tagger a regardé la vieille femme s'en aller, monter dans un autobus et disparaître. Il ne l'a jamais revue et le meurtre de son fils est resté impuni.

QUI A MORDU CLARA ?

UNE jeune fille qui court sur un trottoir de Manille, cela n'a rien d'étonnant. Mais une jeune fille qui hurle tout à coup, et se retourne, bras levés comme pour se défendre d'un attaquant invisible, c'est curieux.

Les trottoirs de Manille dans les années cinquante, ne ressemblent pas à ceux d'aujourd'hui. De part et d'autre du fleuve Pasig qui divise la ville en deux, il y a deux sortes de trottoirs. D'un côté, les trottoirs qui longent les églises, les couvents, la citadelle, l'arsenal et la cathédrale, trottoirs calmes et dignes où personne ne court. De l'autre, les trottoirs commerçants, qui longent les canaux, les maisons des bourgeois riches et moins riches, puis en descendant vers le port, les échoppes des Chinois et des créoles, les cabarets-restaurants pour pêcheurs et le poste de police.

La jeune fille court en direction de ce poste de police, que l'on aperçoit au bout de la place, entre un bureau de tabac et la boutique d'un marchand de sucre.

Le policier de garde, flegmatique, la laisse passer, trop occupé qu'il est à siroter le café du marchand voisin. Il a tort, car à peine entrée, la jeune fille se roule par terre en poussant des cris effrayés. Une véritable crise d'épilepsie sans doute, que trois hommes ont bien du mal à juguler. Gifles, eau froide, rien n'y fait. Et comme la fille est jolie, les policiers hésitent à la maltraiter.

Le commissaire appelle une ambulance à l'hôpital, en précisant :

– J'ai une folle, une dingue ou une droguée, j'en sais rien, mais dépêchez-vous de venir la chercher.

Le temps pour l'ambulance poussive d'arriver sur place, et la jeune fille s'est un peu calmée.

Assise par terre, sa robe de cotonnade déchirée, les épaules nues, elle jette autour d'elle des regards si effrayés que le commissaire lui demande :

– Et alors? Tu as peur de quoi?

La réponse le fait sursauter :

– Où est-il?

– Qui ça?

– Où est-il? L'homme! Celui qui m'a mordue!

– Un homme t'a mordue? Où ça?

La jeune fille montre son dos, son cou, ses épaules, sa poitrine. La peur ou la folie lui font oublier toute pudeur. Et les policiers se penchent sur le joli corps couleur biscuit, pour y découvrir effectivement des traces de morsures fraîches. Certaines même si fraîches, que les bords en sont encore humides.

– C'est un chien qui t'a fait ça?

– Oh non! pas un chien, un homme! Il était derrière moi, il courait derrière moi, il me mordait sans arrêt, c'est pour ça que je suis venue ici, vous l'avez pris? Dites, vous l'avez enfermé?

Rapide enquête auprès des témoins, mais le planton n'a vu passer qu'une folle, et les gens sur le trottoir n'ont vu personne autour d'elle. Et pourtant, quelqu'un a mordu cette fille, c'est visible.

– On t'a attaquée, c'est ça? Dans la rue?

– Ça a commencé dans la rue et jusqu'ici. Il m'a mordue! Où est-il? J'ai peur, faites quelque chose s'il vous plaît, par la Sainte Vierge, arrêtez-le, il me poursuit, il est invisible, mais je le sens derrière moi, il est sûrement caché...

Invisible? Ah! bon, se dit le commissaire. Tout est clair, si l'on peut dire. Elle est bien folle, cette gamine. Presque une enfant d'ailleurs. Les infirmiers surgissent et elle a peur de nouveau et se débat; mais avec rapidité, les deux blouses blanches l'enveloppent dans un drap, comme une momie, bien ficelée, la jettent sur une civière, sanglent le tout et l'emportent. Une cliente pour l'asile. L'un des infirmiers dit en s'en allant :

– Elle se mord toute seule, va falloir l'attacher un bon moment.

Et l'ambulance démarre, tandis que le commissaire se répète :

– Elle se mord toute seule, hein? Ça c'est extraordinaire! Elle se mord toute seule! J'aimerais bien savoir comment elle fait pour se mordre la nuque toute seule!

A l'hôpital, l'ambiance est nettement plus calme qu'au poste de police. Une blouse blanche se penche sur la jeune fille :

– Comment t'appelles-tu?

– Clara Vilanueva, monsieur.

– N'aie pas peur Clara, ici personne ne te fera de mal. Tu es dans un hôpital, je suis médecin et je vais te soigner.

– Je suis malade?

– Oui... Mais ce n'est pas grave. Il faut que tu sois calme et que tu aies confiance en moi. Allons-y, où habites-tu?

– Près de la manufacture, avec ma sœur et mon beau-frère...

– Tu y travailles?

– Oui monsieur, à l'atelier des cigares.

– Quel âge as-tu, Clara?

– Seize ans, monsieur, depuis le mois d'août.

– Depuis quand es-tu malade?

– Je n'ai jamais été malade, monsieur, jamais. C'est cet homme qui me mord...

– D'accord. Alors, depuis quand te mord-il cet homme?

– Depuis hier, monsieur. Ça a commencé dans mon lit, il m'a mordue au bras...

– Ah! Et qui est cet homme?

– Je ne sais pas monsieur, il a de gros yeux, il est petit, il porte une cape, et il flotte dans l'air autour de moi. Et plus je cours et plus il court... et je ne peux pas lui échapper! Il me mord partout, il arrive, le voilà... Le voilà... C'est le monstre! Il m'attaque!...

C'est une vision de cauchemar, que de voir la pauvre fille se débattre contre un monstre invisible, et le médecin regarde soudain avec effroi la joue ronde et brune de Clara s'orner d'une morsure violette.

Instinctivement, il regarde autour de lui, mais il n'y a personne bien sûr. Personne d'autre que l'infirmier qui ceinture Clara pour l'empêcher de se jeter par la fenêtre.

Encore une morsure à l'avant-bras, puis une autre à l'épaule. C'est hallucinant! Comment fait-elle pour se mordre ainsi? Si seulement le médecin pouvait examiner la scène au ralenti, mais Clara est d'une incroyable rapidité, elle se tord comme un serpent. Quelle peur mystérieuse la rend folle à ce point?

Lorsqu'une piqûre l'endort enfin, et qu'il peut l'examiner, le médecin n'est guère plus renseigné. Il y a là indéniablement un mystère. Les marques sont en forme de morsures, aucun doute là-dessus. On distingue la marque des dents, et même des traces de salive semble-t-il... Mais comme le commissaire, il se répète avec incrédulité : « Comment fait-elle pour se mordre la joue? Et le milieu du dos? Certes, on peut être contorsionniste et arriver à certaines choses. Les épileptiques ont, d'autre part, la faculté de tordre leur corps avec une souplesse et une force extraordinaires en cas de crise, ce dont ils sont incapables le reste du temps. Mais il y a des impossibilités évidentes. » De son côté, le commissaire confirme qu'il a vu, sous ses yeux, la jeune femme être mordue à la nuque. Il dit « être mordue », car il ne voit pas comment il pourrait dire : « se mordre la nuque ». Ni la joue, sauf de l'intérieur. Or, la marque n'est visible qu'à l'extérieur.

Le médecin ordonne donc que l'on mette la jeune Clara sous calmants en permanence, et il appelle un confrère à la rescousse, un médecin psychiatre. Tandis que la famille de Clara fait venir un prêtre et que le commissaire prévient le maire de la ville. Chacun agissant selon ses compétences et son état d'esprit.

Pour le médecin, Clara est folle. Pour sa famille, elle est possédée du diable. Pour le commissaire, elle n'est rien d'autre qu'un fait divers exceptionnel, risquant d'avoir des retombées dans la ville, et le maire doit en être informé.

Quant à Clara, elle dort, abrutie par les calmants et attachée sur un lit. Une infirmière et une religieuse veillent sur son repos en permanence. La pauvre enfant est une métisse d'Espagnol et d'indigène tagala ou peut-être malaise, mais le résultat est ravissant. Visage triangulaire, pommettes hautes, teint ambré, sourcils fins au-dessus d'immenses paupières où dorment des yeux noirs. Ses cheveux qui l'enveloppent presque jusqu'à la taille, épais et ondulés, ont été sagement tressés par l'infirmière. Elle serait belle s'il n'y avait pas ces affreuses morsures, dont certaines ont dû être désinfectées et soignées, car elles paraissaient vouloir s'infecter, surtout celles du dos et de la poitrine.

Etrange malade que cette jeune fille de Manille. Quel diable la menace? Depuis trois jours qu'elle est à l'hôpital, elle n'a pas été mordue, ou ne s'est pas mordue. Elle repose calmement, dans une semi-lucidité, il faut la nourrir de force, la faire boire de force, car le médecin hésite à supprimer les calmants de peur d'une nouvelle crise.

Le premier visiteur est le maire. Pure curiosité de sa part, car il n'y comprend rien, et cherche une explication logique.

– Commissaire, lorsque cette fille est arrivée dans votre commissariat, en courant, elle a bien dit qu'un homme la poursuivait?

– C'est exact.

– Alors, admettons qu'un homme la poursuivait vraiment! Faites une enquête en ce sens, et vérifiez qu'elle n'a pas été violée. Il traîne dans ce quartier un certain nombre de sadiques et de marins ivres, vous le savez...

– Mais, monsieur le maire, elle a continué à hurler dans le commissariat et il n'y avait personne!

– Le choc, probablement. Faites une enquête, et rendez-moi votre rapport.

– Mais...

– Oui je sais... « mordue dans la nuque, et le dos », hein? Eh bien, justement! Elle n'a pas pu faire ça elle-même.

– Mais j'ai vu, moi-même...

– Vous avez cru voir, sûrement! Soyons raisonnables. J'attends votre rapport, et évitez les journalistes, surtout les Américains, ils raconteraient n'importe quoi sur les sortilèges et le reste. Nous sommes une ville moderne, commissaire, avec une police moderne. Arrêtez-moi ce violeur et qu'on n'en parle plus!

Que répondre à cela? Rien. Le commissaire fait donc son enquête sur cet improbable violeur.

Le deuxième visiteur est le prêtre amené par la famille. Les Vilanueva sont espagnols, pratiquants, et bien que la jeune Clara soit le fruit d'une passion hors mariage, du père devenu veuf, avec une indigène, elle n'en a pas moins été élevée dans la religion chrétienne. Sa demi-sœur, Emmanuella et son mari José, tous deux employés à la manufacture de tabac, l'avaient accueillie après la mort du père. La mère, une ancienne servante, n'a pas été autorisée à suivre la famille.

Le prêtre s'abîme en prières, dépose un crucifix sur la poitrine de la jeune Clara et déclare en substance :

— Il faudrait prévenir l'archevêque; s'il s'agit de pratiquer un exorcisme, je ne suis pas qualifié. Que Dieu protège cette pauvre enfant, je prierai pour elle, afin que le démon la quitte.

Le troisième visiteur est le psychiatre. Un homme éminent qui exerce à Manille. Expert auprès du tribunal, médecin-chef de l'asile local, il possède également un cabinet en ville, où il ne reçoit que les riches alcooliques ou les épouses de résidents consulaires, en mal de leur pays. Le cas l'intéresse.

Il examine soigneusement la malade, inspecte chaque morsure, et constate que certaines ont tendance à s'effacer spontanément, alors que d'autres s'enflamment, saignent et s'infectent. Il fait au médecin de l'hôpital un cours rapide et définitif sur la question :

— Vous remarquerez que les marques qui ont tendance à disparaître sont les plus anciennes, ce qui est normal. J'en déduis donc que cette jeune fille a été cruellement mordue par quelqu'un, un sadique de toute évidence, et qu'elle a développé, après ce traumatisme, une tendance hystérique préexistante, qui l'a conduite à se mordre elle-même. Pourquoi? Tentative inconsciente de se punir; sentiment de culpabilité évident par rapport à une ou des expériences sexuelles anormales. Je conseille de poursuivre la cure de sommeil, durant un mois, et ensuite s'il y a récidive : l'électro-choc.

Le médecin de l'hôpital, celui qui a vu une morsure apparaître spontanément sur la joue de Clara, tente une controverse, mais l'éminent homme de l'art, qui n'a rien vu mais qui sait tout, l'interrompt avec désinvolture, en désignant la marque sur la joue de Clara :

– Elle a pu se blesser autrement. Ceci est un hématome, et vous ne l'aviez pas vu sur le moment. D'ailleurs on ne voit presque plus rien...

– Parce qu'on l'a soignée! Mais je vous assure qu'on voyait des marques de dents!

– De dents ou d'autre chose...

– Non, de dents! Et c'est apparu sous mes yeux, je le maintiens!

– Vous voudriez me faire admettre une blessure spontanée? Un stigmate en quelque sorte? Allons, mon cher, fariboles que tout cela! D'ailleurs les stigmates connus sont toujours en rapport avec le Christ crucifié! Ils apparaissent aux mains la plupart du temps et croyez-moi, tout cela n'est que fanatisme de vieille fille illuminée. Vous ne pouvez pas imaginer combien les fous sont inventifs! Je parie que si cette jeune personne avait été fouettée au lieu d'être mordue, elle aurait continué à se fouetter elle-même. Une psychanalyse sera peut-être nécessaire, mais je crains que sur un être aussi peu cultivé, elle ne mène pas à grand-chose. Electrochoc, mon cher, croyez-moi, vous me l'amènerez si c'est nécessaire!

L'enquête du commissaire est close. Vide, blanche et close. Clara est vierge, elle n'a pas d'amant, personne ne l'a poursuivie de ses assiduités maniaques. Elle menait une sage petite vie d'ouvrière à la manufacture, elle avait des camarades, quelques admirateurs, mais son comportement a toujours été on ne peut plus normal. Et selon les témoignages recueillis, cette histoire de morsure est arrivée subitement, sans explication.

L'archevêque, n'ayant pas d'exorciseur sous la main, s'est contenté, lui, de faire parvenir au chevet de la malade, un livre de prières, de l'encens, et un chapelet béni par ses soins, en recommandant qu'on lui en entoure le poignet. (Si ça ne guérit pas, ça ne peut pas faire de mal.)

Quant au psychiatre, le médecin de l'hôpital ne lui a rien demandé de plus. Il attend. Il a diminué les doses de calmants, et Clara reprend peu à peu ses esprits.

Par contre, une nouvelle venue ne quitte pas son chevet. Une petite femme au teint bistre, assez jolie, sa mère. Elle est arrivée comme une souris, on lui a expliqué ce qui était arrivé à sa fille, et depuis elle ne la quitte plus. C'est une indigène, une métisse, aux yeux sombres, et aux cheveux lisses tordus en chignon. Elle chantonne à voix basse et caresse son enfant avec application. Une sorte de massage parfois, ou d'imposition des mains. Récemment le médecin l'a trouvée à genoux sur le lit, penchée sur le visage de Clara, les deux pouces appliqués sur les tempes de la malade endormie.

— Qu'est-ce que vous faites?
— Je l'aide à oublier.
— Oublier quoi?
— Le monstre. Il ne reviendra plus.

L'infirmière n'était pas d'accord sur les méthodes de la mère, et jalouse de ses prérogatives, s'est plainte au médecin.

– Cette femme n'a rien à faire ici, docteur, il faut la chasser... toutes ces grimaces sont ridicules...

– Laissez-la faire.

– Mais docteur...

– J'ai dit : laissez-la faire. Et je vais vous dire une bonne chose, mademoiselle, vous n'avez pas vu ce que moi, j'ai vu. Et je dis que le cas de cette jeune fille est inexplicable; en tout cas, je n'ai pas trouvé d'explication logique à ce que j'ai constaté. J'en déduis donc que la seule explication valable est celle de Clara.

– Un monstre invisible qui la mord? Vous croyez à ces bêtises?

– J'ai dit seulement que, jusqu'à plus ample informé, la seule explication était celle de la victime des morsures. Un point c'est tout. Alors laissez faire sa mère.

– Mais elle n'est ni médecin, ni infirmière!

– Justement!

Clara s'est réveillée au bout d'une quinzaine de jours. Un peu pâle, un peu lasse. Sa mère l'a baignée, lavée, bercée, lui a donné à manger, l'a aidée à marcher, à se promener dans la cour de l'hôpital. Elle lui disait : « Tu as eu la fièvre, c'est fini. » Et c'était fini. Clara se souvenait du monstre, des morsures, et de sa frayeur, mais elle n'avait plus peur : c'était la fièvre, et la fièvre était partie, puisque sa mère le disait.

Personne n'a arrêté de violeur. Personne ne lui a fait d'électrochoc, nul ne l'a exorcisée, ou alors le mérite en revient à sa mère. Peut-être aussi aux calmants du docteur Lara, qui fit une communication destinée à ses confrères, dans laquelle il exprimait non seulement ses doutes quant à l'origine de la guérison mais son opinion personnelle sur l'étrange phénomène : « La seule explication plausible est celle de la victime qui présente quelques cicatrices de morsures, parfaitement repérables et détaillées comme suit : une à la joue, une à la nuque, trois sur l'épaule gauche et une sur l'avant-bras. Trois sur la poitrine, dont une au sein gauche. Sept dans le dos, au niveau de la taille et une à hauteur de l'omoplate gauche. » Mais qui a mordu Clara Vilanueva?

GERTRUDE SORCIÈRE A SEIZE ANS

Dans les années mil neuf cent vingt, il n'y avait guère en guise d'assistantes sociales que les bonnes dames de charité. Et la charité se faisait souvent au gré du caprice de ces dames.

On avait « ses » pauvres, et on leur tricotait des chaussettes ou des passe-montagnes, en évitant soigneusement de se demander s'ils n'avaient pas besoin d'autre chose.

C'est ainsi que Mrs. Theresa Plains, en mil neuf cent vingt-trois, dans un quartier de Londres en piteux état, pénètre pour la dixième fois, au moins, dans le même taudis, avec le même paquet de « choses » tricotées à la main, et dit à la pauvre femme qui la reçoit :

– Comment vous portez-vous depuis la dernière fois, Mrs. Porter ?

Comment peut-on se porter ici ? Mal évidemment. La baraque en ciment est humide, le poêle fume, le mari est chômeur, le fils aîné en prison et la petite dernière en mauvaise santé. Quant à Mrs. Porter, sale et dépeignée, elle feint la reconnaissance, avance une chaise qu'elle époussette avec humilité et répond :

– L'hiver est difficile, et c'est bien pénible de vivre de la charité d'autrui.

– Comment va votre petite fille?

– Hélas! il lui faudrait la douceur du soleil. Elle ne vit que par miracle...

Après deux ou trois phrases de ce genre, Mrs. Theresa Plains se lève, avec un sourire d'encouragement peu convaincant. C'est qu'elle a d'autres pauvres à visiter.

Mais où est donc Helen? Helen est la petite fille de Mrs. Plains. Une gamine de onze ans parfaitement insupportable et que sa mère tente vainement d'éduquer afin que plus tard elle soit, comme elle, une dame de la bonne société, ayant des principes et de la religion, et qui visite les pauvres.

Or Helen a disparu, à peine entrée dans le taudis, et Mrs. Porter, désolée, la ramène du fond d'un couloir.

– Votre petite fille est allée voir ma petite Gertrude. C'est gentil à elle, car elle n'a pas beaucoup de visite...

Mrs. Theresa Plains fait la grimace et s'empresse de sortir, poussant sa fille devant elle :

– Helen! Je t'interdis de faire cela! Cette enfant est certainement contagieuse! Combien de fois faudra-t-il te le répéter? Tu es insupportable! Une jeune fille bien élevée ne se conduit pas de la sorte!

– Mais elle n'est pas contagieuse, Maman! Elle est toute tordue c'est tout!

– Comment tordue? Quel est ce langage, Helen? La pauvre enfant est malade des poumons! Et la curiosité est un vilain défaut!

Helen se renfrogne et se tait. Lorsque sa mère commence à lui faire la morale, plus rien ne l'arrête. Un flot de phrases toutes faites et de proverbes bien-pensants déferle sur sa tête, il y en a pour une heure, avec quelques interruptions du genre : « On ne mange pas ses ongles! On ne mord pas ses cheveux! On ne marche pas si vite, on ne soupire pas aussi fort, on ne sautille pas sur un trottoir, etc. »

Mrs. Theresa Plains, de toute évidence, ne s'intéresse qu'aux côtés superficiels des êtres et des choses. Elle connaît aussi mal sa fille que les pauvres qu'elle visite. Il y a fort à parier qu'elle ne connaît pas mieux son mari, qui s'en arrange d'ailleurs fort bien.

C'est pourquoi tous ces gens qu'elle ne connaît pas vivent une autre vie dont elle ne saura jamais rien et parlent à son insu de choses qu'elle ignore.

Par exemple, Mrs. Porter, cette pauvre femme qu'elle vient soulager, croit-elle, de sa charitable visite, dès la porte refermée, s'est précipitée sur sa fille, « sa pauvre petite Gertrude », et lui a assené deux claques magistrales :

— T'as pas intérêt à parler à cette gosse de riche, t'entends? Et prépare-toi, on a trois clients ce soir!

Et Gertrude se prépare en silence. Autre exemple : en rentrant à la maison, Helen se faufile discrètement dans le bureau de son père et en s'installant sur ses genoux déclare :

— Tu veux que je te raconte l'histoire de Gertrude Porter? Ça fait peur, tu sais...

Helen est une enfant indépendante, un peu « garçon manqué », curieuse de tout, et qui n'a aucun point commun avec sa mère. D'abord elle est intelligente, se moque volontiers des simagrées de salon, adore faire des farces, mais cache sous ses dehors insupportables, une grande sensibilité. Elle raconte à son médecin de père, à qui elle ressemble trait pour trait :

— Cet après-midi on est allé voir les pauvres de maman, tu sais ça m'embête toujours un peu, sauf que j'aime bien Gertrude Porter, elle est toute tordue...

– Tordue? Qu'est-ce que tu appelles tordue, Helen?

– Eh ben, elle a une bosse dans le dos, un pied tout petit et l'autre tout grand. Mais c'est pas pour ça que je l'aime bien. Elle sait faire des choses comme les sorcières.

– C'est elle qui t'a dit ça?

– Oui, parce qu'elle a confiance en moi. Mais elle a peur de ses parents. Ils la battraient s'ils savaient qu'elle m'en a parlé. Sa mère gagne de l'argent avec ça!

– Et que sait-elle faire cette Gertrude, pour faire gagner de l'argent à sa mère?

– Des maléfices. Y'a des gens qui viennent la voir, ils lui disent qu'ils n'aiment pas leur mari, par exemple, ou leur grand-mère, des choses comme ça, et Gertrude leur jette des maléfices pour les faire mourir.

– Qu'est-ce que tu me racontes, Helen? Comment as-tu inventé une histoire pareille?

– C'est pas une farce papa, je te le jure. Tiens aujourd'hui Gertrude m'a raconté qu'elle avait rendu malade un monsieur, et qu'il est mort.

– Et qu'a-t-elle fait pour le rendre malade?

– Ça, elle m'a pas dit, mais elle a quelque chose dans les yeux, Gertrude. Elle dit que c'est une sorcière qui lui a jeté une poudre magique dans les yeux, quand elle est née, alors maintenant, elle peut regarder quelqu'un et le rendre malade si elle veut! C'est pour ça que moi, elle me regarde jamais, elle veut pas que je tombe malade, tu comprends?

– Quel âge a cette Gertrude?

– Seize ans, papa, mais elle est plus petite que moi, c'est drôle...

– Et il y a combien de temps qu'elle fait des
« maléfices » comme tu dis?

– Je ne sais pas, elle dit qu'elle a commencé il y a
longtemps, longtemps. Tu sais, je suis allée la voir
en cachette des fois, sans maman, je lui apporte des
chocolats, elle adore ça les chocolats, Gertrude. Elle
dit que quand elle sera grande et qu'elle pourra s'en
aller, elle vendra des chocolats et elle aura une
belle boutique et elle me prendra comme serveuse
parce que moi je suis jolie et je fais pas peur aux
gens. Tandis qu'elle, elle fait peur aux gens, et elle
est pas jolie, mais moi je la trouve jolie quand
même. Si on regarde pas qu'elle est tordue, juste sa
figure, eh bien, elle est plus jolie que moi. C'est
dommage hein, qu'elle soit tordue? Peut-être que tu
pourrais la guérir?

Le docteur Plains explique à sa fille que, malheureusement, il est impossible de guérir une bosse,
mais il se fait expliquer l'adresse de Gertrude et
promet le secret à sa fille qui semble y tenir
farouchement.

– Tu comprends, j'ai juré! Les parents de Gertrude sont méchants, ils l'obligent à faire ça et elle
ne veut pas, mais ils ont dit que si elle parlait, ils la
mettraient chez les fous et la laisseraient toute
seule. Alors elle a peur, et s'il lui arrive des ennuis à
cause de moi, elle me rendra malade moi aussi, elle
me fera mourir!

– Très bien Helen, mais tu vas me promettre une
chose à ton tour. Tu n'iras plus voir cette Gertrude
tant que je ne l'aurai pas vue moi-même, promis?

C'est promis car Helen a une totale confiance en
son père, et elle obéira. Alors que si sa mère lui
demandait simplement de ne pas manger de mou-
tarde, elle en avalerait un pot derrière son dos.

Et c'est ainsi que le docteur Plains a découvert, en
mil neuf cent vingt-trois, à Londres, Gertrude Por-

ter, sorcière à seize ans, aux pouvoirs bien étranges et à la vie dramatique. La chose n'alla pas sans mal. Convaincre la famille Porter de confier Gertrude à l'hôpital était inutile. Les parents monstrueux n'entendaient pas se séparer de leur fille, qui rapportait si bien. La misère était un décor adapté à leurs activités et la clientèle des bas-fonds de Londres, gens incultes et prostituées, représentait une mine.

Aussi le docteur Plains choisit-il les grands moyens : la police. Après avoir vu une première fois l'adolescente, il affirma que Gertrude était atteinte de tuberculose grave, que son entourage la prostituait, ce qui était malheureusement tout aussi vrai et que ses parents la laissaient sans soins. En perquisitionnant, la police découvrit en effet un joli magot; il était clair que le père chômeur et la mère indigne exploitaient leur fille au maximum, et qu'ils avaient bien l'intention, fortune faite, de l'abandonner purement et simplement. Voire de la supprimer. Une sale histoire, rapportée par d'anciens voisins, apprit à la police que Mrs. Porter avait probablement fait disparaître un premier enfant difforme à sa naissance, en prétendant qu'il s'était étouffé tout seul.

Bref, les Porter en prison et Gertrude à l'hôpital, le docteur Plains se pencha sur son cas avec attention.

D'après ses descriptions de l'époque, Gertrude est en effet bossue et affligée d'un pied-bot. Une colonne vertébrale presque soudée par endroits l'oblige à marcher courbée et elle souffre de douleurs parfois terribles qui la paralysent. A cette époque, il n'y a pas grand-chose à faire pour elle, sauf peut-être combattre la tuberculose qui la ronge, par une hygiène de vie et une alimentation meilleures. Mais la guérir est quasiment impossible.

Gertrude a un visage curieux, aux yeux légèrement globuleux et d'un bleu extrêmement pâle. Les traits sont fins, le nez long, la bouche mince, le front immense et une incroyable longueur de cheveux pèse en nattes lourdes, couleur de paille, sur ses maigres épaules. La pauvre enfant est d'une méfiance et d'une agressivité bien compréhensibles. Qu'a-t-elle connu depuis sa naissance? Des coups, de la mauvaise nourriture, le mépris de sa mère, l'ivrognerie de son père et pire encore. A dix ans, pour se venger d'une autre gamine qui l'insultait, elle l'a à moitié étranglée, puis en la secouant de toutes ses maigres forces lui a hurlé au visage : « Que le diable te fasse boiter toi aussi! Que le diable te fasse boiter! »

C'est ce jour-là qu'elle a découvert, ainsi que sa mère, l'étrange pouvoir dont elle disposait car la gamine s'en alla, l'œil vague, telle une somnambule, en boitant! L'effet dura plusieurs jours. En se renseignant chez les rebouteux des bas-quartiers, la mère de Gertrude comprit immédiatement que sa fille était capable d'hypnotiser les autres. Ce qu'elle traduisit immédiatement en un pouvoir de sorcière, persuadant Gertrude que ses yeux projetaient une poudre maléfique et qu'elle pourrait s'en servir selon ses indications. Pour plus de sûreté et de bénéfice, la mère fit courir plus tard le bruit que les hommes qui partageraient le lit de sa fille, moyennant finance, en ressortiraient doués de pouvoirs surnaturels.

Voilà donc l'adolescente que le docteur Plains interroge, en cette fin d'année mil neuf cent vingt-trois, où les histoires d'hypnose passionnent les médecins européens. La première tâche a été de tenter de faire comprendre à Gertrude qu'elle n'était pas une sorcière, ce qu'elle refuse d'admettre.

Par contre, elle a compris que rien ne l'obligeait à faire du mal aux autres, et le docteur Plains lui a appris à endormir un sujet et à le réveiller, sans lui suggérer entre-temps d'avoir mal au ventre ou à la tête, ou d'aller se jeter dans la rivière. Ce dernier détail l'intéresse d'ailleurs, d'autant plus que Gertrude qui en a parlé un jour, prétend ne se souvenir de rien.

– Tu as dit à Helen, ma fille, que tu avais fait mourir quelqu'un : qui t'a demandé de faire cela?

– Je ne me rappelle plus.

– Fais un effort, Gertrude, c'est quelqu'un qui est venu voir ta mère? Une femme?

– Non, pas une femme...

– Est-ce que tu as peur d'en parler?

– Oui...

– Pourquoi, parce que tu lui as fait du mal?

– Je lui ai fait du mal parce qu'il m'en a fait...

– Il t'a battue?

– Non...

– Alors de quel mal parles-tu?

Gertrude se tait obstinément.

– Quand as-tu fait ça, Gertrude? Quand as-tu fait du mal à cet homme?

– A Pâques...

– Et comment sais-tu qu'il est mort?

– Parce que ma mère m'a battue, elle m'a battue si fort que je n'ai pas pu bouger pendant plusieurs jours.

– Mais, d'habitude, quand tu faisais ce que disait ta mère, elle ne te battait pas puisqu'elle gagnait de l'argent, elle était contente, non?

– Cette fois-ci, c'était pas pour de l'argent, et elle voulait pas que je le fasse mourir...

– Raconte-moi Gertrude, il le faut...

– Non...

Les yeux de Gertrude deviennent presque blancs et elle fixe le docteur avec une intensité désagréable, on dirait qu'elle lui veut du mal...

– Gertrude! Tu ne veux pas me faire du mal tout de même?

Gertrude baisse les yeux, cache sa tête dans ses mains et pleure.

– Non... Non, je ne veux pas, vous êtes bon pour moi, je sais bien. Mais je ne veux pas parler de ça, ne m'obligez pas. Et puis j'ai dit ça pour impressionner Helen, c'était pas vrai.

Elle ment. Elle ment, mais à propos de quoi? A-t-elle réellement poussé quelqu'un à la mort? Une telle chose est-elle possible?

Le docteur n'ose pas y croire, mais si Gertrude refuse avec tant de force de parler, c'est peut-être qu'elle craint d'être punie ou jugée, donc qu'elle a peut-être commis cette chose incroyable, un meurtre. Comment le savoir?

C'est par la mère que le docteur apprendra la vérité : ayant confié ses doutes à la police, on lui permit d'assister à un interrogatoire de « cette pauvre Mrs. Porter ». Sur un personnage aussi abject que cette femme, seul le chantage pouvait donner des résultats. La police n'hésita pas.

– Il y a eu meurtre, Mrs. Porter. Ou c'est vous, ou c'est votre fille la coupable, alors?

Mrs. Porter n'étant pas le genre de mère à protéger sa fille, l'accuse le plus simplement du monde :

– Je lui ai amené un client, pendant que je n'étais pas là, elle a fait son petit numéro et elle l'a persuadé d'aller se noyer, vous comprenez? Il est parti comme un somnambule, il s'est jeté dans le fleuve et ça l'a réveillé; mais il était trop tard, il ne savait pas nager, son costume était trop lourd, ça l'a emporté au fond. Voilà ce qu'elle a fait cette sorcière, avec ses maléfices! Et c'est moi qu'on accuse!

– Mais pourquoi l'a-t-elle fait, Mrs. Porter? Je croyais qu'elle ne jetait ses maléfices, comme vous dites, que sur demande. Qui voulait du mal à cet homme?

– Personne... Personne, à part elle! Moi je ne faisais que l'en empêcher, je le jure!

– Ce n'est pas clair, Mrs. Porter, expliquez-vous. Qui était cet homme?

Ce fut long et tortueux, mais l'horrible femme finit par avouer que la victime était son amant, et que cet homme stupide avait cru aux ragots de Mrs. Porter. Alors il avait voulu partager le lit de la pauvre petite bossue, et l'enfant n'avait pas trouvé d'autre moyen de se défendre. Sordide? Oui, sordide.

Selon la loi, il s'agissait purement et simplement de l'exploitation d'une malheureuse handicapée et d'incitation au crime et à la débauche sur la personne d'une mineure.

Mrs. Porter disparut dans l'anonymat des prisons pour femmes. Quelques mois après son entrée à l'hôpital, Gertrude faisait une fugue; on la retrouva à demi morte de froid, elle avait proposé ses services à un cirque, puis à un cabaret, mais personne ne voulait de la sorcière bossue aux yeux pâles. On connaissait trop son histoire.

Gertrude Porter est morte de tuberculose en mil neuf cent vingt-quatre, emportant avec elle des dons d'hypnose exceptionnels dont elle n'avait jamais appris à faire bon usage. Dommage, car selon le rapport du docteur Plains, elle était capable de figer sur place, ou presque, n'importe quel sujet et de le persuader de n'importe quoi. Au cours de l'une des rares expériences qu'il put mener à bien

avec elle, Gertrude arrêta de son regard une infirmière, la tint quelques secondes prisonnière en lui
répétant : « Vous avez une douleur au ventre », et
l'autre se mit à se tordre...

C'est avec cela que Mrs. Porter faisait fortune,
tandis que Mrs. Plains lui tricotait des chaussettes
et des passe-montagnes, doublés de charité bien
ordonnée. Peut-être a-t-on les pauvres que l'on
mérite.

LA MAISON ÉTERNELLE

MADAME Sarah Winchester est en larmes, ainsi que tout le conseil d'administration de la Winchester Repeating Arms Co. Un mois après son soixante-dixième anniversaire, Oliver Winchester, le patron, va mourir à son domicile de New Haven. Autour du lit du vieillard sont accrochées les armes de sa gloire : le fusil Henry, présenté en pleine guerre de Sécession, seize coups en dix secondes. Si le gouvernement d'alors avait fait une grosse commande de ce fameux seize coups, la guerre eût été plus courte ! Mais on lui préféra le vieux mousquet Springfield. Le Winchester mil huit cent soixante-six, un dix-sept coups, celui d'après guerre, la merveille de l'Ouest. Le mil huit cent soixante-treize, la gloire du Far-West, pour combats rapprochés. Le mil huit cent soixante-seize, pour le gros gibier...

Ils sont là, beaux, brillants, luisants, vernis, suspendus au mur dans la lueur des lampes.

Et le vieil homme se meurt dans son lit, après vingt-cinq ans de bons et loyaux services et fortune faite. Nous sommes en mil huit cent quatre-vingts, le dix décembre. L'entreprise représente quelque trois millions de dollars, et la fortune personnelle du défunt un million cinq cent mille dollars.

Sarah Winchester, agenouillée, les yeux fixés sur le visage de son époux, se met à parler :

– J'ai peur, Oliver... Je ne veux pas rester seule sur la terre, tu m'avais dit que tu ne mourrais jamais...

– Je ne meurs pas, Sarah... Je vais dans un autre monde...

Toute la famille, et tout le conseil d'administration, ce qui est la même chose, puisque les fils, les gendres et les beaux-frères font tous partie de la société, s'inclinent en silence, car le vieillard vient de prononcer ses dernières paroles.

On relève la veuve, on l'entraîne, le médecin la calme, car elle tremble de tous ses membres, et soudain elle leur échappe et sort de la maison comme une folle, en criant :

– Je m'en vais!

Et rien n'y fait. La voilà qui fait ses valises, qui bouscule les domestiques, en répétant :

– Je m'en vais d'ici! Je ne veux plus voir cette maison, je veux aller dans l'Ouest!

– Mère, calmez-vous... Il faut procéder aux funérailles...

– Je m'en vais!

– Madame Winchester... Il y a la succession, vous ne pouvez pas partir avant qu'elle soit réglée...

– Je m'en vais, je vous dis!

Bref, Mme Winchester n'assistera pas aux obsèques de son époux, car la famille et le conseil d'administration réunis, l'enferment dans sa chambre avec deux infirmières et un garde devant sa porte.

Officiellement, à la cérémonie, il sera répondu aux curieux :

– Madame Winchester a subi un bloc émotionnel, nous avons dû l'aliter, elle n'a pas supporté la disparition de son mari.

144

D'ailleurs, le mensonge est aussi près de la vérité que possible : Sarah Winchester a manifestement subi un choc. Elle est bizarre, son regard est vide, et rien ne l'atteint. Même pas les flots de dollars reçus en héritage. Elle veut partir, c'est une idée fixe. Et dans l'Ouest, mais pourquoi dans l'Ouest ?

– Oliver m'a dit d'aller dans l'Ouest.

– Quand cela, mère ?

– Ce matin. Il m'a dit : Sarah, va dans l'Ouest !

– Mais père est mort depuis des semaines.

– Et alors ? Tu crois qu'il ne me parle pas ? Ton père m'a toujours dit ce qu'il fallait faire et il continue, tu ne savais pas qu'on pouvait communiquer avec les morts ?

La famille n'est pas rassurée, mais après tout, si la peine de la vieille dame peut se fondre ainsi, doucement, pourquoi ne pas la laisser vivre sa folie ?

Mme veuve Winchester est donc partie avec armes et bagages en direction de l'Ouest.

Qui lui a dit de s'arrêter à San José ?

Son époux Oliver.

Mais qui lui a dit de s'adresser au Dr Caldwel pour l'achat d'une maison ?

Le patron de l'hôtel où elle est descendue.

– C'est une splendide maison, madame, que le docteur avait fait construire pour son épouse, malheureusement elle est morte.

– Et quand cela ? Quand est-elle morte ?

– En décembre dernier, madame.

– Oh ! Mon Dieu ! En même temps que mon époux ! Ce n'était pas le dix décembre ?

– Si, madame... Comment le savez-vous ?

– Je m'en doutais. Vous comprenez, mon mari est mort ce jour-là, alors c'était normal qu'il m'indique le chemin de cette maison, n'est-ce pas ? Il devait

savoir que Mme Caldwel s'en allait en même temps
que lui.

– Ah?!

Le patron de l'hôtel n'insiste pas. Mieux vaut ne
pas contrarier Mme veuve Winchester, qui paie
rubis sur l'ongle des notes faramineuses. Une personne si riche...

Chez le notaire, l'affaire est menée tambour battant.

– J'achète la maison!

– Nous allons la visiter dès que possible, madame!

– Non... Non, inutile, j'achète!

– Mais madame, c'est une demeure qui comprend dix-sept pièces, et elle est inachevée, êtes-
vous sûre que cela vous convienne?

– J'achète! Préparez l'acte de vente. Dites au
Dr Caldwel que j'aimerais bien le rencontrer à son
hôtel.

– C'est qu'il a quitté le pays, madame! Vous
comprenez, à la mort de sa femme, il a subi un
choc, et il a décidé de changer de cadre de vie.

– Je vois, il a fait comme moi! Sa femme a dû lui
indiquer le chemin sûrement...

– Pardon?

– Tout est simple vous savez, il suffit d'écouter ce
que vous disent les morts. Ah! bien sûr, on ne les
voit plus, mais ils sont là, et leur voix est toujours la
même, un peu lointaine parfois, mais c'est normal,
n'est-ce pas? Dieu seul sait où ils sont maintenant!
Bon, je compte sur vous, réglez cette affaire au plus
vite, et trouvez-moi un entrepreneur pour achever
les travaux!

Certes, dans la région de San José, en Californie,
l'arrivée de Mme veuve Winchester en ce début
d'année mil huit cent quatre-vingt-un, ne passe pas

inaperçue. D'ailleurs, le télégraphiste qui n'est pas particulièrement discret a répandu la nouvelle :

– Mme Winchester a télégraphié à New Haven, pour demander un virement de cinq cent mille dollars, elle achète la maison du Dr Caldwel, le fou. Vous savez, celui qui est parti sans assister aux obsèques de sa femme!

Dix hectares de terrain, plantés d'orangers et de citronniers, et au milieu, un chantier immense, c'est l'œuvre du Dr Caldwel, médecin et architecte, qui avait conçu lui-même les plans de sa maison inachevée.

En mars mil huit cent quatre-vingt-un, les ouvriers reprennent les travaux, portes et fenêtres sont installées, et Mme veuve Winchester quitte l'hôtel de San José, pour venir s'établir dans sa nouvelle demeure. A cette occasion, elle engage des domestiques, et convie le notaire et son épouse à dîner pour la première fois à « Oliver House » (le prénom de son mari).

La salle à manger a été meublée hâtivement, le dîner est sans intérêt, mais le café est servi au salon. Et là, Mme veuve Winchester réclame soudain le silence.

– Chut... écoutez!

Ni le notaire, ni son épouse n'entendent autre chose que le cri d'un coyote égaré. Mais Sarah Winchester a les yeux levés au ciel, les mains tendues et semble répéter des phrases qu'un être invisible lui dirait de là-haut.

« Chère Sarah, jamais tu ne mourras tant que ta maison sera en construction, chère Sarah, jamais tu ne mourras tant que les marteaux résonneront, tu pourras continuer ton œuvre, et tu ne mourras pas, chère Sarah. »

Le notaire et son épouse, gênés comme on peut

l'imaginer, prennent le ton de la conversation mon-
daine, pour enchaîner :

– Vous avez l'intention de meubler en style
anglais? Le Dr Caldwel était anglais, mais sa femme
était roumaine.

– Chut! Laissez-moi écouter! Ah! c'est fini... La
voix s'éloigne, Oliver s'en va.

– Vous dites?

– C'était Oliver!

Mme veuve Winchester annonce cela comme elle
pourrait dire de nos jours : « C'était Napoléon au
téléphone! »

Le notaire et son épouse se rapprochent l'un de
l'autre, et les tasses de café tremblent quelque peu
dans leurs mains.

– Vous n'avez pas entendu? Bien sûr, il ne
s'adresse qu'à moi, c'est normal. Vous savez, j'ai
longuement réfléchi à la chose, et je crois que seuls
les gens mariés ou les parents très proches, peuvent
communiquer ensemble au-delà de la mort.

– Ah?

– Ici, la communication est bien meilleure qu'à
New Haven, vous savez! Ce doit être pour cela
qu'Oliver m'a dit de venir en Californie, dans cette
maison.

– Ah! bon.

– J'ai du travail en perspective! Oliver vient de
me dire que je ne mourrai pas tant que la maison
sera en construction.

– Ah! oui, euh, mais n'est-elle pas presque terminée, chère madame? Il ne reste plus que les tapis-
siers?

– Terminée? Mais mon cher, on n'a jamais fini
avec une maison! Vous ferez revenir les ouvriers!
J'agrandis!

– Vous n'avez pas assez de place avec dix-sept
pièces et deux salles de bain?

– Je suis les instructions d'Oliver, il a dit de continuer à construire, je vais le faire, Oliver ne veut pas que je meure et c'est le seul moyen, puisqu'il le dit!

Le lendemain, les ouvriers et le chef d'équipe sont rassemblés autour de Mme Winchester qui leur dit ceci :

– Je fais venir un architecte de San José; pour l'instant, vous allez creuser ici, j'agrandis l'aile droite, vous avez du travail pour longtemps avec moi, l'éternité peut-être, ça vous dit?

Les hommes se frappent discrètement le front de l'index, mais pourquoi contrarier une originale qui veut construire une maison sans fin? Un jour il lui faudra bien s'arrêter faute de place! Un jour elle ira bien rejoindre son époux et Oliver House sera achevée. D'ailleurs, elle paie!

Et les ouvriers se remettent au travail, et les années passent, et la construction s'agrandit, telle une pieuvre gigantesque, et les marteaux retentissent, les toits s'imbriquent, les terrasses, les chambres, les jardins. Toute la fortune personnelle de Sarah Winchester passe dans cet ouvrage titanesque qui dure trente-six ans. Trente-six années d'incessants va-et-vient d'ouvriers, de plantations, de construction d'escaliers, d'échafaudages et de plans sur la comète.

A présent, Mme Sarah Winchester est une vieille dame de quatre-vingt-sept ans et nous sommes en mil neuf cent vingt-deux. Elle reçoit la visite de l'un de ses arrière-petits-fils, un Winchester. Mais un Winchester devenu grand, sérieux et réprobateur :

– Grand-mère Sarah, nous ne pouvons plus supporter cette folie. D'ailleurs il est dangereux pour une femme de votre âge, de vivre au milieu de ces margoulins qui vous prennent votre argent sous prétexte d'agrandir cette maison! C'est de la folie!

– Ça ne te regarde pas, fils. Ceci est une affaire entre ton grand-père Oliver et moi.

– Grand-mère, la famille m'envoie vous chercher, je dois vous ramener chez vous à New Haven, vous y serez bien traitée, vous verrez...

– Oh non! je sais pourquoi vous voulez m'emmener. J'ai encore des parts dans la société et je désire les vendre, et vous ne voulez pas, c'est Oliver qui me l'a dit!

– Grand-père est mort, voyons. Cette histoire est puérile et vous êtes la risée de la région.

– C'est faux! Tout le monde admire ma maison.

– Le médecin dit que vous êtes malade.

– C'est un âne!

– Il faut venir avec moi, grand-mère!

– Jamais!

– Nous nous opposerons à la vente des actions et s'il le faut, nous vous ferons déclarer incapable de gérer vos biens.

– Vous voulez ma mort! Oliver a dit : « Tant que les marteaux retentiront, tu ne mourras pas, chère Sarah. »

– Soyez raisonnable, voyons.

– Dehors! Laissez-moi! S'il le faut, je continuerai de mes mains.

La pauvre vieille dame est bien fatiguée pourtant. L'énergie déployée en trente-six ans à la construction de cette maison monstrueuse l'a vidée de ses forces.

Et voilà qu'on lui coupe les vivres. Voilà qu'on envoie un médecin et une garde-malade pour la mettre au lit. Voilà qu'on renvoie les ouvriers et l'architecte, et voilà que les travaux cessent, et voilà que les marteaux ne retentissent plus.

Alors, voici que meurt la vieille dame, en un soupir, ainsi que l'avait dit Oliver son défunt époux. Si la maison était achevée, Sarah devait mourir.

Et la maison avait cent soixante pièces, deux mille fenêtres, cent cinquante mille panneaux de verre, deux mille portes, douze salles de bain, quatre cuisines, deux serres gigantesques, des bassins, des piscines, des jardins avec bungalows, le tout répandu sur trois hectares, au milieu des orangers et des citronniers.

La famille se débarrassa du monstre qui avait coûté cinq millions de dollars, et il paraît qu'un hôtelier en fit son profit.

Et l'on enterra la vieille dame près de son défunt époux Oliver à New Haven, là où il avait fait fortune dans la fabrication du plus célèbre fusil de l'Ouest, et du monde entier.

Winchester avait commencé sans un sou comme apprenti charpentier, puis maître maçon, avant de devenir vendeur de chemises, puis fabricant de chemises, puis concessionnaire d'une marque de machines à coudre, et enfin fabricant d'armes. Un destin hors série, et une épouse hors série elle aussi, dans son genre.

LES CAUCHEMARS
NE SONT PAS TOUJOURS DUS
A UNE MAUVAISE DIGESTION

AMBIANCE feutrée, studio de radio, nous sommes à Pine Bluff, dans l'Arkansas, et le meneur de jeu s'appelle Budy. Il attend son invitée; comme chaque matin, très tôt, elle vient parler des rêves aux chers auditeurs de Radio KOTN. C'est la madame Soleil du coin, mais elle ne fait pas d'horoscopes. Son domaine c'est la nuit, les rêves, les siens et ceux des autres. Particulièrement douée, elle travaille sur les prémonitions et les perceptions extra-sensorielles.

Budy Deane, l'animateur, s'impatiente :
– Personne n'a vu Shawn Robbins? Elle est en retard! On a l'antenne dans cinq minutes.

L'un des assistants plaisante :
– Elle a dû rêver qu'elle faisait la grasse matinée, et comme elle prétend que ses rêves se réalisent, tu vois ce que je veux dire!

Les techniciens sourient et Budy Deane se détend. Au fond, ce n'est pas très grave. Il prendra un auditeur au téléphone et lui fera raconter un rêve, n'importe lequel. Budy ne croit pas aux rêves prémonitoires mais le public aime ça, tant mieux. Il leur vend du rêve, entre deux publicités de savon ou de dentifrice! C'est la tranche du matin, celle de l'aube, et elle ne marche pas mal. Qui n'a pas un rêve à raconter le matin? Seuls les fous ne rêvent pas, paraît-il, ce qui est faux, car Budy Deane a entendu plus d'un fou lui raconter des rêves de fou depuis qu'il anime cette émission.

Après une galopade dans les couloirs, une jeune femme brune, aux yeux clairs, la trentaine, se précipite dans le studio, essoufflée, c'est Shawn Robbins.

– Excuse-moi Budy!

– Une panne d'oreiller?

– Ne plaisante pas. Pas ce matin.

– Qu'est-ce qu'il y a?

– Je sais pas. Je suis mal à l'aise, un drôle de rêve, je ne sais pas si je dois en parler, c'est peut-être grave...

– Eh! Oh!... t'es là pour ça, non? Attention, on y va dans deux minutes.

Budy Deane, ce cher Budy, sceptique dans le privé sur les prestations de sa partenaire, dont il n'a jamais pu vérifier les prémonitions bien trop vagues, s'apprête ce matin-là, un lundi de septembre mil neuf cent soixante-dix-huit, à faire semblant de croire, comme d'habitude, ce qu'elle va raconter.

Il ne s'attend pas à la suite. Shawn Robbins est un peu pâle, les yeux cernés de quelqu'un qui a mal dormi. Budy lui tend une tasse de café, qu'elle avale en frissonnant. Ils sont à l'antenne, il est six heures trente du matin, heure locale en Arkansas.

– Alors Shawn? Un rêve dangereux, paraît-il, ce matin? Racontez-nous ça.

– Eh bien voilà, j'ai rêvé d'un désastre aérien, quelque chose d'important et qui doit arriver.

– Comment était ce rêve? Quelles images?

– Je n'ai pas d'images précises, je vois une explosion, c'est un avion, j'en suis sûre. Je sens que c'est pour bientôt, je ne peux rien dire d'autre. Le rêve a

154

peut-être été court, mais j'ai le sentiment d'avoir dormi toute la nuit avec ça dans la tête. En fait, je me sens très mal à l'aise depuis mon réveil.

– C'est la première fois que vous faites un tel rêve?

– Pour une catastrophe aérienne, oui.

– Et vous pensez que l'accident va se produire où?

– Je ne sais pas, je n'ai pas pu situer le lieu.

– Vous n'avez pas peur de semer la panique?

– J'ai hésité à en parler, à cause de cela justement, mais vous m'avez dit que...

– ... Je vous ai dit qu'il fallait dire la vérité. Nous sommes là pour ça. Bien entendu, nous souhaitons que ce rêve ne soit pas prémonitoire, mais si c'était le cas...

– Je vous en prie Budy, j'espère de toutes mes forces qu'il ne s'agit que d'un cauchemar. Voyez-vous, je suis extrêmement sensible, et pour tout dire, hier après-midi, en me promenant je suis passée devant une vitrine d'agence de voyages. Il y avait là un avion miniature, je l'ai regardé, je ne sais pas pourquoi, c'est peut-être l'explication de mon rêve.

– Peut-être en effet. Nous avons quelques publicités à faire passer, nous reprendrons l'analyse de ce rêve dans un moment.

Budy Deane a volontairement coupé la parole à la jeune femme, et tandis que l'antenne vante les mérites d'un dentifrice à la fraise, il chuchote à sa partenaire :

– Tu n'avais pas besoin de parler de cette histoire de vitrine, tu flanques tout par terre!

– Mais c'est la vérité, Budy. Et puis j'ai besoin de me raccrocher à quelque chose de logique, je t'assure que j'ai peur.

— Alors, aie peur sur l'antenne, les gens aiment mieux ça.

— Je n'en dirai pas plus, c'est indéfinissable, ça ne s'explique pas.

— Okay. Comme tu voudras, c'est toi la spécialiste.

— Tu ne me crois pas, n'est-ce pas Budy?

— Oh! moi, tu connais mon opinion sur le sujet. J'attends des preuves...

— Alors pourquoi veux-tu affoler les gens?

— Mais je n'affole personne! Ils auront oublié demain! Et puis c'est le jeu, ma vieille. On fait une émission sur les rêves, si tu as peur d'en parler, change de registre et parlons cuisine! Attention, c'est à nous. Laisse-moi faire hein?

Shawn Robbins acquiesce en silence. « Au fond, se dit-elle, rien n'arrivera, sûrement, c'est cette histoire d'avion dans la vitrine, ça m'est resté dans la tête, et voilà... »

Budy Deane menait ce jour-là, comme tous les autres jours, son émission matinale à l'américaine, tambour battant, cherchant le spectaculaire à bon compte. En France, nous sommes plus calmes, plus cartésiens, et nous nous efforçons de constater des faits, rien que des faits. Or, les faits sont les suivants : lors d'une émission de radio en septembre mil neuf cent soixante-dix-huit à Pine Bluff en Arkansas, Shawn Robbins a parlé de son rêve de la veille, annonçant une catastrophe aérienne prochaine. Des journalistes et des techniciens ont été les témoins oculaires de son récit, les auditeurs de la station ont entendu, entre six heures trente et six heures quarante, les propos des deux animateurs. De cela, nous sommes sûrs.

Le standard de Radio KOTN est comme d'habitude assailli par des appels d'auditeurs, les uns s'indignant que l'on puisse annoncer une catastrophe aérienne, les autres demandant innocemment où aura lieu la catastrophe, de quelle compagnie il s'agit, le numéro du vol, et autres détails; d'autres encore affirmant qu'ils ont rêvé de semblables choses.

Budy Deane reprend la parole pour conclure la séquence consacrée à Shawn Robbins et aux rêves, car le temps imparti touche à sa fin.

– Résumons-nous, il s'agit d'un rêve prévoyant une catastrophe aérienne prochaine, Shawn Robbins nous a dit qu'il est possible de relier ce rêve au fait qu'elle a regardé hier, dans une vitrine, un modèle réduit d'avion. Mais pourquoi vous êtes-vous arrêtée devant cette vitrine, Shawn?

– Je ne sais pas.

– C'est dimanche! Les agences de voyages sont fermées. Celle-ci l'était?

– En effet. Il y avait une grille assez épaisse.

– Et pourtant vous vous êtes approchée sans raison spéciale.

– Oui... Je marchais, je suis passée devant.

– Vous auriez pu ne pas le voir, cet avion!

– C'est exact.

– Mais vous l'avez vu, puisque vous vous êtes arrêtée et que vous avez regardé à travers la grille?

– Oui...

– Avez-vous regardé d'autres vitrines?

– Non. Je ne crois pas, en tout cas je ne m'en souviens pas.

– Pouvez-vous nous dire que quelque chose, une intuition, vous a poussée à regarder celle-là?

– C'est possible, mais j'ignore pourquoi.

– Shawn, vous nous donnez le frisson, j'espère que vous nous parlerez de rêves plus agréables la

prochaine fois. Ça va mieux? Vous étiez mal à l'aise
tout à l'heure...

– Ça va mieux. Le fait d'en avoir parlé m'a
soulagée.

– Bonne journée Shawn Robbins!

Et voilà. Il a dit « bonne journée », comme d'habitude, il pense à autre chose, à toute vitesse,
comme d'habitude, et la jeune femme s'en va, la
journée continue.

Dans l'après-midi, Budy Deane quitte les studios
de la radio et monte dans sa voiture pour rentrer
chez lui. Il tourne le bouton de son poste, machina-
lement, et soudain, dans le flash de seize heures, il
reconnaît la voix de son directeur de l'information.
Une voix grave, tragique :

« Un dramatique accident d'avion vient de se
produire à San Diego. Un jet a percuté un avion de
tourisme au-dessus de la ville. C'est le plus grave
accident aérien survenu aux Etats-Unis à ce jour.
Cent quarante-quatre passagers ont péri... »

Budy Deane a donné un tel coup de frein, que la
voiture qui le suivait a failli l'emboutir.

D'après l'heure de la catastrophe, les avions se
sont percutés moins de vingt-quatre heures après le
rêve de Shawn Robbins, dans la nuit de dimanche.

Budy Deane retourne immédiatement aux studios
et, comme il s'y attendait, c'est la panique. Le
standard crépite de tous côtés, les auditeurs récla-
ment confirmation. Toute la journée ils ne cesse-
ront de demander : « Est-ce que c'est vrai? Cette
femme l'a annoncé ce matin et c'est arrivé! »

C'était arrivé, en effet, et Shawn Robbins devenait
en quelques minutes la sorcière de la ville et de
l'Etat. Tout le monde en parlait, tout le monde

voulait l'interviewer, la voir, la questionner, lui demander des prédictions.

Ce drame épouvantable, dont on se souvient encore en France avait donc été prédit, par une femme qui, jusque-là, n'avait jamais donné la preuve du sérieux de ses prémonitions. Coïncidence ? Elle est toujours possible, et la coïncidence servira toujours de réponse aux sceptiques dans ce genre de phénomène. D'autant plus que très sincèrement, Shawn Robbins avait parlé de l'avion miniature aperçu dans une vitrine. Chacun sait qu'une image même entrevue le jour peut donner lieu à un rêve la nuit suivante, et même les autres nuits.

On peut donc admettre la coïncidence ou la relation chose vue, chose rêvée. Reste la suite, plus inquiétante, qui se situe six mois plus tard :

Mars mil neuf cent soixante-dix-neuf : Shawn Robbins a fait de nouveaux rêves semblables. Elle a « vu » un nouvel accident aérien, mais elle ne peut dire ni où ni quand il se produira; quelques semaines, quelques mois, elle ne sait pas. Le rêve se renouvelant avec insistance et plus de détails, elle en parle alors à un autre animateur de radio, cette fois à Tulsa, en Oklahoma : John Erling s'occupe de Radio KRMG, à Tulsa. Voici son témoignage recueilli à la télévision américaine :

– Shawn Robbins m'a dit que son dernier rêve était plus précis. Il s'agissait selon elle d'un crash dans le Middle West. Elle m'a donné des chiffres qui pouvaient correspondre à un numéro de vol ou au numéro inscrit sur la queue de l'avion. Elle m'a dit aussi qu'il s'agissait d'une importante compagnie. Elle vivait réellement dans la terreur, et n'arrivait pas à se débarrasser de cette obsession; ça a duré plusieurs semaines, le rêve revenait sans cesse.

Avril soixante-dix-neuf : Shawn Robbins est inter-
viewée par un autre journaliste à Savannah, en
Géorgie. Voici le témoignage de Jo Hartley, animateur de Radio WRBX :

– Elle m'a dit qu'il s'agissait d'un Jumbo Jet,
au-dessus du Middle West, c'est vague. Elle ne
voyait pas exactement l'endroit ni la date. Elle disait
aussi que cela se passerait peut-être en Californie
ou que la Californie serait la destination de l'avion.
Ensuite, elle a parlé d'un mois de délai. Elle avait de
plus en plus peur, le rêve était terrifiant et la
réveillait chaque nuit. Tantôt elle se voyait en
passagère, tantôt en spectateur. Elle voyait l'avion
tomber, tous les passagers morts, et elle qui marchait, seule survivante. Et c'est là qu'elle se réveillait, terrorisée. Chaque fois qu'elle m'en a parlé, elle
disait : « Pourquoi moi? Pourquoi suis-je la seule à
faire ce rêve? »

Or, en avril mil neuf soixante-dix-neuf, Shawn
Robbins n'est pas seule à faire ce cauchemar. David
Booth, un habitant de Cincinnati qui dirige une
société de location de voitures a fait un jour le
même rêve. Lui n'est pas spécialiste, il n'a jamais eu
de prémonition, ou de rêve de ce genre, et pourtant
il est effrayé lui aussi par la certitude que la
catastrophe doit arriver et qu'elle est proche. Il voit
un champ, une rangée d'arbres, il lève les yeux et
voit un jet, il entend un bruit anormal, l'avion
amorce un virage, puis soudain il le voit sur le dos,
qui tombe au sol et explose.

David Booth fait à nouveau ce rêve le seize mai
mil neuf cent soixante-dix-neuf, et se réveille en
pleurant. Puis le rêve revient toutes les nuits pendant une semaine; pourtant, il n'en parle pas encore. Il a peur. Le vingt-deux mai : nouveau cauchemar; cette fois, il n'en peut plus, il décide d'en
parler à quelqu'un. Il appelle l'Administration fédé-

rale de l'aviation à Cincinnati. On lui passe un certain Paul William, directeur des installations. Ce dernier l'écoute patiemment, frappé par la sincérité et la précision du rêve. David décrit l'avion comme un DC 10, ou quelque chose de semblable. En tout cas, un avion avec un moteur sur la queue.

Dix fois, David a rêvé de cette catastrophe qu'il sentait de plus en plus proche, et la dixième fois, curieusement, il a le sentiment qu'il ne rêvera plus de cette histoire.

Ce jour-là, vendredi vingt-cinq mai mil neuf cent soixante-dix-neuf, il se sent nerveux, incapable de travailler; il rentre chez lui, il est quatre heures de l'après-midi.

A trois heures, ce vingt-cinq mai, sur l'aéroport de Chicago, deux cent soixante-dix personnes sont montées à bord du vol 191, sur DC 10, en partance pour Los Angeles, Californie.

Est-ce l'avion que Shawn a vu en rêve, se dirigeant vers la Californie? Est-ce l'avion que David a vu, un DC 10 avec un moteur sur la queue?

Ce fut le plus meurtrier des accidents aériens de l'histoire des Etats-Unis. Deux cent soixante-dix passagers. Morts. Un des moteurs a lâché au décollage, l'autre moteur s'est arrêté. Il y a eu un grand silence, et le gros avion s'est écrasé sur l'aéroport de Chicago, exactement comme l'avait décrit David Booth, ce qui fut confirmé par Paul Williams, directeur de l'aviation à Cincinnati, le seul homme qui l'avait écouté. Shawn Robbins et David Booth avaient vécu des semaines de cauchemar avant cela, et après l'accident, ce fut pire et ça l'est encore : ils se reprochent de n'avoir pu donner plus de précisions sur leurs rêves afin d'empêcher la catastrophe mais soyons logiques : s'il y a prémonition d'un événement à venir, c'est que l'événement *doit* se produire. Alors, qui pourrait l'empêcher?

L'ENFANT DU DÉMON

CLASSE de perfectionnement, littérature anglaise, Collège d'enseignement supérieur de Georgetown, Guyane anglaise.

Sur son estrade, derrière son petit bureau carré, le maître paraît plus petit et plus maigre encore que d'habitude, plus vieux aussi. La rentrée scolaire de mil neuf cent six sera l'année de sa retraite.

Theleonius Carpenter est venu de Londres dans les années mil huit cent soixante, il a blanchi sous le harnais de l'éducation des petits colons britanniques. Il a tant parlé que sa voix cassée déraille un peu par moments.

– Messieurs, certains d'entre vous redoublent cette classe, je les connais. Cela m'étonnerait beaucoup de les voir partir un jour dans nos grandes universités.

Un murmure rigolard accueille ce préambule, et les adolescents entre quinze et dix-sept ans qui se sentent visés s'assoient dans un remue-ménage fataliste, tandis que les nouveaux hésitent. La classe est réduite, une dizaine d'élèves sont assis, quatre sont restés debout.

– Pour ceux qui ne me connaissent pas encore, je suis votre professeur de tout : anglais, littérature, philosophie, sciences humaines. Pour le reste, c'est-à-dire les mathématiques et la chimie, vous aurez affaire au directeur de ce collège. Veuillez vous présenter s'il vous plaît.

Un grand garçon roux se nomme Bert O'Malley, il le dit en ajoutant :

– Mon père est exploitant forestier depuis cette année, j'ai l'intention de le seconder. C'est lui qui a voulu que je continue mes études, je ne suis pas brillant, monsieur...

Theleonius Carpenter acquiesce avec un sourire. Un autre se présente sans détail, il a l'air renfrogné, et se rassoit sèchement. Le troisième, un petit gros aux joues roses, timide, bafouille son nom, et croit malin d'ajouter qu'il a une passion pour les mathématiques. Le quatrième, mince, visage large au nez épaté, cheveux lisses et noirs, œil sombre et peau sombre, s'adresse courtoisement au maître :

– Je viens d'une école de la côte, le nom de mon père est Kapusi, de la tribu des Wapisianas, je me nomme aussi Turuma.

Le maître jette un œil intéressé sur ce grand adolescent musculeux au visage d'Indien, qui parle un anglais presque impeccable.

– Vous étudiez depuis quand, mon garçon ?

– Depuis l'âge de six ans, monsieur.

– Où est votre famille ?

– Mon père, Kapusi, a été tué à la chasse. J'ai été recueilli par un missionnaire du nom de Josué, et confié à la mission protestante du district de Rupumi alors que j'étais un bébé.

– Et votre mère ?

– Je ne sais pas ce qu'elle est devenue, monsieur. A la mission, on m'a dit qu'elle était probablement morte en couches.

– Merci, Turuma... Vous êtes donc indien de la tribu des Wapisianas ?

– Oui, monsieur.

– Savez-vous ce qui se passe en ville ces jours-ci?

– Non monsieur, je suis arrivé hier de Rupumi...

– Il se passe à Georgetown quelque chose qui vous concerne, mon garçon. Du moins qui concerne votre tribu, peut-être votre famille, vos cousins, en tout cas, et surtout, votre culture. J'ignorais que ma classe compterait cette année, parmi ses brillants cancres et ses brillants élèves, un membre des Wapisianas, mais je vais profiter de l'occasion pour agrandir votre culture. Dans trois jours, se déroulera à Georgetown, le procès d'un sorcier de cette tribu, accusé de meurtre par la justice anglaise, et que sa tribu réclame. Je vous propose d'y assister, ce sera notre premier thème de réflexion philosophique. Nous pourrons en discuter ensuite avec Turuma, s'il le veut bien.

Turuma se sent examiné, détaillé, comme une bête curieuse. Il en a certainement l'habitude, car les Indiens sont rares dans les écoles anglaises de Guyane en mil neuf cent six. Si rares que leur nombre ne dépasse pas la douzaine sur tout le territoire, encore ne vont-ils pas au-delà des écoles missionnaires. Ce sont pour la plupart des orphelins. Les filles, s'il y en a, sont régulièrement employées aux travaux ménagers, et destinées à devenir de parfaites domestiques.

Turuma a donc eu de la chance, mais outre cette chance, son carnet scolaire est excellent. A-t-il souffert du racisme? Il n'en donne pas l'impression, mais sa voix n'est pas très ferme lorsqu'il répond :

– Je connais mal les coutumes de ma tribu, je pourrai difficilement en parler.

– Eh bien, justement, ce sera pour toi la découverte de tes origines, et pour tes camarades un aperçu de la société indienne. Mais je vous avertis, ce procès est délicat, il s'agit à la fois de sorcellerie et de mort. La justice anglaise dira s'il y a eu crime. Nous, nous nous contenterons d'essayer de comprendre.

Trois jours plus tard, c'est l'ouverture du fameux procès. Disparaissant sous sa perruque blanche, le nez pointu et le menton accusateur, le magistrat accuse; mais qui accuse-t-il?

Dans le box, deux hommes, un vieux et un jeune; mêmes visages bruns presque cuivrés, cheveux lisses, embarrassés dans des vêtements européens qu'ils n'ont manifestement pas l'habitude de porter. Le vieillard est impassible, l'œil arrogant. Le plus jeune paraît effrayé, et cache son visage dans ses mains. Près d'eux, un interprète qui leur transmet les paroles des juges, dans un jargon curieux, presque roucoulant parfois, et à d'autres moments guttural. L'assistance est composée de curieux, de femmes surtout, désœuvrées, et que le retentissement « exotique » de ce procès d'Indiens a attirées ici.

Le magistrat accusateur en est encore aux généralités lorsque Theleonius Carpenter se glisse sur un banc de bois, avec quelques-uns de ses élèves, dont Turuma. L'homme de loi pèse ses mots et les prononce avec importance :

– Il faut savoir que dans ce district de Rupumi, quelques tribus de chasseurs errent encore à travers la forêt, échappant totalement au contrôle de nos agents. Tels sont les Wapisianas qui montrent par leurs coutumes et leur genre de vie, qu'ils n'ont cure de notre civilisation! Ces gens marchent nus dans leurs forêts impénétrables et la plupart ignore encore l'usage du fusil! Certes, nous avons tenté de leur inculquer des rudiments de civilisation, par exemple, certains enfants, amenés dès leur jeune âge dans les villes de la côte, prouvent par leur adaptation et leurs études, que la race, après

166

tout, n'est pas intellectuellement inférieure à nos races européennes. Mais ce sont là des exceptions qui confirment une règle de sauvagerie insupportable, et qu'il vous faut juger ici, et condamner sévèrement! Cet homme, ce sorcier!... a tué un enfant, et a incité son jeune adepte à se rendre lui aussi coupable de crime. Voici les faits!

Débarrassés des termes ampoulés et du ton prétentieux du magistrat, voici effectivement les faits, dans leur horrible simplicité.

Dans un village de la forêt guyanaise, en Amérique du Sud, vivent une cinquantaine d'individus, hommes, femmes et enfants, de la pêche et de la chasse. Cette région est, de tout l'Empire colonial britannique, la plus arriérée et la plus sauvage, celle qui résiste le plus aux efforts des missionnaires anglais, et dont les habitants reculent peu à peu vers les montagnes, devant le défrichement intensif des colons.

L'année précédente, donc en mil neuf cent cinq, dans ce village, la femme d'un homme de la tribu, nommée Kaliwa, met au monde des jumeaux. Pour le sorcier, c'est un mauvais présage, et les femmes de la tribu disent que Kaliwa est en relation avec le diable. Le diable des Wapisianas est un génie malfaisant et mal défini, au nom imprononçable. C'est alors que l'un des enfants meurt subitement, quelques semaines après sa naissance, et la tribu parle de plus en plus de diable lorsque le deuxième enfant tombe malade. Le père fait alors appel au Païman, le sorcier.

Ce dernier se livre aux incantations destinées à invoquer les esprits du diable, et le père doit le payer largement. Il doit ensuite répandre le sang de plusieurs poules, pour que le sorcier dessine sur le sol de la case les signes magiques, puis arrose le tout d'huile de palmier et de bière de maïs.

Ayant accompli ces rites, le sorcier s'abîme dans une profonde méditation, dont il sort en tremblant, et en criant que le père des enfants n'est pas un homme, mais le démon, et que par conséquent, la mère et le bébé survivant doivent mourir.

Le père s'élève contre le sorcier, affirmant qu'il a fécondé son épouse, et que le démon n'était pas entre eux! Mais le sorcier insiste et, devant les anciens de la tribu, affirme que le bébé n'est pas un être naturel, donc qu'il ne doit pas mourir d'une mort naturelle car ce serait offenser les esprits protecteurs de la tribu. Quant à la mère, coupable d'avoir mis au monde un pareil monstre, elle ne peut plus être l'épouse d'un humain, et il faut la sacrifier. Les anciens opinent de la barbe, et demandent au sorcier quel genre de sacrifice plairait aux esprits protecteurs.

« Il faut, dit-il, les emmener au-delà de la montagne et les brûler vifs! »

Le père s'y oppose. Il aime sa femme et son fils malade, il entre en lutte avec le sorcier, et l'affaire dure plusieurs mois. Trois lunes, dit l'interprète, et au cours de ces trois lunes, chaque fois qu'un membre de la tribu tombait malade, ou mourait, le père était accusé d'exciter la vengeance des esprits, en refusant le sacrifice. On le relégua hors du village, sans nourriture et sans eau, plus personne ne devait l'approcher, on lui crachait de loin des injures, il était responsable de toutes les misères de la tribu. Le sorcier lui-même brûla sa hutte en signe de mécontentement et abandonna ses ouailles, pour se réfugier dans la montagne. Chantage suprême, car les Wapisianas sont désormais sans protection religieuse et médicale, le vieux bonhomme assumant les prières et les incantations, aussi bien que les soins urgents. Va-t-on mourir des morsures de serpents? Des fièvres du marais? La tribu tout entière se rue à l'assaut du responsable, et pour plus de preuves, découvre que Kaliwa, la mère, est malade à son tour (de privations sans doute), que le père est affaibli par les soins nécessaires à la mère et à l'enfant, par la chasse et par les brimades.

Les femmes de la tribu le harcèlent alors, lui prouvent que le démon s'est emparé de sa femme et qu'il doit la sacrifier. A bout de résistance, l'homme cède. Il emporte la femme du démon, celle qu'il aimait, dans un vaste panier tressé et s'en va dans la montagne. Là, il tresse un hamac en fibre d'aloès et le suspend entre deux arbres. Kaliwa est effrayée, mais la fièvre l'immobilise. Elle verra donc son époux entasser sous le hamac des brindilles et des feuilles, et y mettre le feu, elle se débat mais son mari l'a ligotée au hamac.

Le lendemain, il rapporte au village les os calcinés de son épouse Kaliwa, et va les déposer devant le conseil des anciens. Il croit avoir sauvé le village par cet effroyable sacrifice. Mais les anciens lui apprennent que, pour plus de sûreté, les femmes ont emporté le bébé malade dans la forêt et l'ont brûlé vif. Les cendres de l'enfant sont là, dans un panier tressé.

Fou de douleur, le père, qui croyait sauver l'enfant en sacrifiant la mère, se réfugie dans la forêt, marche au hasard, est découvert par les membres d'une expédition, raconte son histoire et le sorcier est arrêté. C'est pourquoi ils sont tous les deux dans un box anglais de la justice anglaise, devant un tribunal anglais, des jurés anglais, et que dans la salle, un jeune Indien, nommé Turuma, reste figé, les yeux rivés sur les visages de ses compatriotes, de ses frères. Il écoute à présent le traducteur présenter la défense du sorcier :

– Cet homme, dit-il, a accompli le rite nécessaire à la survivance des membres de sa tribu. Les jumeaux sont un mauvais présage, car une femme qui met au monde des jumeaux a été fécondée par le diable. De même, une femme qui met au monde un enfant sans père. La coutume est de brûler vifs mère et enfant, dans les deux cas. Le sorcier dit aussi qu'il a accompli ce rite plus de cinq fois au cours de sa longue vie, et à chaque fois, les familles lui ont été reconnaissantes.

Et l'interprète continue en citant des noms que le sorcier marmonne en faisant de petits gestes curieux de ses mains décharnées...

– Surina, femme de Kapusi, a mis au monde un enfant du diable après la mort de son époux à la chasse...

Loin, là-bas dans l'assistance, un adolescent pâlit et se met à trembler. Ses camarades, eux aussi, ont sursauté. Surina, femme de Kapusi! Kapusi est le nom du père de Turuma. Et Turuma est un Indien de la même tribu que celle du sorcier. Un Indien habillé à l'anglaise, avec des manières anglaises et qui ne parle que l'anglais, mais à qui un missionnaire a dit un jour : « Je t'ai trouvé dans la forêt, on m'a dit au village que ta mère était morte en te mettant au monde, et ton père mort à la chasse... »

– Monsieur!

Turuma s'est dressé, et l'assistance observe avec attention ce garçon en uniforme du collège de Georgetown, au teint basané, qui tranche au milieu de ses camarades...

– Monsieur! Monsieur!

Le président lève un sourcil fâché devant cette interruption :

– Silence! Vous n'êtes pas témoin!

– Si monsieur! Je m'appelle Turuma, fils de Kapusi, cet homme vient de dire qu'il a brûlé ma mère!

L'enfant du démon

Le remue-ménage est tel dans la salle, que le président doit se fâcher et interrompre la séance. Une heure plus tard, il accepte d'entendre le jeune garçon à la barre.

Turuma parle, parle vite, il vient d'en apprendre tellement en quelques minutes! Recueilli dans la forêt... le missionnaire a appris son nom au village, c'est tout ce qu'il sait.

Turuma s'agite sur le fauteuil des témoins, mâchoire crispée, il fixe le vieil homme criminel :

– Que le sorcier parle, je veux entendre de sa bouche ce qu'il a fait de ma mère. Je veux l'entendre dire que je suis un enfant du démon!

Le sorcier voudrait bien nier, mais comment faire? Il a dit les noms de ceux de sa tribu, qu'il a lui-même sacrifiés. Alors il est bien obligé, après une âpre discussion entre le président, l'interprète et lui-même, d'avouer que s'il a brûlé vive la mère de Turuma, il n'a pu retrouver l'enfant qu'elle avait dû cacher elle-même dans la forêt. Oui, un missionnaire est venu avec le bébé, presque mort de soif; oui, il a menti devant le sorcier blanc qui ne pouvait pas comprendre leurs coutumes, et il l'a laissé emmener le bébé, l'enfant du démon, pour qu'il disparaisse de la tribu, et aussi parce que le sorcier blanc posait trop de questions, et qu'il se doutait de quelque chose.

Turuma regagne sa place dans le public, glacé sous le regard des autres. Il n'a que dix-sept ans, et en face de lui, à quelques mètres seulement, l'assassin de sa mère, cette mère dont il a souvent rêvé, dont il se demandait quel visage elle avait. Brusquement, il l'a vue vivre, enceinte de lui, il a vu son père mourir à la chasse, il a vu le sorcier et les autres chuchoter à sa naissance : « Cette femme n'a pas d'époux, le diable est entré dans son ventre pour lui faire mettre au monde un démon... »

Alors il crie :

– Je veux qu'il meure! Je le tuerai si vous ne le faites pas!

Mais les jurés condamnent le sorcier au bagne. Et le président dira :

– Afin d'inculquer des rudiments de civilisation à ces gens, nous ne répondrons pas à la mort par la mort.

« Je me souviens », a déclaré Turuma bien des années plus tard, alors qu'il était lui-même devenu avocat, après des études à Londres, je me souviens que ce jour-là, le vieux professeur Theleonius Carpenter, m'a pris par le bras, m'a secoué d'importance et en me regardant dans les yeux, m'a dit :

– Mon garçon, vous criez à la mort comme un sorcier wapisiana, auriez-vous oublié que vous êtes aussi anglais et respectueux de la justice?

« Et je ne pouvais détacher mes yeux de ce vieillard qui croyait au démon, tant j'avais peur d'être démon moi-même. »

CHOC EN RETOUR

ARTHUR MILES, attaché d'ambassade, trente-sept ans, sourit au photographe sur les marches de sa résidence à Bombay. Autour de lui, la fine fleur du corps diplomatique, venue assister à son mariage. La réception était somptueuse, et chacun voulait examiner la mariée de près, cette perle rare, ramenée de Londres sur un coup de foudre! Qui aurait dit qu'Arthur Miles, le don Juan des ambassades, se marierait si vite?

Un collègue italien suggère entre deux petits fours :

– Il est criblé de dettes, la demoiselle a sûrement de la fortune...

Un collègue français assure :

– On peut tomber amoureux sans qu'il soit forcément question d'argent!

Un collègue américain affirme :

– C'est la plus jolie fille que j'aie jamais rencontrée, il aura du mal à la garder.

Et une jeune femme dépitée, conclut :

– Je ne comprends pas ce qu'il lui trouve, elle n'est même pas riche, et son teint est si pâle qu'elle va se faner au premier soleil, la pauvre...

La jeune Pamela Miles, vingt-cinq ans, vient de changer totalement de vie en quelques semaines.

Une rencontre, des rendez-vous à Londres, un tourbillon, la folie, les fiançailles en un mois et le mariage à Bombay, à l'autre bout du monde, dans ce vaste pays inconnu, grouillant, humide, terrifiant de pauvreté et de crasse, éblouissant de luxe et de splendeur.

Elle est effectivement pâle devant le photographe, un peu fatiguée par la cérémonie et tous ces changements. Pâle, mais resplendissante. Toute cette blondeur, tout ce blanc, le bleu des yeux, Pamela est une anglaise ravissante, pas vraiment riche, mais amoureuse c'est visible, et la chose est réciproque.

Le photographe vient de fixer pour l'éternité le sourire d'Arthur et Pamela Miles, le jour de leur mariage à Bombay, le vingt-cinq janvier mil neuf cent trente-quatre et c'est un document unique. Demain, il n'y aura plus de Pamela Miles, plus de sourire, plus de mariage, plus rien.

La résidence de l'attaché d'ambassade britannique à Bombay est une sorte de petit palais entouré d'un jardin rafraîchissant. L'appartement des jeunes mariés donne sur une terrasse ombragée, à piliers de bois et tuiles vertes. A l'intérieur, planches de teck ou mosaïques. Les meubles anglais détonnent dans cet intérieur, ainsi que la salle de bain moderne, dont les éléments sont arrivés d'Europe par le bateau, tout au long du canal de Suez jusqu'à Bombay.

La salle de bain est un luxe particulièrement agréable dans cette région au climat le plus malsain de l'Inde. Le thermomètre ne descend jamais plus bas que vingt-cinq degrés et peut grimper à plus de cinquante en saison chaude.

L'île de Bombay, basse et marécageuse, baignée par la mer d'Oman, n'est pas un paradis terrestre.

Pamela Miles n'imaginait pas que l'on pouvait y

étouffer jusqu'au malaise. Elle est debout devant le lavabo, les yeux fixes, elle regarde couler l'eau du robinet sur ses poignets, et soudain pousse un cri effrayant.

Arthur, son époux dèpuis la veille, se précipite, ainsi qu'un domestique, qui débarrassait la table du petit déjeuner.

– Qu'est-ce qu'il y a, Pamela?

Apparemment rien. Elle est seule, les mains dans l'eau, mais le regard si effrayé...

– Pamela? Qu'est-ce qu'il y a, qu'est-ce qui s'est passé?

– Je saigne... regardez... regardez l'eau... elle est rouge...

Arthur Miles a un sursaut. L'eau n'est pas rouge. Elle est aussi claire que peut l'être l'eau de Bombay, c'est-à-dire vaguement trouble... mais en tout cas, elle n'est pas rouge...

Pamela aurait-elle un malaise?

C'est pire. Une véritable crise d'hystérie. Elle montre ses poignets, en hurlant que le sang s'en échappe goutte à goutte... On veut la faire boire, elle hurle que le verre d'eau est rempli de sang... Elle sanglote, elle se jette dans les bras de son mari, en tremblant de tous ses membres, elle ne veut plus voir... elle a peur, si peur de tout ce sang...

Appelé en hâte, le médecin de l'ambassade, un vieux monsieur qui a vu défiler toutès les fièvres possibles et imaginables dans ce pays, ne peut que lui donner un calmant, s'asseoir et réfléchir.

Arthur est angoissé.

– Qu'est-ce qu'elle a, docteur?

– Sais pas. Apparemment rien.

Le vieux bonhomme a l'habitude de parler en style télégraphique, ce qui lui permet peut-être de ne pas desserrer les dents de sa pipe. Il est le meilleur à des milliers de kilomètres à la ronde. Trente ans de colonie, au service de Sa Majesté.

– Elle est folle docteur?

– Non.

– Mais ce sang... ce sang qu'elle voit partout?

– Elle le voit.

– Mais il n'existe pas!

– Pour nous non. Pour elle si.

– Alors elle est folle! Mon Dieu... nous nous sommes mariés si vite... je ne savais pas.

– Pas folle, Arthur. Envoûtée.

– Qu'est-ce que vous dites? Vous plaisantez!

– Plaisante pas. Envoûtement certain. Déjà vu ça, il me semble. Ou approchant...

– C'est une fièvre? Une maladie? Hein? Elle a la fièvre?

– Du tout. Envoûtement, je vous dis.

– Mais enfin expliquez-vous! Qu'est-ce que ça veut dire envoûtement?

– Quelqu'un lui en veut. On lui a fait un grigri quelconque.

– C'est ridicule voyons! Ce genre de chose n'existe pas!

– Ça existe! Cherchez qui lui veut du mal.

– Mais personne! Voyons... pourquoi lui voudrait-on du mal? C'est idiot. Nous étions si heureux.

– Justement. Cherchez... en attendant, des calmants. C'est tout ce que je peux faire. Si pas de résultat, il faudra la ramener en Europe. Attention, tant que vous n'aurez pas trouvé, les crises se multiplieront.

– Mais trouver quoi? Qui? C'est vous le médecin, non?

– Peux rien contre ça, Arthur. Interrogez tout le monde, les femmes surtout. Si vous voulez mon diagnostic, je dis : femme jalouse, de race hindoue ou parsis, obligatoirement. Femme que vous avez connue, ou connaissez encore. Femme qui veut détruire le mariage, femme qui vous aime. C'est tout ce que je sais. Si vous la trouvez, amenez-la-moi, j'aimerais connaître sa méthode. Jamais pu coincer un envoûteur, ça m'intéresse. Voilà des calmants pour une semaine. Bon courage Arthur! Nourrissez-la de force, elle refusera de manger. Sûr. Elle refusera tout! Misère... quel pays!

Au lendemain de ses noces, Pamela Miles a donc été envoûtée mystérieusement. Victime d'hallucinations, elle ne peut voir couler de l'eau sans hurler. Elle transpire des gouttes de sang, refuse de boire tout liquide, et après quelques semaines démentes Arthur Miles est contraint de demander un congé exceptionnel afin de ramener sa femme en Angleterre, pour la confier aux meilleurs psychiatres. Il ne croit pas vraiment au diagnostic du vieux médecin colonial.

En Angleterre, les psychiatres font une drôle de tête. Le médecin de famille de Pamela également. Jamais la jeune fille n'a montré de déficience mentale. Une santé sans reproche, une gaieté, un entrain, une joie de vivre naturelle à son âge et compte tenu de son caractère positif et gai.

Il est clair que les hallucinations dont elle souffre ont été provoquées par un choc brutal ou alors, l'absorption d'une drogue inconnue. Au bout d'un mois de séjour à l'hôpital, la jeune femme semble peu à peu retrouver son état normal, comme si le mal s'en allait à regret. Mais quels dégâts! Que reste-t-il de la ravissante Pamela? Un corps amaigri, décharné, un regard éteint, des cheveux ternes, et une grande nervosité. Avec toujours la phobie des liquides. Elle n'y voit plus de sang, mais il lui reste la peur d'en voir.

Arthur Miles est obligé de retourner à Bombay, il laisse sa femme en convalescence dans sa famille et la séparation est difficile. Ces deux-là, victimes d'un rare coup de foudre, étaient prêts à vivre ce qu'il est convenu d'appeler un bonheur sans nuages. Courageusement, Pamela a voulu entendre toutes les explications que les médecins donnaient de son mal. Et seule, la version du vieux médecin colonial a retenu son attention.

– Arthur, il doit avoir raison. Je n'ai jamais été malade, quelqu'un m'a fait quelque chose à Bombay. Si vous ne croyez pas à l'envoûtement, moi, j'y crois. Déjà le jour de notre mariage, j'ai ressenti un malaise curieux, j'ai mis cela au compte de la chaleur, de l'événement, du changement de climat. Mais le matin, je me suis sentie comme vidée de mon sang, comme un arbre desséché. J'avais soif, je rêvais de plonger dans la mer, j'étais mal, si mal. C'était inexplicable et lorsque j'ai voulu me rafraîchir, cette eau... ce sang qui coulait de mes poignets comme une fontaine, c'était horrible! J'ai du mal à rassembler mes souvenirs, car j'essaie d'oublier comme on m'a dit de le faire, mais je suis certaine que quelqu'un m'a jeté un sort.

– Voyons Pamela, c'est ridicule. Ça n'existe pas, vous le savez.

– Maintenant je sais que ça existe...

– Un psychiatre a dit qu'il pouvait s'agir d'un choc, dû à... enfin à notre première nuit ensemble, vous comprenez?

– Pour qu'il ait raison, Arthur, il faudrait que j'aie eu peur de vous, peur de cette première nuit, et vous savez que c'est faux. On a voulu me détruire, et on a presque réussi, regardez-moi...

– Vous vous remettez...

– Je voudrais vous poser une question, Arthur, et que vous y répondiez franchement. Je n'en serai pas choquée et vous ne devez pas l'être non plus. Ce qui

nous arrive est trop grave, toute notre vie peut être
gâchée.

– Je vous écoute...

– Avant notre mariage, aviez-vous une liaison?

– Eh bien...

– Répondez franchement Arthur. C'était votre
droit, nous ne nous connaissions pas, je ne suis
jalouse de rien. Je cherche.

– Il y avait une femme, en effet.

– Qui?

– Une métisse, de père anglais et de mère hindoue...

– Elle est à Bombay?

– Oui.

– Elle était à notre mariage?

– Sûrement pas. Je n'aurais pas commis cette
indélicatesse...

– Elle vous aimait?

– Je l'ignore. Elle espérait sûrement m'épouser.
Mais il n'en était pas question. C'est une femme qui,
enfin elle a plutôt l'habitude de monnayer ses
charmes. Sa situation est délicate, la colonie
anglaise ne la reçoit pas, sa propre famille l'a
rejetée, et comme elle est très belle, elle a choisi de
vivre ainsi...

– Arthur, c'est elle. C'est une femme qui a voulu
me détruire, faites-la surveiller.

– Entendu, mais je trouve cette idée complètement stupide. Vous savez, elle est plus anglaise
qu'hindoue, elle a reçu une éducation, elle a même
été mariée à un commerçant qui est mort en lui
laissant largement de quoi vivre. Elle a un enfant. Je
la vois mal pratiquant l'envoûtement, ou versant
dans votre verre une poudre de perlinpimpin...

– Faites-la surveiller Arthur. Je veux vous rejoindre le plus vite possible, je veux vivre avec vous, je
veux que nous ayons des enfants, je veux être

heureuse, je ne veux pas que cette femme empoisonne ma vie...

– Comme vous voudrez...

De retour à Bombay, Arthur Miles tient sa promesse. Par domestique interposé, et moyennant finance, il a bientôt un compte rendu des activités de son ancienne maîtresse. Il apprend qu'elle rend visite régulièrement à un « sahdou », une sorte de prophète mendiant et ascète, lequel a l'habitude de venir demander l'aumône dans le quartier riche de Bombay. Et l'un de ses serviteurs dit à Arthur Miles :

– Il était là le jour du mariage. Je l'ai vu à la grille, il a tendu la main à la jeune dame et il est revenu tous les jours tant qu'elle était dans la maison.

– Admettons, mais il n'a rien pu lui faire de mal.

– Un sahdou peut faire du mal de loin, monsieur, il suffit qu'il ait un objet donné par la jeune dame, quelque chose qu'elle a tenu en main, ou porté sur elle, une mèche de cheveux, un morceau de robe, un bijou, un mouchoir, n'importe quoi!

– Et tu prétends qu'avec n'importe quoi il a pu rendre ma femme malade?

– Il y a des sahdou qui sont très forts et très puissants, surtout si on les paie bien.

– Alors nous allons prévenir la police...

– La police ne le chassera pas monsieur, il n'y a aucune loi qui le permette. Un mendiant prophète est intouchable. Jamais personne ne les a accusés d'un crime. C'est comme ça...

– Eh bien si c'est comme ça, chassez-le! Et je le chasserai moi-même.

– Il reviendra monsieur, la nuit, il se rendra invisible, comme un chat, il vaudrait mieux le payer et lui demander de retourner l'envoûtement.

– Qu'est-ce que ça veut dire? Retourner l'envoûtement?

– Qu'il reporte sa magie sur celui qui l'a demandé...

– C'est ridicule! Nous nageons en pleine folie!

– Ça ne coûte rien, monsieur, quelques pièces
d'argent...

– Et comment saura-t-on que l'envoûtement s'est
retourné?

– Il se passera quelque chose, la femme aura du
malheur.

– Je n'aime pas ça. Nous attendrons le retour de
ma femme et nous verrons bien.

Arthur Miles a bien du mal à croire à ces histoires
d'envoûtement. Il se contente de chasser le mendiant avec fureur, chaque fois qu'il le trouve sur son
chemin. Il fait même l'effort d'aller rendre visite à
son ancienne maîtresse, histoire de se prouver à
lui-même la stupidité de tout cela.

Shirina, la veuve courtisane aux yeux noirs, visage
triangulaire, teint biscuit, chevelure de légende aux
reflets bleus, le reçoit avec courtoisie. Ce mélange
d'anglais et d'hindoue a donné un résultat étrange.
Arthur Miles qui ne s'était jamais posé de questions
lorsqu'il fréquentait la dame, se sent un peu mal à
l'aise.

Elle s'étonne de sa visite, lui demande des nouvelles de son épouse, comme si elle ignorait sa
maladie, apprend avec un faux étonnement que
Pamela se trouve en Angleterre, et ne perd pas de
temps pour proposer une sorte d'intérim...

Lorsque Arthur Miles décline sa proposition avec
agacement, les yeux noirs de Shirina brillent d'un
éclat dangereux et Arthur Miles préfère s'en aller. Il
ne peut rien faire d'autre, mais il a tort.

Six mois plus tard, alors qu'il accueille sa femme,
de retour d'Angleterre, le mendiant est à la grille de

sa résidence. Il le chasse à coups de pied, fait garder la maison jour et nuit et lâche une meute de chiens féroces dans les jardins.

Mais rien n'y fait. Deux jours plus tard, Pamela hurle à nouveau. Le médecin est de retour et l'enfer recommence. Et cette fois, la jeune femme, déjà fragilisée, paraît plus atteinte. Il faut l'enfermer, l'attacher sur son lit, la droguer pour l'empêcher de se jeter par les fenêtres. Ses jours et ses nuits ne sont plus que cauchemars terrifiants, aucun dialogue n'est possible. Elle est folle.

Arthur Miles décide alors d'employer les grands moyens et prévient la police hindoue. Et la police lui répond :

– Que voulez-vous que nous fassions? Enfermer ce mendiant? Nous pouvons le faire quelque temps, mais le mal est fait... lui seul, peut-être, peut le défaire.

Insensé! Alors sur les conseils de son domestique et avec même l'approbation du vieux médecin, Arthur Miles accepte de payer pour que l'envoûtement se retourne contre celui qui l'a demandé.

Vivre une situation de fou, vous contraint à accepter des choses folles, même lorsqu'on se veut raisonnable et sceptique, logique et rationnel.

Nanti d'une somme rondelette, un domestique se charge de la transaction. Les jours passent, sans amener d'amélioration, le mendiant a disparu, Pamela Miles est toujours droguée, son mari prépare à nouveau son retour en Angleterre. Il y a un an qu'ils sont mariés à présent, et en un an, ils n'ont connu qu'une nuit de tranquillité et de bonheur normal.

C'est le treize avril mil neuf cent trente-cinq que l'accident est arrivé. Shirina, la belle métisse, traversait une rue de la ville nouvelle, au-delà des remparts, lorsqu'une voiture roulant trop vite, s'est jetée sur elle dans un tourbillon de poussière. Le conducteur n'avait rien pu faire, ses freins avaient lâché une seconde avant. Un banal accident de la circulation. Sans plus. Mais...

Pamela Miles a réclamé à boire et à manger au cours de la même semaine. Sa convalescence a été longue, elle est restée fragile quelque temps, mais sa phobie a disparu. En mil neuf cent trente-six, elle mit au monde son premier enfant, se remit au tennis et donna des réceptions. Seule et unique séquelle de son étrange maladie : une sorte d'amnésie. Elle savait qu'elle avait été malade, mais ne savait plus de quoi. Une vilaine fièvre, disait-elle. Et personne ne la détrompa, ce n'était pas utile. D'autant plus que c'était peut-être vrai.

Une vilaine fièvre... Un accident banal de la circulation... C'est ainsi, raisonnablement, qu'il fallait voir les choses. Quand tout va bien, pourquoi se poser des questions sans réponse?

LA MAISON SOUS LA LUNE

C'est le gros plan le plus classique du cinéma d'angoisse : une poignée de porte qui tourne dans la faible lueur d'un rayon de lumière. Qui est derrière la porte?

Autre plan classique, les yeux d'une femme agrandis par la peur, fixant cette poignée de porte.

Si nous étions au cinéma, plusieurs choses pourraient se passer ensuite. La porte fermée résisterait à la main invisible, par exemple, ou bien, elle s'ouvrirait sur un assassin redoutable, ou bien on verrait surgir Dracula, ou encore une bête immonde venue d'une autre planète, bref, ce serait du cinéma.

Mais nous sommes dans la réalité, un soir de janvier mil neuf cent cinquante-deux. Alentour, c'est la campagne du Midi de la France, aux environs de Béziers. La lune est bien ronde, bien blanche, la nuit étoilée, il fait un froid relatif, et on distingue les ombres décharnées des pieds de vigne, qui attendent patiemment le retour de l'été. La maison est isolée, à cinq cents mètres d'un village de trois cents habitants, au milieu de ces vignes.

Les yeux de la femme qui fixent toujours la poignée de porte, comme hallucinés, sont ceux d'Anne-Marie V. Elle est en chemise de nuit, un verre d'eau à la main. La porte est celle de la cuisine.

A l'étage, elle sait que son mari dort profondément, puisqu'elle vient de le quitter pour aller boire. Et il n'y a personne d'autre. Personne. Sauf un chien, incapable de faire tourner une poignée de porte.

Ils sont arrivés le matin, pour prendre possession de cette maison héritée d'une cousine qu'ils connaissaient très peu, une vieille fille sans enfant, morte sans testament il y a quelques mois, et dont les biens reviennent donc aux parents les moins éloignés, c'est-à-dire Guy et Anne-Marie, quarante et vingt-huit ans, mariés depuis dix ans, commerçants dans la banlieue parisienne, sans enfant et plutôt ravis d'hériter de cette grande baraque au soleil.

Seulement, il est minuit passé, un rayon de lune éclaire la cuisine, Anne-Marie ne trouve pas l'interrupteur, elle a oublié où il se trouve dans cette maison inconnue, et la porte s'ouvre lentement, tout doucement, comme avec précaution.

Alors elle lâche son verre qui éclate sur le sol carrelé de rouge, et elle hurle avec une force incroyable. Elle n'appelle pas son mari, elle ne crie pas « au secours », elle hurle un son bizarre, strident, modulé à l'infini, c'est la voix de la peur la plus animale.

Le hurlement d'Anne-Marie a réveillé en sursaut Guy son époux et Caramel le cocker. L'un dégringole précipitamment l'escalier, pieds nus, le cheveu et l'esprit en bataille, tandis que l'autre aboie consciencieusement sur le palier, avec la prudence d'un chien qui ne connaît pas la situation et hésite à s'en mêler.

Dans le couloir sombre, Guy trébuche sur des valises, se prend les pieds dans un porte-parapluies, et guidé par le hurlement continu de sa femme, ouvre brutalement la porte de la cuisine, trouve l'interrupteur et hurle lui aussi :

– Qu'est-ce qu'il y a?

Rien. De toute évidence il n'y a rien qu'un verre d'eau répandu sur le carrelage en petits morceaux brillants. Anne-Marie est restée la bouche ouverte, cri arrêté. Elle arrive à faire une phrase :

– C'est... c'est toi qui...

– Moi qui quoi?

– C'est toi qui as ouvert cette porte?

– Evidemment c'est moi! Tu hurlais! Qu'est-ce qui se passe?

– Non mais tout à l'heure, il y a une minute, c'est toi?

– Mais qui moi? Qu'est-ce qui te prend à la fin? Tu deviens folle? Qu'est-ce que tu as vu? Une araignée? Une souris? Un serpent? Un fantôme?

– Ecoute, Guy... Je ne plaisante pas je t'assure, j'étais là, dans le noir, je me servais à boire au robinet, et j'ai vu la poignée de la porte tourner, et puis, la porte a bougé, elle a commencé à s'ouvrir... alors...

– Alors tu as hurlé comme si tu avais le diable à tes trousses! Ce que tu peux être impressionnable...

– Mais je te jure que j'ai vu la poignée tourner, et la porte s'ouvrir comme s'il y avait quelqu'un derrière!

– Quelqu'un? Qui?

– Mais je ne sais pas! Tu es arrivé, et... Guy! Il est peut-être encore dans la maison! Il s'est sauvé quand j'ai crié!

– Je n'ai rien vu dans le couloir.

– Il s'est caché ailleurs!

– Où? Il n'y a qu'un passage!

– Je ne sais pas. Il a dû avoir le temps de monter à l'étage avant que tu arrives, ou de se cacher dans

187

la salle à manger, au salon, dans la cave, au grenier!
Je ne sais pas moi... Il y a sûrement quelqu'un ici!
J'ai peur Guy! Il a peut-être filé par la fenêtre?

Au fond, Guy ne connaît pas très bien la maison
lui non plus et le doute l'envahit :

– Ne bouge pas de là, je vais voir.

– Ah! non, j'ai trop peur! Je viens avec toi.

– Qu'est-ce que tu fais?

– Je prends un couteau, on ne sait jamais.

Guy hausse les épaules, mais pas très fier au fond,
il attrape lui aussi au passage dans le couloir ce qui
lui tombe sous la main; un vieux parapluie de
campagne, énorme et poussiéreux.

Inutile de raconter leur exploration. Il n'y a rien
nulle part, et de la cave au grenier toutes les portes
et les fenêtres sont closes, Guy en conclut qu'il
s'agit d'un courant d'air. Mais Anne-Marie insiste :

– Y'a pas de courant d'air. Et les courants d'air ne
font pas tourner les poignées de porte!

– Alors tu l'avais mal fermée, et la clenche s'est
dégagée toute seule.

– En tournant? Sans bruit? Sans un claquement
ou un grincement?

– Alors tu as cru la voir tourner. Un jeu d'ombre
et de lumière. La fenêtre de la cuisine n'a pas de
volets, et la lune éclaire tout, regarde.

– Tu crois?

– Evidemment que je crois. Qu'est-ce que tu veux
que ce soit d'autre? Un fantôme? Celui de la cousine?

– T'es bête!

– Alors tu vois bien. Allez, allons nous coucher.
Tu sais, quand on ne connaît pas une maison, on
entend des bruits bizarres, on voit des trucs bizarres, c'est tout simplement parce qu'on n'a pas
l'habitude d'y vivre, c'est tout.

188

– Mouais, sûrement, n'empêche que je l'ai bien vue tourner... On aurait vraiment dit...

– N'y pense plus.

Guy et Anne-Marie remontent l'escalier, et sur le palier le chien les regarde, l'œil interrogateur, le poil hérissé, la queue basse, il gronde.

– Eh bien, Caramel, eh bien, le chien... C'est rien!

– Tu vois! Il gronde. C'est pas normal Guy.

– Oh! écoute, arrête! Le chien a eu peur c'est tout, ne sois pas stupide. Allez tout le monde au lit!

Tout le monde se recouche. Anne-Marie les yeux ouverts, un peu pâle. C'est une jeune femme fragile, mince, d'une grande nervosité. Cette nervosité n'a fait que s'accentuer au fur et à mesure des années, car elle désire un enfant de toutes ses forces, et n'arrive pas à en avoir. Pourtant rien ne s'y oppose d'après les médecins, elle et son mari sont parfaitement capables de procréer. Mystère de la conception, chaque mois qui passe ne leur a apporté que déception. Et si Guy s'est résigné, aidé en cela par son caractère de bon vivant, équilibré et insouciant, qui ne demande pas l'impossible, Anne-Marie, elle, se sent coupable, malheureuse. Elle dort mal, fait des cauchemars...

La grande main solide de son époux caresse légèrement son visage immobile...

– Allez dors... Je suis là...

Mais il a beau être là, ce qui va se passer maintenant sera plus difficile à expliquer.

Anne-Marie sursaute à nouveau :

– Qu'est-ce que c'est?

– C'est la pendule qui sonne! Il est deux heures du matin.

– Guy?

– Quoi encore...

— La pendule, on l'a regardée ensemble cet après-midi, elle ne marchait pas, rappelle-toi.

— Ah! oui? Eh ben on a dû la secouer un peu et elle s'est remise en marche toute seule...

— Mais c'est impossible, elle n'a plus ses poids.

— Et alors?

— Eh bien, sans poids, elle ne peut pas sonner.

C'est vrai, elle ne peut pas. Et il n'y a qu'une pendule dans la maison, ça, Guy en est sûr. De plus, il se souvient parfaitement à présent qu'elle n'a pas de poids, qu'une aiguille s'est détachée et que le mécanisme est rouillé...

Et cette fois il ne peut plus attribuer le phénomène à la nervosité de sa femme, lui aussi a entendu sonner deux coups. Deux, et sa montre-bracelet marque elle aussi deux heures.

— Je vais voir.

— Ne me laisse pas!

— Reste là avec le chien. C'est peut-être une souris qui s'est coincée dans le mécanisme, et tu as horreur des souris. C'est ça, ça doit être une souris! Je reviens.

Guy descend à nouveau au rez-de-chaussée, ouvre la porte du salon, cherche l'interrupteur, le trouve, et recule aussitôt, effrayé et surpris par une explosion. Comme un coup de feu! Et il se retrouve dans le noir.

Le temps de réaliser que l'ampoule du plafond est responsable de l'incident, qu'elle a grillé au moment où il manipulait l'interrupteur, il se passe quelques secondes d'affolement et Anne-Marie se remet à hurler, le chien à gronder, bref la panique à nouveau.

Guy a eu peur. Ça surprend, ce genre de choses. Une fois chien et épouse calmés, il s'emploie à recueillir les minuscules débris de verre éparpillés sur le tapis. Mais comme il travaille à la lueur d'une bougie, il finit par se couper sur le culot déchiqueté de la lampe, qu'il voulait extraire de la douille.

Il jure, peste, cherche un chiffon pour empêcher le sang de couler goutte à goutte sur le tapis, tandis qu'Anne-Marie, recroquevillée dans un fauteuil, le chien sur ses genoux, pleure d'énervement.

– Je veux m'en aller, Guy. Il se passe des choses mauvaises ici.

– Ne dis pas de bêtises! Elle a éclaté c'est tout, et je me suis coupé c'est tout!

– Non. Il y a autre chose j'en suis sûre, je le sens, cette maison ne veut pas de nous.

– D'accord, on verra ça demain matin au grand jour, si tu veux bien. Allons dormir.

– Pas question, je vais dormir dans la voiture.

Et Anne-Marie attrape des couvertures et des coussins pêle-mêle, tandis que son époux résigné, la suit. Il ne peut pas faire autrement, elle aurait trop peur toute seule dans la voiture, et il ne fait pas chaud. Les voilà donc installés tous les deux, le chien en plus, les couvertures par-dessus.

Soudain Anne-Marie sursaute :

– La porte d'entrée, elle a claqué! Tu l'as fermée à clef?

– Non. J'ai laissé les clefs accrochées au mur dans le couloir.

– Elle a claqué!

– Eh bien elle a claqué, j'avais dû mal la tirer.

– Va voir!

– Ecoute Anne-Marie, c'est de l'enfantillage maintenant.

– Va voir, je t'en prie, j'ai senti comme un souffle... J'ai... vraiment senti quelque chose... Je ne sais pas quoi... Je t'en supplie va voir!

– Mais voir quoi? On la voit d'ici cette porte, elle est fermée, c'est un courant d'air, on a dû oublier de refermer la fenêtre, et puis j'en ai marre!

– S'il te plaît!

Les yeux d'Anne-Marie sont impressionnants, fixes, elle tremble de tous ses membres et répète :

– S'il te plaît.

Alors en maugréant, Guy sort de la voiture, monte les trois marches du perron et veut ouvrir la porte d'entrée.

Elle devrait s'ouvrir puisqu'il ne l'a pas fermée à clef. Or, elle ne s'ouvre pas. Et justement elle est fermée à clef. A la lueur de sa lampe électrique, Guy peut le constater sans aucune équivoque. Or, cette porte ne possède pas une serrure automatique capable de jouer ce genre de tour aux imprudents. Cette porte est une porte ancienne, avec une vieille serrure, dans laquelle il faut, de l'intérieur comme de l'extérieur, introduire une clef pour faire jouer la fermeture. Il faut donc une main d'homme pour mettre la clef dans cette serrure. Et pire, la clef n'est pas dans la serrure pourtant fermée à double tour.

Cette fois, Guy croit devenir fou. Quelle explication donner à ce genre d'événement? Un tour de clef passe encore... un courant d'air, le poids de la porte, et en admettant que le pêne soit déjà à moitié enclenché. Mais deux tours c'est un peu gros.

Anne-Marie a un malaise en apprenant la chose. Et cette fois, Guy lui-même a peur. Il ne sait pas de quoi, logiquement, mais après tout, cette accumulation fait peur. Il remonte dans la voiture, démarre, fonce au village, réveille le propriétaire de l'unique hôtel, lui raconte que leur porte s'est fermée alors qu'ils étaient dehors, et que la clef était restée à l'intérieur, ce qui explique leur tenue bizarre. Bref, ils se réfugient dans une chambre d'hôtel où rien ne bouge, rien n'explose, rien ne se passe, mais où ils ne dorment pas de la nuit.

Le lendemain matin, pâles et désorientés, ils

retournent à la maison. L'ancienne maison de la cousine Louise, avec un serrurier.

Et le serrurier éclate de rire :

– Dites! Elle était pas fermée à clef cette porte! Regardez...

– Mais je vous assure! Enfin, je ne suis pas fou!

– Possible, mais c'est ouvert. Eh ben vous me devez le déplacement, c'est tout. Au revoir messieurs dames!...

– Dites, euh, vous connaissiez l'ancienne propriétaire?

– La Louise? Sûr. Comme tout le monde! Mais elle fréquentait peu le village. Une vieille un peu sauvage hein? Enfin, ça l'a quand même portée sur ses cent deux ans! Ça conserve la sauvagerie!

Anne-Marie contemple la maison, les pierres, les tuiles, la treille, et soudain, elle demande :

– Vous savez où elle est enterrée?

– Bien sûr. Le cimetière est derrière, à cent mètres à peine après le virage, juste derrière ce rideau d'arbres. Vous trouverez facilement. Alors comme ça, c'est vous les héritiers?

– Euh... oui...

– Eh ben tant mieux, c'est une bonne maison, solide, comme on en fait plus. Elle date de plusieurs siècles vous savez... Même le maire dit qu'il faudrait la classer comme monument historique. Paraît qu'elle était déjà là au Moyen Age. Allez, au revoir et bon séjour quand même hein? Une nuit dehors c'est pas grave.

Le serrurier parti, Anne-Marie pénètre dans la maison avec prudence, cherche des vêtements, s'habille rapidement et déclare à son mari :

– Je vais faire un tour...

– Où ça?

– Sur le chemin, ça me changera les idées.

– Bon, moi, je vais réparer les dégâts dans le salon, et acheter du matériel. A tout à l'heure.

Anne-Marie marche le long de la route qui mène au cimetière. Bientôt, elle pousse la grille un peu rouillée, et avance dans les allées. Le cimetière n'est pas si grand, et elle trouve rapidement ce qu'elle cherchait. Un petit caveau, réservé à la famille V. Une inscription, relativement fraîche, indique que Louise V. y dort du sommeil éternel « 1850-1952, décédée en sa cent-deuxième année. Requiescat in pace ».

Il n'y a personne dans le cimetière, à part Anne-Marie. Alors elle s'agenouille sur la pierre et se met à parler :

– Ecoute Louise. Je ne t'ai pas connue assez pour savoir si tu étais méchante ou gentille. Peut-être que tu ne voulais pas de nous comme héritiers, mais il fallait le dire avant. Maintenant tu es morte. Tu entends? Tu es morte! Alors tu vas nous laisser en paix! Voilà. Si tu veux quelque chose dis-le! Si c'est vrai qu'on peut hanter sa maison pour embêter les vivants, fais-la sauter une fois pour toutes. Mais qu'on en finisse. Moi je suis fatiguée, à bout de nerfs, avec mon mari on était contents de venir ici, au soleil, loin de Paris et du bruit, et je m'étais dit, comme ça, peut-être que là-bas, je pourrai le faire cet enfant dont je rêve. Toi, tu n'en as jamais eu Louise, ça a dû te tourmenter sûrement. Alors tu peux me comprendre. Laisse-nous vivre ici tranquillement et je te promets que si par bonheur j'ai un enfant, et que c'est une fille, elle s'appellera comme toi : Louise. Voilà. Maintenant je vais faire une prière pour le repos de ton âme. Peut-être que tu n'as pas eu de prières de gens qui t'aimaient. C'est pour ça que tu es fâchée, sûrement. On aurait dû venir te voir avant d'entrer dans ta maison. « Je vous salue Marie pleine de grâces... »

Ridicule? Enfantin? Naïf? Possible. C'est ce qu'a déclaré le mari :

– Mon pauvre chou. Tu ne vas tout de même pas croire à ces choses? Aller parler à une morte! quelle idée...

D'accord. Restons objectifs, froids et trouvons des explications à tout y compris à la porte ouverte et fermée. Mais il faut savoir que la maison n'a plus rien dit. Et Anne-Marie a accouché d'une petite fille, dix mois plus tard. Elle l'a prénommée Louise, et il paraît, mais ce genre de chose est toujours subjectif, que Louise, qui a la trentaine maintenant, ressemble à sa lointaine cousine, et n'est pas encore mariée.

Coïncidence... Impressionnabilité, enchaînement de hasards, comprenne qui pourra.

FAISONS UN AUTRE RÊVE

TRACY PORTER a un sourire flamboyant, un corps flamboyant et des yeux flamboyants. Lorsqu'elle apparaît quelque part, les regards se tournent obligatoirement vers elle. Cet attrait qu'elle exerce sur les autres n'est pas dû uniquement à sa beauté qui n'est pas parfaite.

Il semble qu'un halo l'entoure, que des ondes partent de ses cheveux noirs, de sa peau éclatante, de toute sa personne. Son mari, l'avocat new-yorkais Philip Porter, a résumé une fois pour toutes le mystérieux éclat de sa femme, en déclarant :

– Tracy est plus vivante que la vie elle-même...

Poésie d'un mari amoureux, parfois jaloux même, et qui pour l'instant cherche vainement le sommeil, dans un hôtel d'Acapulco alors que sa merveilleuse épouse dort profondément à ses côtés.

Philip Porter a voulu prendre quelques vacances, il est surmené, mais on ne s'arrête pas de travailler brutalement comme ça, en espérant récupérer un sommeil d'enfant à la première nuit de repos.

Alors il se lève doucement, s'installe dans un fauteuil près de la fenêtre ouverte sur la nuit claire, et fume une cigarette. Quoi faire d'autre dans une chambre d'hôtel sans réveiller l'autre qui dort si paisiblement...

197

Or paisiblement n'est pas le cas. Philip Porter s'aperçoit tout à coup que sa femme respire fort, s'agite légèrement, puis beaucoup, se tord sur le lit, tend les bras comme pour se protéger, ouvre la bouche comme si elle étouffait, et, avant même qu'il se soit levé, Tracy pousse un cri et se réveille.

Elle s'assoit brusquement, en sueur, regarde autour d'elle et Philip Porter a l'impression qu'elle n'est pas tout à fait réveillée, car elle met du temps à répondre à ses appels :

– Philip? Ah! c'est toi... Qu'est-ce que c'est? Qu'est-ce qui m'arrive? Oh! j'ai fait un cauchemar...

– Un cauchemar? Je t'ai crue malade! Quel cauchemar?

– Je ne sais plus. C'était horrible. Je ne pouvais pas respirer. Attends; on m'enterrait dans le sable, quelqu'un m'enterrait dans le sable, et, oh! je me souviens maintenant, quelle horreur!

– N'y pense plus.

– Philip? Je n'ai jamais fait de cauchemar de ma vie, pourquoi celui-là?

– Qu'est-ce qu'il a de particulier? Tout le monde fait des cauchemars un jour ou l'autre, c'est une histoire de digestion, paraît-il. Tu as dû trop manger de ce poisson pimenté.

– Je me souviens de tout maintenant, c'est net comme des photographies.

– Allons, n'y pense plus.

– Je vais te raconter, il le faut. Je sais qu'il le faut, c'est bizarre, mais il le faut.

– Bizarre? Mais qu'est-ce que tu as Tracy, je ne t'ai jamais vue dans un état pareil, tu te sens bien?

– Bien? Je ne sais pas. Physiquement oui. Je me sens bien mais cette histoire, ce cauchemar semble m'envahir la tête comme s'il cherchait à sortir. Je...

j'ai peur de devenir folle. Ça fait peur Philip, il faut que je te raconte...

— Tu es sûre que tu ne préfères pas un calmant ? Je peux appeler la réception de l'hôtel...

Tracy est sûre. Elle ne veut pas de calmant. Elle se lève, regarde le lit où elle dormait il y a quelques instants, recule comme s'il la brûlait, et va s'asseoir sur le balcon pour raconter.

Ce n'est qu'un cauchemar, certes, mais un cauchemar qui compte dans la vie d'une femme.

Tracy respire la fraîcheur de la nuit, essuie son visage en sueur, et raconte :

— Je dormais dans ce lit. Je me voyais très bien dormir dans ce lit, tu comprends ? Comme si je m'étais dédoublée. Et puis un homme s'est approché, ce n'était pas toi, je ne voyais pas son visage, mais je sais que ce n'était pas toi. Il avait un couteau, j'essayais de me relever, mais le couteau frappait ma poitrine. Il y avait du sang partout. Je voulais crier, je n'y arrivais pas, je mourais. J'étais en train de mourir, et l'homme m'enveloppait dans le drap, et puis il me traînait dans le sable, j'étais dans un trou, profond, le sable tombait sur moi, j'étouffais et je ne voyais plus rien. Le poids du sable était sur moi et je savais que j'étais morte. Voilà, après ça je me suis réveillée.

Philip Porter n'est pas impressionnable, mais le récit de sa femme lui a donné le frisson tout de même. Un instant il a vraiment cru que la chose arrivait !

— Tu racontes trop bien, Tracy, tu m'as fait presque peur...

— Et moi donc !

— Bon. Eh bien n'en parlons plus, hein ?

— Je n'ai jamais rêvé d'horreur pareille, Philip !

— Eh bien tu as de la chance, la plupart des gens font des cauchemars. De quoi rêves-tu d'habitude ?

– Oh! plein de choses, des mélanges, des situations que j'ai vécues dans la journée, transformées, avec des personnages qui n'ont rien à y voir. Je vois ma grand-mère dans un avion, parce que j'ai lu une histoire d'avion, et téléphoné à ma grand-mère par exemple, mais sans plus. Je n'aime pas ça, et surtout je n'aime pas cette sensation que j'ai eue au réveil, c'était comme si... Je ne sais plus maintenant, c'est passé et je ne retrouve plus...

– Tu m'as dit : ce cauchemar m'envahit la tête comme s'il cherchait à sortir...

– J'ai dit ça?

– Oui, mais ce ne sont que des mots.

– Je ne sais pas. J'ai ressenti quelque chose de très fort, mais à présent ça m'échappe.

– Tu as eu peur, c'est normal. On va se coucher maintenant...

Tracy regarde le lit et hésite.

– Tu me trouverais ridicule si je te disais que j'ai la frousse de me recoucher là?

– Un peu oui.

– Eh bien, tant pis, j'irai sur le divan...

Et Tracy Porter a passé la première nuit de leurs vacances à Acapulco sur le divan de la chambre d'hôtel. Et le lendemain, elle a demandé à changer de chambre. Son mari trouvait la chose assez ridicule. Il ne comprenait pas. Sa femme, si calme, si gaie d'habitude, prenant la vie à bras-le-corps, ignorant superbement les faiblesses morales ou physiques, douée d'un optimisme à toute épreuve. Voilà qu'elle avait des caprices inexplicables. Alors que l'hôtel était plein!

Mais Tracy était bien décidée, et le gérant paraissait ennuyé.

– Je n'ai plus de chambre double, avec salon, c'est pour cela que je vous ai donné l'appartement vingt-cinq, mais je comprends que vous préfériez en changer, si on vous a parlé de cette histoire, c'est une bien mauvaise publicité pour un hôtel, croyez-moi!

Tracy étonnée, regarde le gérant :

– Quelle histoire? On ne m'a parlé de rien...

– Ah! bon? Oh! rien. Absolument rien. Je vais vous donner l'appartement du propriétaire, en principe nous ne le louons pas, mais il est absent pour quelque temps, et il n'y aura pas de supplément.

– De quelle histoire voulez-vous parler, monsieur?

– Un incident! Rien de grave, je vous assure...

– Ecoutez monsieur, vous avez dit : « C'est une mauvaise publicité pour nous. »

– Justement, je ne désire pas vous en parler, voilà votre clef, madame, bon séjour chez nous. Vous avez la meilleure vue sur la mer...

Tracy Porter n'insiste pas, car son mari la tire par le coude, mais une fois installée dans leur nouvelle chambre, elle reprend son idée.

– Philip, il s'est passé quelque chose dans l'appartement vingt-cinq et ce type ne voulait pas en parler. Je veux savoir ce que c'est...

– Mais pourquoi? Qu'est-ce que ça peut te faire?

– J'en sais rien, c'est ce cauchemar qui me tourmente...

– Ton cauchemar n'a rien à voir avec cette chambre et ce qui a pu s'y passer. Tu m'as dit toi-même ce matin que finalement tu avais mal digéré ce poisson d'hier. Sois raisonnable.

– Sois gentil, Philip, essaie de savoir. C'est facile pour toi, tu as bien un collègue ici qui peut t'aider... S'il y a eu un crime, il doit savoir...

– Un crime? Pourquoi un crime? Qu'est-ce que tu vas chercher encore? Enfin, Tracy, je ne te reconnais plus!

– Moi non plus... J'ai simplement besoin de savoir ce que le gérant appelle un incident, et une mauvaise publicité pour l'hôtel. Alors je serai rassurée. Fais-le pour moi s'il te plaît...

On ne résiste pas à Tracy Porter lorsqu'elle demande quelque chose avec ces yeux-là, surtout quand ces yeux-là ont une lueur d'inquiétude inhabituelle.

– D'accord, je passerai voir un ami dans la journée et je te raconterai ensuite l'histoire du mari qui étrangle sa femme pour l'empêcher de faire des cauchemars en vacances, d'accord?

Tracy a ri. Elle a retrouvé sa joie, sa vitalité, son rayonnement. Elle passe une merveilleuse journée sur la plage et retrouve son mari à l'heure du déjeuner, en pleine forme. Mais Philip, lui, a un drôle d'air.

– Je suis allé voir mon collègue, il m'a raconté l'histoire, ça s'est passé dans la chambre vingt-cinq, la nôtre, celle qu'on occupait la nuit dernière. Je crois qu'il faut en parler calmement, Tracy, ensuite nous prendrons peut-être la décision d'aller voir le juge...

Tracy a perdu son insouciance à nouveau, et elle écoute, tendue, le récit que lui fait son mari.

Philip Porter est un homme sain de corps et d'esprit, excellent avocat et que l'on ne peut en aucun cas taxer de fantaisie professionnelle. Sa spécialité n'est pas la délinquance, ni le crime, c'est un avocat d'affaires. Il a donc rencontré à Acapulco un autre avocat d'affaires et lui a demandé ce qui s'était passé à l'hôtel Athena. Et l'autre lui a répondu :

– Tu ne lis pas les journaux? Ah! oui, c'est vrai que tu es arrivé depuis quarante-huit heures. Il s'agit d'un crime tout simplement, une femme, la maîtresse d'un industriel connu, a été assassinée dans sa chambre. On n'a pas retrouvé le corps, mais il y avait du sang partout dans la chambre.

– Tracy et moi avons dormi dans cette chambre hier, on ne savait pas...

– J'imagine bien que l'hôtel ne l'a pas écrit sur la porte. Mais ils ont du mal à digérer l'affaire. La police a envahi l'hôtel pendant plus d'une semaine, sans rien trouver. On suppose que le type est un sadique et qu'il a emporté le corps dans une voiture. Cette fille était un peu légère, tu comprends, il lui arrivait d'inviter n'importe qui dans sa chambre. Elle a pu tomber sur un malade sexuel. En tout cas son amant est hors de cause. Voilà l'histoire.

Tracy a écouté son mari, un peu pâle. Ainsi, elle a rêvé d'un crime dans la chambre d'un crime, alors qu'elle ignorait tout. Ça fait peur, Philip reste calme et objectif.

– Nous ne savons pas si tu n'as pas lu quelque chose, un article dans l'avion par exemple...

– Philip! J'ai dormi dans l'avion. Tu sais comme moi que j'ai horreur de l'avion et que je dors! Je n'ai rien lu, tu le sais...

– Tu n'as pas parlé à quelqu'un?

– A l'hôtesse, c'est tout, à toi et au douanier...

– Et à l'hôtel? Tu n'as pas entendu une conversation, tu es sûre?

– Sûre! D'ailleurs on est arrivés à la nuit, nous avons dîné seuls. J'ai peur, Philip.

– Evidemment, c'est curieux. Mais ce qui me tracasse, c'est que tu as rêvé plus que la police ne sait. Tu as rêvé que l'on t'enterrait dans le sable, c'est ça?

– C'est ça...

– Et celui qui t'enterrait, tu as vu son visage dans ton rêve?

– Non...

– Tu ne pourrais pas dire à quoi il ressemble?

– Philip! C'est toi maintenant qui vas trop loin. Je n'ai tout de même pas un don de double vue. Mon Dieu, qu'est-ce que ça veut dire?

– Je ne sais pas. Mais nous allons parler de ça au juge. Même si on nous prend pour des fous. Il faut au moins leur expliquer ton rêve. Après tout, qu'est-ce que ça leur coûte d'essayer...

– D'essayer quoi, Philip?

– De fouiller la plage. Et si ton rêve était un reflet de la réalité? Si l'assassin avait bien entraîné le corps sur la plage pour l'y enterrer, alors qu'on le croit parti avec une voiture, et qu'on recherche le corps ailleurs?...

– C'est complètement fou ce que tu dis... Ça voudrait dire que je saurais ce que personne ne sait, à part l'assassin et la victime?

– Ben oui...

– Mais comment je le saurais, Philip! Comment? C'est fou ce que tu dis là!

– Je sais mais tant pis. J'ai déjà tout raconté à mon collègue, il est comme nous, il n'arrive pas à y croire, mais comme nous ne sommes pas des rigolos ou des charlatans, que toi et moi nous savons bien que nous ne méritons pas l'asile, essayons d'expliquer ça au juge. Simplement nous resterons discrets... et si le juge nous envoie promener, on laisse tomber l'histoire. D'accord?

– D'accord.

La tête d'un juge écoutant pareil récit! S'il n'avait pas devant lui un homme connu pour son équilibre mental, il lui montrerait la porte. Mais à la réflexion...

– Je suis comme vous, je ne crois pas à ce genre de chose, mais un détail me paraît logique. La police recherche le criminel et le corps ailleurs parce qu'on lui a signalé une voiture qui aurait quitté le parking de l'hôtel dans la nuit et que le gardien a cru voir un inconnu portant quelque chose... Il n'est pas interdit de penser qu'au lieu de fuir avec un cadavre encombrant, pour s'en débarrasser le plus loin possible, le criminel ait fait quelques centaines de mètres et soit allé enterrer le corps dans le sable de la plage, là où les policiers n'iraient pas le chercher. Vous pensez, il y passe chaque jour des centaines de touristes. Je vais faire sonder, discrètement, la nuit de préférence, pour ne pas affoler les gens. Madame Porter, votre rêve comportait-il d'autres détails, mêmes vagues?

– Alors vous y croyez?

– Je n'ai pas dit cela, j'examine les possibilités. Si vous n'étiez pas arrivée en avion de New York après le crime, je vous soupçonnerais peut-être. Mais comme ce n'est pas le cas et que vous m'avez l'air saine d'esprit, j'examine...

– Je ne peux rien dire d'autre. C'était comme si je vivais moi-même la mort de cette femme. J'ai l'impression que je n'étais pas vraiment morte, quand le sable m'a étouffée... C'est tout. Mais je ne peux rien dire sur les visages, ni celui de la femme, ni celui de l'homme.

– Il était seul?

– Oui.

– Grand? Petit?

– Je ne sais pas. Il avait un couteau, il frappait ma poitrine, il m'enveloppait dans le drap, et après c'était le sable. Je me suis réveillée en étouffant, je ne peux rien dire d'autre, rien. J'ai même l'impression de n'avoir jamais vécu ça. Ça s'éloigne de moi, je me demande si mon esprit refuse de garder ça. Il a fallu que je le dise et maintenant je voudrais oublier. Je suis en train d'oublier...

Après trois jours de sondages, sur la plage éloignée d'à peine cent mètres de l'hôtel Athéna à Acapulco, le corps d'une femme a été retrouvé.

Enfoui sous plusieurs mètres de sable et enroulé dans le drap de l'hôtel. Elle portait plusieurs blessures à la poitrine, mais la mort était survenue par étouffement.

Philip Porter demanda et obtint que le témoignage de sa femme ne fût pas cité. Il ne voulait pas faire d'elle une sorte de médium que le public et les journalistes assailliraient.

Mais Tracy Porter (dont le nom ici est faux), vécut quelque temps dans l'angoisse de faire à nouveau des cauchemars ou des rêves. Tentée par ce qu'elle pensait être un don, et effrayée à la fois, elle s'essaya un moment aux techniques de concentration, d'hypnose et toutes ces choses susceptibles de débusquer « ses pouvoirs ». Il ne se passa rien. Personne ne put lui expliquer ce cauchemar unique, car elle n'en fit jamais d'autres et se révéla même incapable de lire le jeu de son mari au bridge!

Heureusement son caractère équilibré et optimiste reprit le dessus et elle oublia peu à peu cette effroyable sensation d'avoir vécu dans le corps de quelqu'un d'autre, même en cauchemar, d'être morte en même temps qu'une autre femme, même en cauchemar. Car ce n'est plus un cauchemar lorsqu'on vous montre un vrai cadavre, en vous demandant :

– Madame Porter, la connaissez-vous?

C'est la réalité cauchemardesque, de s'entendre répondre :

– Non, mais, non je ne la connais pas, mais... Je la devine... Et ne me demandez pas d'expliquer ce que ça veut dire, je n'en sais rien.

UN CERCUEIL DE TROP

Monsieur l'architecte Samuel Peaby a rendez-vous ce matin de septembre mil neuf cent cinquante-six, une fois n'est pas coutume, au cimetière de West-port, dans le Connecticut. Ceci afin d'y édifier un caveau de famille, commande des frères Burban et Burban, « tanneries, fourrures de luxe » à Hartford, la capitale de l'Etat.

Monsieur Peaby a esquissé quelques croquis, qu'il étale soigneusement sur le toit de sa voiture, tandis que les frères Burban discutent. Harold Burban est partisan de supprimer l'ancienne tombe, où dorment leurs ancêtres paternels, pionniers et fondateurs de la première boutique de peaux et fourrures, devenue en mil neuf cent cinquante-six une affaire sérieuse, centenaire et honorable.

Edward Burban n'est pas d'accord. Grand-père et grand-mère Burban ont le droit de dormir en paix, et il n'aime pas que l'on bouscule les défunts :

– Construisons le nouveau caveau à côté!

– Edward, tu n'as aucun sens des convenances! De quoi aurions-nous l'air plus tard dans ce magnifique édifice, signé de Samuel Peaby, alors que nos ancêtres à côté seraient pris pour les miséreux de la famille, enterrés sous une croix de pierre. Nous devons tous dormir à la même enseigne crois-moi, d'ailleurs toutes les grandes familles le font! Et puis tu arrives trop tard, j'ai obtenu l'autorisation de faire transférer les cercueils dans une fosse provisoire, afin que Monsieur Peaby puisse commencer les travaux.

Et monsieur Peaby de montrer la crypte qui sera creusée, les niches réservées aux futurs défunts, l'escalier de marbre, la porte de fer forgé, ainsi que le monument de surface, artistiquement conçu, genre colonnades grecques, et fronton romain, ou l'inverse, allez donc savoir avec les artistes comme ce monsieur Peaby!

Soudain Harold Burban, l'aîné des frères, celui qui a toujours pris les décisions pour la famille, clôt la discussion.

— Parfait monsieur Peaby! à présent Edward, il faut nous rendre sur la tombe, j'y ai rendez-vous avec les fossoyeurs et les magistrats. Nous devons être présents pour le transfert.

— Présents? Mais pour quoi faire?

— Il est nécessaire d'ouvrir les cercueils, cela ne peut se faire qu'en notre présence.

— Mais pourquoi? Pourquoi? J'ai horreur de cela tu le sais Harold, j'ai horreur des morts.

— Ces morts sont nos ancêtres. J'ai prévu pour eux des cercueils plus convenables. Nous ne pouvons laisser faire le transfert sans contrôle, d'ailleurs, c'est la loi! Vous venez monsieur Peaby?

— Eh bien, je suis assez pressé...

Monsieur Peaby s'esquive, il le peut, il n'est pas de la famille, d'ailleurs il a rendez-vous, et il est déjà en retard, dit-il.

Harold, la soixantaine, grand et fort, homme d'affaires, père de famille nombreuse, avance devant son frère, célibataire, associé inconsistant, plutôt rêveur et artiste. Ils ont tous les deux la même stature, ils se ressemblent, comme d'ailleurs tous les Burban mâles depuis trois générations au moins.

Harold salue le représentant de la justice, celui du shérif, et poussant un soupir de pure convention fait signe de procéder à l'enlèvement des cercueils. Harold n'est pas très sensible mais il est tout de même étonné de ce qu'il voit.

– Qu'est-ce que c'est ça?

Puis vraiment surpris :

– Mais enfin! vous vous êtes trompés de tombe?

Puis vraiment fâché :

– Il n'y a que deux cercueils dans la tombe des Burban! Je regrette! Pas trois.

Le représentant du shérif, le magistrat et le conservateur du cimetière palabrent un moment sur le plan, vérifient la croix, secouent la tête et se montrent fort désolés, mais il s'agit bien là de la concession Burban, achetée à perpétuité, et il y a bien trois cercueils.

Harold est vert de rage, Edward vert de peur, c'est pourtant lui qui fait remarquer à l'assistance un détail important :

– Ce cercueil-là, il n'est pas à nous, regardez, il est tout neuf...

Harold croit comprendre :

– Ah parfait! On a enterré chez nous cet inconnu! parfait!

– D'ailleurs mon frère a raison, ce cercueil est neuf, complètement neuf, et moderne, alors que ceux de nos grands-parents, ainsi que vous pouvez le constater sont du siècle dernier!

Le fossoyeur tape de la pelle d'un air compétent :

– Personne n'a enterré personne ici! C'est moi qui enterre ici! et je connais mon boulot! d'ailleurs j'ai enterré personne depuis quinze jours!

– Ce sera quelqu'un d'autre à votre place?

– Impossible y'a que moi!

– Alors un enterrement clandestin! Et on aura choisi une vieille tombe croyant que personne ne s'en apercevrait!

– Je regrette, on a pas remué cette terre avant moi ce matin!

– Comment pouvez-vous en être sûr!

– Monsieur, c'est mon métier! D'abord... Ensuite, pas besoin d'être spécialiste pour voir ça. La terre était tassée depuis bien des années. Les racines de cet arbre-là, j'ai dû les couper un peu, pour retrouver la fosse! Je prétends, et j'affirme que la tombe n'a pas été touchée depuis des années.

– Mais alors ce cercueil?

– Eh bien il est là depuis au moins dix ans!

– Mais regardez le bois, le vernis, les poignées, c'est impossible!

Drôle de situation tout de même. Et Harold Burban se retourne vers les officiels.

– Bon. Ceci est votre affaire. Moi je ne veux pas le savoir, débrouillez-vous avec cet intrus, et enterrez-le ailleurs...

Le shérif est bien embêté.

– C'est qu'on n'a pas le droit de changer un corps de sépulture... sans une autorisation!

– Eh bien je vous la donne moi, l'autorisation!

– Eh non... vous ne pouvez pas, puisque le cercueil ne vous appartient pas!

– Tout de même! Il était chez moi oui ou non?

– Justement, il doit y retourner! Jusqu'à ce que l'enquête fasse la lumière sur ce point.

– Retourner chez moi? Dans mon caveau? Ah! certes non! J'ai des travaux à faire moi, et puis enfin, a-t-on déjà vu ça? Enterrer un inconnu chez soi? Je refuse! sortez-le de là, et mettez-le où vous voulez!

– Nous ne pouvons pas monsieur Burban, c'est la loi!

Le magistrat intervient alors fermement.

– Monsieur Burban, je dois vous préciser la situation telle qu'elle se présente : nous avons ici un cercueil, soit, mais dans ce cercueil se trouve un cadavre, du moins je le présume. D'autre part cette concession vous appartient. Donc, ce cadavre est chez vous. D'accord? Bien. Nous sommes donc dans la situation classique qui consiste à découvrir un cadavre chez quelqu'un et à lui demander ce qu'il fait là, qui est-il, et ce que vous savez de sa vie et de sa mort. En somme, vous êtes témoin dans une affaire judiciaire, et je suggère au shérif de procéder immédiatement à la vérification d'identité du cadavre, si la chose est possible!

Edward s'éloigne de quelques pas, gris, un peu souffrant semble-t-il. Le shérif le ramène, l'œil inquisiteur.

– Vous partez? Vous avez quelque chose à vous reprocher?

– Moi! Oh! non, mais je vous assure que j'ai horreur de ça... ça... déjà pour les grands-parents... Oh! laissez-moi m'en aller!

– Désolé, pas question, vous êtes témoin au même titre que votre frère. Fossoyeur, ouvrez-moi ça, et qu'on en finisse!

Le shérif observe attentivement le mort suspect, et les frères Burban, alternativement :

– Vous le connaissez Harold?

– Jamais vu cet homme-là...

– Et vous Edward?

– Non... non plus! connais pas! Mon Dieu qu'il est, il a l'air...

Un peu étonnant en effet, cette fraîcheur du suspect. Teint coloré, la cinquantaine, il est vêtu d'un costume gris-bleu, neuf, et au pli impeccable. Il

211

semble avoir été déposé là-dedans le jour même, et ce n'est pas un Burban, car il est petit, plutôt fort, de type méditerranéen.

Harold Burban résume l'avis de tous :

– C'est un homme de bonne situation, ses vêtements le prouvent.

Le shérif vérifie qu'il n'a pas de papiers sur lui (on ne sait jamais), vérifie que la mort n'a pas été brutale (blessure par balle, ou tout autre objet). Le médecin légiste mandé fait un examen dans la chapelle du cimetière, examen sommaire, qui lui permet de dire : « Mort naturelle. » Il faudrait bien sûr une autopsie pour confirmer ce diagnostic.

– Quelqu'un demande-t-il une autopsie?

Pas le shérif, puisqu'il n'y a pas eu crime apparemment. Pas la famille, puisqu'il est inconnu pour l'instant. Et pas les Burban qui n'en ont ni le droit, ni le désir. Il faut donc remettre le corps en place...

– Non, dit Harold, pas chez moi! Enterrez-le où vous voudrez, mais pas chez moi. Je suis chez moi! d'ailleurs je fais des travaux. Et j'ai déjà loué une sépulture provisoire pour mes grands-parents.

– Au fait, vos grands-parents? Ce sont bien eux?

– Autant que je puisse en juger après vingt ans, il s'agit d'eux en effet.

– Pas de pillage, pas de profanation?

– Ma grand-mère portait encore son alliance, et une chaîne en or, on me les a rendus. Rien n'a été touché.

– La tombe était prévue pour combien de places?

– Deux! vous avez bien vu, deux seulement!

Et là, le fossoyeur est encore plus perplexe.

– Dites, le cercueil neuf, il était sous les autres...

– Et alors?

– Alors ça veut dire ou qu'on a déplacé les deux vôtres, pour le mettre en dessous, ou qu'il était là, quand vos grands-parents ont été inhumés.

– Mais c'est impossible voyons, nous nous en serions aperçus... et puis ce cercueil est neuf! Neuf!

– C'est vrai, et d'autre part, je suis prêt à parier ma place que cette terre n'a pas été remuée depuis longtemps, ça, j'en jurerais! C'est à devenir fou, et j'ai pourtant l'habitude des cimetières!

Après maintes discussions, force reste à la loi, et l'inconnu du cimetière de Westport réintègre tant bien que mal sa tombe d'emprunt, alors que les grands-parents Burban déménagent dans une sépulture provisoire, ainsi qu'il était prévu pendant la durée des travaux, lesquels n'ont pas lieu, pour cause de « squattérisation »!

Et les mois passent, enquête, contre-enquête, recherches, photographies de l'inconnu et du cercueil distribuées chez tous les entrepreneurs de pompes funèbres, ne donnent aucun résultat. L'homme reste un inconnu, le cercueil ne dit rien aux professionnels dont les livres tenus à jour ne mentionnent pas celui-là.

D'ailleurs n'importe qui a le droit d'acheter un cercueil, et de le garder chez soi des années avant de s'en servir. N'importe qui, étant un peu habile, peut en construire un.

Les experts demandent donc une nouvelle exhumation du corps, afin de procéder à un examen plus complet. Nouveau transport de justice sur les lieux, et nouvelle surprise.

– Ce n'est pas le cercueil dont vous parliez!

– Non, ce n'est pas le même. Celui-là est plus vieux!

– Mais, vous aviez dit que le corps était en parfait état?

– Eh bien, il y a six mois de cela, alors...

– Six mois? Seulement? Mais ceci est un squelette! C'est un homme mort au moins depuis un demi-siècle!

– Qu'est-ce que vous dites? Appelez les frères Burban!

Harold et Edward Burban, l'un suivant l'autre comme d'habitude, l'un vociférant et l'autre un mouchoir sur les yeux comme d'habitude, se penchent sur le nouveau squatter squelettique.

– Ce n'est pas lui! C'est un autre!

– Oh! mon Dieu, encore un, quelle horreur...

Le fossoyeur et le conservateur en ont les bras qui tombent. Et le shérif devient méchant :

– Alors? On entre ici comme dans un moulin? On déterre et on enterre qui on veut, où on veut? à la barbe des responsables? Vous allez encore me dire que la terre n'a pas été remuée depuis vingt ans? Hein!

– Non...

– Alors vous allez me dire qui c'est, celui-là?

– Ben... non...

– Alors vous pouvez peut-être me dire où est passé l'autre?

– Ben...

– Je ne vais tout de même pas perquisitionner dans toutes les tombes?

– Ah non! Il faut l'accord des familles!

Le shérif est à bout de nerfs.

– Burban, est-ce que c'est vous qui jouez à ça?

– Shérif je ne vous permets pas! Notre famille a trop le respect des défunts, et d'abord je porte plainte, voilà! pour violation de sépulture! J'en ai assez de votre enquête! J'exige des mesures!

– Quelles mesures! Qu'est-ce que vous voulez que je fasse?

– Faire garder le cimetière, expulser ce nouveau squelette de ma concession. Je fais faire des travaux dès demain, et croyez-moi, ce sera du béton armé! Je voulais une grille, ce sera une porte blindée! Vous êtes responsable de l'ordre oui ou non?

De l'ordre chez les vivants, oui, mais chez les morts? Comment faire régner l'ordre? Le shérif n'a pas de manuel prévu à cet effet.

– Ecoutez-moi Burban, il n'y a qu'une seule chose établie dans cette histoire de fous, c'est que ça se passe chez vous. Alors, qui aurait intérêt à vous faire des ennuis?

– Personne, d'ailleurs je ne comprends pas plus que vous. Un cadavre tout neuf, passe encore, mais un squelette!

– Vous êtes sûr que ce n'est pas le même? Il a pu changer en six mois. C'est vrai, ça...

– Ridicule! Mais vos experts n'ont qu'à trancher. De toute façon, ça ne me regarde plus, je porte plainte un point c'est tout, et j'avertis les journaux.

– Pourquoi les journaux? Vous allez provoquer un scandale inutile!

– Ah! vous trouvez? Et qui vous dit que ça n'est pas la même chose sous les trois ou quatre cents tombes de ce cimetière hein! Qui vous dit que tous les assassins de l'Etat et pourquoi pas des Etats-Unis ne se sont pas donné rendez-vous ici, pour enterrer leurs victimes tranquillement?

– C'est absurde! Si c'était le cas – et vous fabulez – pourquoi aurait-on changé ce cadavre pour un autre et justement chez vous?

Harold Burban a une réponse toute prête.

– Peut-être parce qu'il n'y avait plus assez de

place pour en mettre un autre! Alors ils ont enlevé celui-là, pour en mettre un autre.

– Et l'autre?

– Ils l'auront mis ailleurs...

– C'est idiot! Il y avait assez de place puisqu'il était tout seul! Vos grands-parents sont ailleurs...

– Alors il n'y a pas qu'une bande de fossoyeurs, shérif! Il y en a au moins deux!

– Vous inventez n'importe quoi!

– Pas du tout. Il y a la bande de ceux qui se contentent d'installer leur victime avec les autres. Et il y a la bande de ceux qui évacuent, si j'ose dire, l' « occupant officiel » pour mettre l'autre à sa place. Chacun sa méthode, et ainsi, ni vu ni connu je t'embrouille!

– Vous êtes en train de me dire que le cimetière de Westport serait devenu la gare de triage de tous les assassins du pays? C'est ça?

– Shérif, je n'ai fait que supposer. Vous vous débrouillerez avec l'opinion publique. Quant à moi j'exige une enquête fédérale et des mesures de sécurité. Mes avocats prennent l'affaire en main!

Durant l'année mil neuf cent cinquante-six, mil neuf cent cinquante-sept, les autorités et les entreprises de pompes funèbres eurent fort à faire. Il y avait ceux qui voulaient vérifier la dernière demeure de leurs ancêtres... Ceux qui mirent des cadenas aux grilles des caveaux, ceux qui montèrent la garde, ceux qui changèrent de cimetière. Mais la plupart des gens se contentèrent d'attendre une explication officielle, avec sagesse. Ainsi que le disait une brave femme :

– Moi je comprends pas ces Burban! Chasser un pauvre défunt de chez eux, ce ne sont pas des choses qui se font, s'ils avaient la place...

Quoi qu'il en soit, aucune preuve d'enlèvement de corps ne fut apportée. Soit que personne n'ait pu le certifier, soit que les Burban aient été les seuls dans ce cas. Ainsi, ils auraient vu un homme et un cercueil intact, et six mois plus tard, le même homme et le même cercueil, abîmé par l'exposition à l'air et vieilli en quelques mois, ce qui est possible, selon certains experts. Il n'y avait donc qu'un seul homme et un seul cercueil en trop.

Reste le fossoyeur, soutenant mordicus que la terre n'avait pas été bougée depuis au moins vingt ans, si ce n'est plus, alors que l'inconnu était parfaitement conservé dans son cercueil, comme un mort de la veille.

Et ce fossoyeur a déclaré aux journalistes :

– Pour moi, c'est pas très étonnant. Ça arrive de découvrir des gens en parfait état. Pas souvent, mais ça arrive, on ne sait pas pourquoi! Alors voilà ce que je dis : Je travaille ici depuis trente ans, c'est moi qui ai enterré tout le monde ici. Sauf ce quidam. Et vous savez ce qu'on dit dans ce métier? On dit que les morts changent de place des fois, c'est pour ça qu'on entend des bruits la nuit, des bruits bizarres. Je connais un collègue qui m'a raconté qu'une fois, on avait même découvert un mouton à la place d'une dame, et le mouton il portait encore le collier en or de la dame. Alors vous voyez?

– Pour moi, tout ça se passe sous terre, et nous, on n'y comprend rien!

Pauvre fossoyeur, certains dirent qu'il aimait un peu trop la bouteille, et comme il était vieux, l'affaire lui coûta sa place. A défaut d'explication, il fallait bien un responsable!

L'HORLOGE DU TEMPS
QUI PASSE

MRS. PERROTS est sur le point de rendre l'âme dans une maison de Wimbledon. Une bien belle maison entourée d'un parc soigné, où les fleurs sont rangées en massifs réguliers, où pas un brin de gazon ne dépasse.

Dans son lit d'acajou, Mrs. Perrots est également bien rangée, la tête sur un oreiller de dentelle, les deux bras le long du corps, pas un pli aux draps qui la recouvrent, et la courtepointe étalée sur ses jambes est en tissu de cachemire brodé de franges identiques.

Ordre et discipline durent être la devise de Mrs. Perrots, veuve d'un industriel, qui est toujours sur le point de rendre l'âme, à soixante-quinze ans.

Derrière la porte de sa chambre, alignés comme pour la parade, les domestiques attendent, par ordre d'importance. La gouvernante d'abord, puis le maître d'hôtel, la femme de chambre, la cuisinière, le chauffeur, le jardinier.

Dans la chambre, une garde-malade, venue de Londres, aux allures masculines. Efficace, presque silencieuse, elle effectue les soins à heures fixes. Le reste du temps elle s'assoit près de la fenêtre pour lire d'un œil et surveiller de l'autre, sa riche malade.

Il y a aussi le médecin : John Peacombe. Il est le seul à détonner dans ce décor trop bien rangé, aux personnages impassibles. La chemise en bataille, la barbe mal rasée, le gilet déboutonné, il fait les cent pas dans le désordre autour du lit de Mrs. Perrots. Enfin, il se penche :

– Caroline ? Vous m'entendez ?

La vieille dame lève doucement les paupières l'une après l'autre, comme si elle faisait une farce, ou se méfiait de l'environnement. Puis elle murmure :

– Evidemment je vous entends ! Vous faites plus de bruit qu'un rhinocéros en cage...

– Caroline, tout ceci est ridicule, vous n'allez pas mourir !

– Si mon bon. L'heure est venue, je le sais.

– Mais vous n'êtes pas malade !

– Qu'est-ce que vous en savez ?

– Caroline, je suis votre médecin et votre ami depuis plus de trente ans ! Je vous connais trop bien et je dis que vous n'êtes pas malade !

– Et moi, je vous dis que je vais mourir, et toutes vos vitamines et vos drogues n'y feront rien. Quand c'est l'heure, c'est l'heure.

– Parfait, je vous accorde cette joie : vous êtes malade, mais de la tête, seulement de la tête et je ne suis pas psychiatre !

– Alors, que faites-vous là ?

– Je vous empêche de mourir !

– Ah ! Vous voyez bien !

– Non... non... non... Je vous empêche de vous suicider en pleine forme, voilà ce que je fais. Et c'est mon devoir, Caroline !

– A votre aise, mon bon, mais vous n'empêcherez pas le destin. Il faut être naïf pour s'imaginer que l'on peut combattre les forces de l'au-delà. Que vous le vouliez ou non, il me reste trois heures à vivre. Alors, soyez gentil, allez faire un tour dans le parc ou asseyez-vous là, mais cessez de tourner en rond, vous m'empêchez de mourir tranquille!

John Peacombe bougonne de colère, mais finit par installer son grand corps dans un superbe fauteuil de cuir et le silence revient. Un silence bizarre, trop lourd. Le même silence qui s'abat sur les campagnes, quelques instants avant l'orage. Plus personne ne bouge, il n'y a qu'à attendre.

Tout le personnel de la maison est au courant. Il y a deux jours, Mrs. Perrots recevait comme chaque vendredi, son mage personnel, un certain Rhama, venu des Indes en même temps que Mrs. Perrots, après son mariage, il y a trente-deux ans.

Webster Perrots, le mari décédé en sa soixantième année d'une maladie coloniale, laissait à son épouse plus jeune que lui, une fortune solide et peu de regrets. De retour en Angleterre, Caroline, qui n'avait alors que quarante-trois ans, s'était installée dans cette maison, héritage de son mari, où elle vivait de ses rentes et recevait, chaque vendredi, le fameux Rhama.

Tous deux s'enfermaient alors dans un petit salon et pratiquaient des sortes de transes médiumniques au cours desquelles Mrs. Perrots se mettait à parler avec un homme invisible.

Au début les domestiques ricanaient dans les coins, mais depuis plus de trente ans, ils ne faisaient plus attention à ces séances hebdomadaires devenues banales.

« Madame avait son mage », c'était une habitude comme si « Madame avait sa migraine ».

Or, il y a deux jours, ce treize avril mil neuf cent quarante sept, la séance avait déclenché une série d'événements inhabituels.

Tout d'abord, Mrs. Perrots avait pris congé de Rhama, définitivement, en lui disant :

– Nous nous reverrons dans l'au-delà. J'espère en attendant, vous donner de mes nouvelles, soyez attentif. J'ignore comment je pourrai me manifester.

A peine le mage disparu, Mrs. Perrots avait donné des ordres pour que l'on fasse venir son notaire. L'homme de l'art était reparti un peu étonné, non sans avoir confié à la gouvernante :

– Votre maîtresse me parle de sa mort, comme si elle en connaissait la date et l'heure précises! A-t-elle été malade ces derniers temps?

– Non, monsieur, pas du tout, madame a une excellente santé.

– Faites donc venir le médecin, il me semble qu'elle n'aille pas bien aujourd'hui.

En effet, Mrs. Perrots, ayant mis de l'ordre dans son testament, réclamait à présent, un lit frais, sa plus belle robe et ses bijoux. Il fallait ensuite éteindre les lumières, tirer les rideaux, allumer des bougies et attendre. Devant le personnel médusé, Mrs. Caroline Perrots, soixante-quinze ans et en pleine santé, avait déclaré :

– Je vais mourir dans deux jours, au coucher du soleil. Recueillez-vous, faites silence, et attendez. Lorsque le moment sera venu, je défends que l'on aille chercher le pasteur. Vous préviendrez Sir Paddington, mon notaire et vous suivrez ses instructions, il sait quoi faire.

Affolée, bien sûr, la gouvernante avait immédiatement prévenu le médecin, un ami de la terrible vieille dame, laquelle l'avait envoyé promener en toute sérénité.

– Mon bon, j'ai reçu le message, je vais partir bientôt. Je n'ai guère usé de vos services de mon vivant, et vous n'aurez rien à faire de plus, au soir de ma mort, seulement à la constater. Revenez dans deux jours au coucher du soleil.

Mais le médecin n'était pas parti. Après s'être rendu compte que sa vieille amie ne démordait pas de son idée fixe, il avait choisi de s'installer dans la maison. Caroline Perrots a toujours été une originale. N'aurait-elle pas décidé un suicide? Persuadée que quelqu'un l'attend dans l'au-delà, elle est capable de tout. C'est pourquoi le médecin a décidé, non seulement de rester, mais de faire appel à une garde-malade, pour plus de sécurité. Toujours par sécurité, il fait administrer à la « malade », des vitamines, du sérum et un toni-cardiaque, car elle ne s'alimente plus. A quoi bon s'alourdir l'estomac pour le grand voyage?

L'après-midi du quinze avril mil neuf cent quarante-sept, s'étire lentement dans la maison au garde-à-vous. Trois heures sonnent à la pendule, et Caroline Perrots lève sur le cadran un regard complice.

– Elle est à l'heure, n'est-ce pas, mon bon?

Le médecin en convient. Bien qu'il ait toujours détesté cette pendule, ainsi que tout le personnel d'ailleurs. A-t-on idée de mettre dans sa chambre à coucher, un meuble aussi effrayant d'aspect!

Un cadran de cristal, enchâssé dans du bois d'ébène, où courent deux aiguilles d'ivoire... ce serait à la rigueur joli, s'il n'y avait pas au fond de ce cadran, derrière le cristal, une tête de mort. Une vraie tête de mort, un crâne quoi! Dont on aperçoit les orbites creuses, le nez camus ou les dents grimaçantes, au gré de la ronde des aiguilles... Même en lui tournant le dos, cette pendule d'ébène donne le frisson. Personne n'a le droit d'en remonter le mécanisme, elle est fermée à clef, et cette clef pend au cou de la vieille dame. Mrs. Perrots n'est jamais partie en voyage sans l'emmener avec elle. N'a-t-elle pas traversé l'Atlantique sur un paquebot, jusqu'aux Amériques, avec cet étrange objet dans sa cabine? Une fois pour toutes, elle a déclaré que cette pendule avait pour elle une valeur inestimable; bien plus importante que toute sa fortune réunie. Mrs. Perrots est donc une femme bizarre. Le brave médecin s'est endormi légèrement dans son fauteuil dans le couloir; les domestiques ont choisi de s'asseoir par terre ou sur les meubles. La cuisinière a fait des sandwiches et ils échangent quelques propos à mi-voix, peureusement :

– Tu crois qu'elle va le faire?

– Penses-tu, elle devient folle, oui, toutes ces histoires de mage hindou lui ont chamboulé la tête!

– Et si elle mourait au coucher du soleil comme elle l'a dit?

– Et si j'étais roi d'Angleterre? Non mais sans blague, tu crois qu'on peut mourir comme ça, sans rien faire de plus que de le décider?

– Alors elle va avaler du poison ou s'ouvrir les veines.

– Mais non, le médecin est là, et la garde-malade aussi, elle peut pas!

– Ben tant mieux, parce que j'ai pas envie de perdre ma place moi, dire qu'elle n'a pas d'enfants! Tu crois qu'elle nous laissera quelque chose, si...

– Elle va pas mourir je te dis. Des simagrées tout ça. A six heures, elle va réclamer son potage comme d'habitude, et demain il fera jour.

Dans la sombre chambre, où repose Mrs. Perrots, les bougies vacillent. La garde-malade se lève et prend le pouls de sa curieuse malade, puis elle examine le visage, n'est-il pas un peu pâle?

– Docteur!

Le médecin saute sur ses pieds. Les voilà tous les deux penchés sur Mrs. Perrots avec une inquiétude grandissante.

Le pouls a baissé, il est presque imperceptible. Le

cœur s'est ralenti, Caroline Perrots ne bouge plus, son corps est raide, cataleptique.

– Caroline! Caroline vous m'entendez?

Mrs. Perrots n'entend plus, ne réagit plus, ses mains posées bien à plat sur le drap ne réagissent pas; les paupières paraissent soudées.

– C'est un coma, docteur?

– Je ne sais pas, je suppose, oui, bien sûr que c'est un coma! faites-lui une piqûre bon sang! Le cœur s'affaiblit. Mais bon sang, je n'y comprends rien, qu'est-ce qui se passe? Dépêchez-vous!

– Son bras est raide, docteur. Je ne peux pas le déplacer...

– Qu'est-ce que vous dites? Raide? Elle n'est pas morte! Trouvez la veine, piquez dans le cou, piquez n'importe où, mais allez-y!

La piqûre ne fait aucun effet, ni réaction physique extérieure, ni reprise de l'accélération cardiaque.

Le stéthoscope vissé dans les oreilles, le malheureux docteur écoute... écoute à en avoir le vertige.

– Donnez-lui de l'alcool! Vite.

Mais les dents serrées refusent de s'ouvrir et le whisky d'un grand âge vient tacher l'oreiller de fin coton blanc, sur lequel la tête de Mrs. Perrots glisse un peu. Le médecin la gifle à tour de bras, reprend son appareil, puis le jette, retrousse ses manches, arrache le corsage de la robe et entreprend un massage cardiaque épuisant.

Le quinze avril mil neuf cent quarante sept, au coucher du soleil, à quelques rayons près, Mrs. Caroline Perrots a rendu l'âme, ainsi qu'elle l'avait dit. Comment est-ce possible! Le médecin n'admet pas le surnaturel. Or, il n'est pas naturel que quelqu'un en bonne santé, même à soixante-quinze ans, meure d'un arrêt cardiaque, à une heure choisie à l'avance!

N'a-t-elle pas absorbé une drogue quelconque à l'insu de ses gardiens? L'autopsie répond non. Et le médecin légiste déclare au docteur Peacombe qui l'avait demandée, jugeant cette mort suspecte :

– Mon cher confrère, la seule explication me paraît être la suivante : cette femme était capable, comme certains fakirs hindous, de ralentir les battements de son cœur, jusqu'à les arrêter. D'après ce que vous m'avez dit de ses fréquentations, ce n'est pas impossible.

– Vous n'allez pas me dire vous aussi...

– Je ne dis rien d'autre que ce que j'ai constaté. Catalepsie mortelle. Voilà.

– C'est un suicide, alors?

– C'en est un, mais c'est le premier de ce genre que je constate, du moins en Europe.

Il fallait se rendre à l'évidence, Mrs. Perrots avait réussi son grand départ au jour et à l'heure voulus. Mais pourquoi? Dans les instructions du notaire, figurait une clause testamentaire encore plus étonnante. Elle concernait la fameuse pendule à tête de mort. Il était prescrit d'en faire don au mage Rhama, mais avant cela :

« Vous ouvrirez le corps de la pendule au moyen de la clef que je porte au cou, vous en sortirez le squelette qui s'y trouve, et ferez en sorte de l'inhumer en même temps que moi, dans le caveau que j'ai fait construire à cet effet au cimetière de Wimbledon.

« Cet homme n'a pas de nom qui puisse vous intéresser et il ne sera pas nécessaire d'inscrire quoi que ce soit sur la pierre. Vous ferez exécuter un double cercueil, dans lequel vous mettrez nos deux corps côte à côte. Une fois le caveau refermé, il ne devra plus jamais être rouvert sous quelque prétexte que ce soit. Je ne veux ni enterrement religieux, ni fleurs, ni inscriptions. »

Le reste des biens de Caroline Perrots fut réparti

entre ses domestiques, son ami le docteur John Peacombe, et des œuvres de charité diverses.

Mais qui était le squelette? Le mage en savait-il davantage, lui qui héritait de la pendule d'ébène et de cristal?

Le docteur voulait savoir.

– C'est l'homme qu'elle a aimé et qu'elle voulait rejoindre. Je n'en sais pas plus, sinon que le message est arrivé.

– Quel message?

– Vous ne croyez pas à ces choses, docteur, inutile d'en parler.

– Vous voulez dire que cet homme, mort depuis des années, lui a fait signe de l'au-delà, pour qu'elle le rejoigne? C'est ça?

– C'est ça.

– C'est totalement ridicule! C'est vous qui lui avez mis ça dans la tête!

– Pensez ce que vous voudrez, docteur.

– Mais vous êtes un assassin par procuration! Vous l'avez aidée à cultiver cette idée!

– Vous ne savez pas ce que vous dites, docteur! Cet homme est mort il y a longtemps, c'était en Inde, bien avant le mariage de notre amie. Et si elle avait pu le rejoindre plus tôt, elle l'aurait fait.

– Vous prétendez qu'elle aurait pu se suicider plus tôt?

– En effet.

– Et pourquoi ne l'a-t-elle pas fait selon vous?

– Parce qu'elle attendait le message, elle savait qu'il fallait attendre.

– Et elle avait besoin de vous et de vos ridicules séances de tables tournantes pour ça?

– Il n'y avait pas de ridicules séances de tables tournantes, docteur. Je ne travaille pas dans un cirque. J'étais son ami, son seul ami de là-bas, le seul avec qui elle pouvait parler de cet homme et de son amour pour lui, vous comprenez? Alors nous en parlions, c'étaient des exercices de concentration, tout simplement, c'est cela qui lui donnait le courage d'attendre, de vivre encore, avant de le retrouver pour l'éternité. Voilà docteur. Et lorsque le message est arrivé, elle n'a pas eu besoin de moi, elle l'a reçu dans son esprit, toute seule. Croyez-moi, laissez-la en paix à présent. Et moi aussi. Je ne suis pas l'un de ces escrocs qui hypnotisent les vieilles dames pour leur soutirer de l'argent. J'avais prévu des réactions comme la vôtre, et j'ai fait promettre à Caroline, mon amie, de ne rien me léguer surtout, d'ailleurs, je n'en ai pas besoin, je vis dans la simplicité.

— Elle vous a laissé la pendule, tout de même.

— En effet, mais ce n'est qu'un rendu. C'est moi qui l'ai fabriquée pour elle, il y a longtemps. Je ne suis pas seulement un « fakir » comme vous dites, docteur, je suis horloger de mon métier. Je fais des instruments qui comptent le temps des autres, et le mien. Caroline avait fait son temps, un long temps sans amour. Elle ne fut jamais si heureuse, j'en suis sûr, qu'à l'heure où cette pendule a sonné sa dernière heure. Adieu, docteur, j'espère qu'elle ne vous en veut pas.

— A moi? Pourquoi?

— D'avoir essayé de l'empêcher de mourir! Vous auriez pu réussir, vous le saviez?

GRAND-MÈRE DINÙ

C'EST une famille américaine de Boston, famille
moyenne, pourvue ainsi qu'il est normal dans les
années cinquante, d'un réfrigérateur, d'une machine
à laver le linge et d'un aspirateur. Teddy Gheorghi
est fonctionnaire aux travaux publics de la ville. Il a
quarante ans; son épouse, Ruth, travaille dans un
grand magasin, au service des achats. Ils occupent
une maison de brique et de bois, à deux étages, que
Teddy aura fini de payer dans dix ans. Ils ont un
petit garçon de neuf ans et une petite fille de cinq
ans.

Et ils ont surtout une grand-mère. Une très vieille
grand-mère, très maigre et très silencieuse.

Dinù est son nom. Elle parle peu car elle comprend mal et parle encore plus mal la langue de ce
pays d'adoption.

Dinù est roumaine. Lorsqu'elle a émigré avec les
parents de Teddy vers mil neuf cent dix, il ne
s'appelait pas encore Teddy mais Tesorù et n'avait
que six mois. La grand-mère avait quarante-cinq
ans, elle était veuve, ne connaissait que le travail de
la terre, et se trouva perdue dans cette grande ville.
En mil neuf cent trente-sept, elle perdait en même
temps son fils et sa belle-fille, dans un accident de
chemin de fer. Ils étaient les seuls à lui parler

229

encore la langue du pays. Et Dinù se retrouva, à soixante-douze ans, dans un cimetière américain au côté de son petit-fils Teddy. Elle ne comprit pas alors pourquoi, dans ce pays, on incinérait les morts plutôt que de leur donner une tombe. Et dans son mauvais anglais, elle dit :

– Ton père n'était pas un vampire et ta mère non plus, pourquoi les fais-tu brûler?

Teddy eut beau lui expliquer que la chose était courante aux U.S.A., qu'il valait mieux pratiquer ainsi, plutôt que d'acheter très cher une concession, la vieille Dinù hochait la tête avec réprobation, et marmonnait des choses à propos de vampires.

Teddy, en bon Américain qu'il était devenu, ne prit pas garde à ces histoires, et comme il aimait bien sa vieille grand-mère, il la garda avec lui. Lorsqu'il eut des enfants, tout naturellement, elle s'occupa des petits. Elle avançait en âge, elle se desséchait de plus en plus, mais elle n'avait pas sa pareille, à quatre-vingt-six ans, pour consoler un petit garçon, fabriquer des beignets succulents en un tour de main, et repasser une chemise. Le tout, en économisant les paroles et sans faire plus de bruit qu'une souris.

C'est pourquoi, le jour où son arrière-petit-fils est tombé malade, grand-mère Dinù s'est transformée tout naturellement en infirmière. Une mauvaise fièvre rongeait le petit Michael, un virus disait le médecin. Grand-mère Dinù ne connaissait rien au virus, mais savait le goût de la mauvaise sueur qui perlait aux tempes de son garçon, le dernier des Gheorghi, et elle n'avait pas confiance dans les boîtes de médicaments qui défilaient sur la table de nuit.

C'est pourquoi, par une nuit noire, en plein Boston, elle est partie silencieusement à la recherche du seul remède connu jadis dans son lointain village, pour éloigner la mort. Un remède effrayant, venu d'un Moyen Age qui n'est pas si lointain, pour une paysanne des Carpathes, perdue dans le Nouveau Monde.

Dans la maison de brique et de bois de Teddy Gheorghi, les lumières sont éteintes depuis longtemps. Une veilleuse demeure près du lit de l'enfant malade qui respire péniblement. Le médecin a parlé de méningite. Ruth, la mère, s'est endormie sur sa chaise, abrutie de fatigue et de chagrin. Teddy dort dans la chambre voisine, d'un mauvais sommeil agité. Sarah, la fille cadette, a été confiée à des amis, par peur de la contagion. Normalement, grand-mère Dinù devrait dormir dans sa petite chambre du rez-de-chaussée, près de la cuisine. Mais son lit est vide. Elle est sortie. A quatre-vingt-six ans, sans rien dire à personne, elle qui ne dépasse jamais les limites du quartier, s'en est allée jusqu'à la station de taxis, près du drugstore qui reste ouvert toute la nuit.

Là, elle a sorti des pièces de sa poche, et demandé au premier chauffeur, avec un accent épouvantable et des mots approximatifs :

– Combien pour rouler la voiture au cimetière ?

L'homme a fait une grimace comique :

– Eh ! la vieille ! C'est pas l'heure de faire ce genre de balade ! Quel cimetière d'abord ? Y en a au moins vingt-cinq à Boston !

Obstinée, la vieille a répété :

– Combien pour rouler la voiture au cimetière ?

Elle tendait sa vieille main maigre avec tout l'argent de ses économies. Environ deux cents dollars. Alors le chauffeur s'est décidé. Va pour le premier cimetière venu. Après tout, il ne faut pas contrarier les fous. Trois quarts d'heure plus tard, il abandonnait sans remords la vieille femme à la

grille d'un cimetière, une grille close, bien entendu.

Mais il était dit que grand-mère Dinù parviendrait
à ses fins, cette nuit de septembre mil neuf cent
trente-sept. A petits pas, la voilà qui longe le mur
interminable pour découvrir enfin une autre porte,
plus petite, et simplement fermée par un crochet.

Voilà donc grand-mère Dinù à l'intérieur d'un
grand parc, planté d'arbres immenses. Elle trotte
entre les monuments, à la recherche d'un endroit
précis, qui doit normalement se trouver près de
l'entrée principale. Elle se souvient parfaitement du
jour où son fils et sa belle-fille ont disparu en fumée
dans cet endroit. Il doit y avoir une salle, avec des
fleurs, et des corps qui attendent.

A l'entrée, effectivement, une plaque discrète
indique la morgue. Comment y pénétrer? Une allée
en pente mène à un sous-sol, c'est là que les
voitures funèbres viennent se garer. Au bout de ce
sous-sol, une porte métallique.

Le mystère est que cette porte s'ouvre sur un
couloir, et que ce couloir mène directement à la
morgue. Il est insensé que rien ne soit bouclé dans
cet endroit. Insensé qu'une vieille femme ait pu y
pénétrer sans encombre, et découvrir ce qu'elle
était venue chercher.

Un peu plus tard, grand-mère Dinù est à nouveau
sur la route. Seule dans la nuit, portant dans son
cabas un trésor épouvantable. Comble de folie dans
cette odyssée, une voiture de police lui demande ce
qu'elle fait là. Grand-mère Dinù dit qu'elle rentre
chez elle, et montre sa carte d'identité avec son
adresse. Bons princes, les policiers la ramènent et,
durant leur trajet, l'écoutent raconter une histoire
incompréhensible, d'après laquelle ils croient deviner que la vieille dame a été abandonnée par un
taxi qui devait l'attendre au carrefour. Quel taxi?

Quel carrefour? Peu importe, une grand-mère de quatre-vingt-six ans n'est pas un malfaiteur. Courtoisement, l'un des policiers l'accompagne même jusqu'à la porte de la maison de brique et de bois. Il constate qu'elle ouvre avec sa clef, la salue et s'en va.

Lorsqu'il saura plus tard ce que venait de faire cette grand-mère inoffensive, qui roulait les « r » d'une façon si drôle, le policier aura un haut-le-cœur.

Grand-mère Dinù n'est pas encore rentrée dans sa chambre, lorsqu'elle entend sa belle-fille demander :

– Tu ne dors pas?

– Non. Je vais faire une tisane, pour Michael.

Ruth a un mouvement de lassitude, et retourne auprès de son fils. Elle n'a pas le courage d'empêcher la grand-mère de mijoter une tisane après l'autre, sans résultat bien sûr. D'ailleurs, la vieille femme marmonne et grommelle sans cesse devant ses casseroles. On ne trouve pas au supermarché du coin les herbes qu'il faut. Ruth entend des bruits lointains, venus de la cuisine au rez-de-chaussée. Une odeur bizarre lui parvient un moment, puis plus rien. Elle a dû s'endormir.

Au petit matin, l'enfant gémit doucement. La fièvre ne le lâche pas et il est si pâle que son petit visage se confond avec les draps. Sa mère lui tamponne doucement le front et les tempes avec de l'eau froide. Il est environ cinq heures lorsque le pas lent de grand-mère Dinù s'arrête près du petit lit. Elle tient un bol à la main, dans lequel fume un peu de liquide brunâtre.

Elle le tend à sa belle-fille d'un air grave :

– Fais boire Michael. Pour chasser la mort.

– Qu'est-ce que c'est, grand-mère?

– Fais boire ton fils, ne demande pas.

– Mais le docteur a dit que c'était inutile, grand-mère, tu sais bien...

– Fais boire ton fils, je dis! Seule chance pour la vie!

Pourquoi pas. Cela ne peut pas faire de mal à l'enfant, et Ruth obéit, comme un automate. Mais elle éprouve quelques difficultés à faire boire son fils dont les dents serrées refusent de s'ouvrir. Découragée, elle abandonne le bol sur la table de chevet. Même pour faire plaisir à la grand-mère, elle n'a pas la force d'insister.

Alors patiemment, grand-mère Dinù va donner elle-même la potion, goutte après goutte, en se servant d'un coin de mouchoir. Elle le trempe dans le bol, puis le glisse entre les lèvres gercées de l'enfant, et recommence, encore et encore, tandis que Ruth pleure dans un coin de la chambre, à petits sanglots épuisés.

Lorsque le médecin arrive vers huit heures, grand-mère Dinù a rangé son bol et sa mixture. Le petit Michael ne respire plus qu'à un fil. Le médecin sait qu'il n'y a plus rien à faire. Piqûres, oxygène, tout cela n'y fera rien. L'issue lui paraît fatale. Alors il s'éloigne avec le père et tente de le préparer doucement au drame qui menace, à moins d'un miracle.

Telle est la situation, le six septembre mil neuf cent trente-sept, à neuf heures du matin, dans la maison de brique et de bois de Teddy Gheorghi.

Pendant ce temps, dans les locaux d'un cimetière de l'est de la ville, c'est la panique. La police vient de découvrir le résultat de la visite nocturne de grand-mère Dinù.

Il est des pratiques étranges dont on ne connaît pas vraiment l'origine, et que l'on croit plus folkloriques que réelles. Dans le village natal de grand-mère Dinù, en Roumanie, comme dans d'autres villages d'ailleurs, on sait par exemple que si la malédiction se porte sur une famille, c'est qu'il y a un « strigoï » parmi ses défunts. Un strigoï est un mort qui se nourrit des vivants. Il faut le déterrer, le couper en deux et le brûler, afin qu'il ne fasse plus mourir les membres de sa famille pour s'en repaître.

Il faut surtout lui arracher le cœur et le brûler. Car les strigoï sont des morts-vivants, que l'on ne peut tuer définitivement qu'en leur brûlant le cœur, ou en le transperçant d'une épée. Mais le cœur d'un strigoï réduit en cendres et mélangé à de l'eau, peut guérir les malades.

D'ailleurs, le cœur de n'importe quel défunt peut guérir un malade. C'est même le seul moyen de le sauver, selon grand-mère Dinù. Bien entendu, en règle générale, on ne se sert que des cœurs de strigoï, lorsqu'il devient nécessaire de les brûler. Il serait impensable et sacrilège d'utiliser le cœur d'un membre de la tribu. Par contre, le cœur d'un étranger est un remède sûr. Aussi sûr que celui d'un strigoï.

La police ignore tout cela. Ce qu'elle sait, c'est qu'un maniaque a pénétré dans les locaux d'une morgue et profané le corps d'un défunt. L'information est transmise à tous les postes de police et c'est ainsi que le sergent Donally se souvient d'avoir rencontré, sur la route près du cimetière dont il est question, une vieille dame avec un cabas.

Certes, il n'imagine pas la vieille dame se livrant à cette chose macabre et épouvantable, mais sa présence était insolite et peut-être a-t-elle vu quelque chose. Bref, le sergent Donally rend compte de l'incident à ses chefs, et il est dix-sept heures, ce même six septembre mil neuf cent trente-sept, lorsqu'on frappe à la porte de la maison de brique et de bois.

Le sergent Donally s'est fort bien souvenu de l'adresse, la grand-mère lui ayant montré sa carte d'identité, afin qu'il puisse la lire.

Teddy Gheorghi et son épouse reçoivent les policiers avec étonnement. Ruth se souvient en effet que la grand-mère ne dormait pas la nuit dernière, et tous deux sont stupéfaits d'apprendre qu'elle se promenait seule du côté d'un cimetière.

La vieille dame hausse les épaules, lorsqu'on lui demande ce qu'elle faisait là. Elle s'adresse à Teddy, son petit-fils, en roumain, mais Teddy, qui n'a guère pratiqué sa langue d'origine, ne comprend pas tout. De plus, il est étonné de voir sa grand-mère lui parler roumain, ce qu'elle ne fait jamais. Alors la vieille dame s'énerve, répète son discours, et Teddy finit par en percevoir le sens. Il devient pâle, son regard effrayé va de la vieille femme au policier. Il ne sait plus que faire. Grand-mère Dinù vient brutalement de lui dire qu'elle a été dans cet endroit pour y prendre le cœur encore frais d'un mort, afin de sauver le petit Michaël. Elle a ajouté :

– Ne leur dis pas que c'est moi, sinon il m'empêcherait d'y retourner, s'il en fallait un autre...

C'est pour cela qu'elle a parlé dans sa langue. Et non parce qu'elle se sent coupable de quoi que ce soit. Au village, dans son enfance, cette chose arrivait parfois, et cela se faisait toujours de nuit, afin que les autorités ne puissent pas punir ceux qui brûlaient les strigoï. Officiellement, cette pratique était interdite, mais jamais personne n'avait été emprisonné pour cela. Grand-mère Dinù ignorait de toute évidence que depuis son enfance, la Roumanie avait bien changé, et que, fort heureusement, cette pratique était jugée criminelle, et sévèrement

punie. D'ailleurs, elle n'existait plus dans le nouvel
Etat roumain. Finis les légendes, les vampires et les
superstitions moyenâgeuses...

Mais grand-mère Dinù avait quitté son village et
son pays en mil neuf cent un. Pour elle, les tradi-
tions étaient encore vivantes. Et elle se souvenait
fort bien de sa propre mère, lui disant un jour, alors
qu'elle était jeune mariée :

– Si quelqu'un de ta famille souffre et va mourir,
et que ce n'est pas la faute d'un strigoï, tu devras
marcher longtemps et aller hors du village, chercher le cœur frais d'un défunt que tu ne connais
pas. Il te faudra le brûler sur la braise ardente,
recueillir les cendres et les faire bouillir dans de
l'eau pure. Celui qui boira cela échappera à la
mort.

– C'est ce que j'ai fait cette nuit, Teddy, pour
sauver ton fils!

Grand-mère Dinù a noyé son petit-fils d'un flot de
paroles véhémentes, elle qui ne parle guère d'habitude. Puis elle se tait et attend.

Teddy regarde les vieilles mains déformées par
les travaux et l'âge. Comment ont-elles pu?

– Monsieur Gheorghi, cette vieille femme a fait
quelque chose?

Il secoue la tête négativement, mais le policier
voit bien que ça ne va pas.

– Monsieur Gheorghi, si vous ne traduisez pas ce
qu'elle a dit, nous allons devoir l'emmener pour
l'interroger. Ce qui s'est passé là-bas est très grave.
Une famille a porté plainte, si elle sait quelque
chose...

Teddy laisse échapper :

– Ne la brusquez pas, elle ne croyait pas mal
faire...

Il a tant de mal à réaliser lui-même! Il a le

sentiment de découvrir des racines ignorées. Il est né du sang de cette vieille femme, lui, Teddy, l'Américain moderne. C'est comme s'il sortait du brouillard, comme s'il voyait pour la première fois son image dans une glace.

C'est trop. L'enfant qui se meurt là-haut, et cette horreur que lui raconte le policier. Teddy parle. Il explique, sous le regard furieux de grand-mère Dinù, et il tente d'excuser. Mais pour des policiers américains, les histoires de vampires et de remèdes magiques sont lettres mortes. La profanation est un crime. Alors, ils emmènent grand-mère Dinù.

La vieille dame va devoir s'expliquer avec l'aide d'un interprète officiel. Ce qu'elle fait sans grande émotion. Sa seule préoccupation étant d'avoir des nouvelles de l'enfant. Car elle est presque sûre de l'avoir arraché à la mort.

Peu lui importent ces juges et ces questionneurs qui ne comprennent rien. Ces gens veulent savoir où est le couteau de cuisine dont elle s'est servie, ils veulent son cabas et le linge de coton blanc qu'elle a soigneusement lavé après qu'il eut servi d'emballage. Ils veulent examiner les cendres du poêle, ils veulent qu'elle dise à cet homme médecin, pourquoi elle a fait cela, alors qu'elle se tue à le dire depuis quarante-huit heures!

– Seul remède pour Michael...

Ils ne la croient pas. Peut-être ont-ils tort? En tout cas, grand-mère Dinù le pense et, le douze septembre mil neuf cent trente-sept, sept jours entiers après son équipée macabre, elle lance au juge avec un large sourire édenté :

– Michael guéri!

L'arrière-petit-fils, le dernier des Gheorghi est, en effet, sauvé. La maladie a cédé le pas, après deux jours entre la vie et la mort, et alors même que le médecin baissait les bras... Michael s'est endormi tranquillement, les tempes fraîches, son petit visage enfin détendu. Et personne n'a réussi à faire admettre à grand-mère Dinù qu'elle n'était pour rien dans ce miracle.

LA COMMANDE MIRACULEUSE

MARDI quinze juin mil neuf cent quatre-vingt-deux, sept heures quinze. Le portier chamarré de l'hôtel Lancaster, rue de Berri à Paris, fait deux pas sur la chaussée pour appeler un taxi :

– C'est pour Orly, dit-il au chauffeur. Le client donne un coup de téléphone à l'étranger et il arrive.

Monsieur Jean-Baptiste Cartant le chauffeur jette un coup d'œil sur la pendule du tableau de bord et demande avec un fort accent méridional et une moustache inquiète :

– A quelle heure est son avion?

– Oh! il a tout le temps : son avion n'est qu'à neuf heures trente.

En effet la marge est plus que raisonnable et le chauffeur, homme paisible et bon vivant, rasséréné, range sa Mercedes noire et pousse un peu le son de sa radio. Un mètre quatre-vingts, quatre-vingt-cinq kilos, il a horreur de foncer sur l'autoroute avec dans le rétroviseur le regard angoissé d'un client qui craint de rater son avion. Jean-Baptiste n'est pas le genre « poursuite infernale », même pour un bon pourboire.

Dix minutes plus tard paraît le client, M. Riquelinque : un grand bonhomme mince au front légèrement dégarni, vêtu d'un costume gris très strict qui glisse un pourboire dans la main du portier, s'assoit confortablement et dispose à côté de lui sur la banquette une petite valise et un attaché-case.

– Excusez-moi, dit-il... j'ai eu un mal fou pour obtenir Rome.

Jean-Baptiste entrevoit dans le rétroviseur un visage poli où des yeux bleus sourient de chaque côté d'un grand nez aquilin.

Il est sept heures vingt-cinq lorsque le taxi démarre. Lorsqu'il s'engage sur le périphérique porte Maillot il est sept heures trente environ. A cette heure le périphérique n'est pas encore encombré. Le vent qui a soufflé dans la nuit a balayé les nuages. Tout annonce une journée douce et ensoleillée. Pourtant une affaire bizarre vient de commencer reliée mystérieusement au krach récent et célèbre de la banque du Vatican : la banque Ambrosiano.

Cette affaire a été portée à notre connaissance par M. Jean-Baptiste Cartant, chauffeur de taxi à Paris et confirmée par M. Riquelinque P.-D.G. de la société « Jejouez ».

Le quinze juin mil neuf cent quatre-vingt-deux à sept heures quinze, Jean-Baptiste Cartant charge M. Riquelinque qui doit prendre un avion décollant à neuf heures trente.

Vers sept heures cinquante environ alors que Jean-Baptiste s'engage sur la bretelle d'Orly, une exclamation de son client le fait sursauter :

– Oh là!

– Qu'est-ce qu'il y a?

– Mais vous allez à Orly!

– Ben oui!

– Mais mon avion ne part pas d'Orly il part de Roissy.

– C'est pas vrai?

Mais si! Tandis que Jean-Baptiste obligé de poursuivre jusqu'à l'aéroport passe devant celui-ci sans s'arrêter, il s'excuse :

– Ce n'est pas de ma faute! Je vous assure que le portier m'a dit que vous alliez à Orly. Mais ne vous inquiétez pas, nous avons tout le temps d'arriver à Roissy pour votre avion. Heureusement que vous étiez très en avance.

Evidemment le périphérique sur lequel Jean-Baptiste roule en sens inverse est nettement plus chargé. Mais il rassure encore son client :

– Ne vous faites pas de soucis nous y serons, et en avance encore!

Le client s'en réjouit : il est parti si tôt parce qu'il y a une heure de décalage horaire entre l'Italie et Paris et qu'il devait confirmer son rendez-vous par téléphone avec le représentant de la banque Ambrosiano et un industriel romain.

– Je fabrique des jouets dans une usine en Normandie, explique-t-il au chauffeur.

Et il précise qu'il vient de recevoir une commande miraculeuse.

Cette commande considérable l'oblige à sous-traiter certaines pièces. Mais il n'y a en Europe qu'un seul fabricant capable de les façonner en temps et en heure et encore en quantité limitée. Cet industriel est romain. Voilà pourquoi il se rend à Rome pour signer ce contrat qui représente une affaire décisive pour l'avenir de son entreprise. En effet si ce fabricant revenait sur les conditions financières ou sur les dates de livraison, ou préférait finalement travailler pour une autre firme, l'usine de M. Riquelinque serait ruinée par les dédits.

– Vous le signerez votre contrat! vous le signerez! s'exclame Jean-Baptiste Cartant.

Mais la Mercedes qui roule à vive allure sur la

voie de gauche de l'autoroute est obligée de freiner brusquement. Il est environ huit heures quarante. Devant Jean-Baptiste Cartant un véritable ballet de voitures et de camionnettes parviennent à s'éviter, malgré quelques dérapages spectaculaires.

Un coup d'œil dans le rétroviseur et le chauffeur constate que le client a pâli.

– Qu'est-ce que c'est?... Qu'est-ce qu'il y a?

Les yeux exorbités le client s'est penché en avant pour regarder la chaussée entre les véhicules qui font écran.

– Je ne sais pas, dit le chauffeur interloqué, je vois un camion renversé.

– On doit pouvoir passer sur une file, essayez! supplie le client.

– Bon, je vais voir.

Quelques instants plus tard Jean-Baptiste Cartant parti en courant revient plus lentement et la mine désolée.

– Il faut attendre, dit-il... C'est un camion de poissons qui s'est renversé. Une avalanche de cageots qui ont glissé les uns sur les autres et se sont ouverts. Une montagne de poissons barre toute l'autoroute.

Lorsque vers neuf heures quinze, la police ayant réussi à se faufiler jusque-là pour aider le chauffeur du camion à déblayer à grands coups de pelle un chemin dans cette montagne de poissons, le taxi repart, les chances du client de s'envoler pour Rome par l'avion de neuf heures trente sont devenues minces.

Dix minutes plus tard à l'aéroport, après avoir jeté sur le siège à côté du chauffeur un billet de cent francs, M. Riquelinque s'exclame :

– Je l'ai sûrement raté. Attendez-moi quelques minutes je crois qu'il y en a un autre dans la matinée, mais c'est à Orly.

La commande miraculeuse

En effet le client réapparaît la mine basse et s'engouffre dans la Mercedes :

– C'est raté! Mais l'hôtesse m'a confirmé qu'il y a un départ à onze heures à Orly. Heureusement il y avait de la place. Vous croyez que nous l'aurons?

– Ce sera juste, mais si tout va bien, oui. Nous avons quand même une heure devant nous.

Cette fois le client s'assoit les fesses serrées, raide sur la banquette et le regard fixe.

Le périphérique n'est pas trop encombré mais la circulation se fait mal, car le vent, soufflant à nouveau, pousse sur Paris des nuages noirs déversant une pluie diluvienne que les essuie-glaces parviennent difficilement à évacuer.

Dans le rétroviseur le visage du client paraît congestionné et rougeâtre. Ses mains sont crispées sur le dossier devant lui. Lorsqu'il s'engage sur l'autoroute, Jean-Baptiste Cartant pousse un soupir :

– Je crois qu'on est sortis de l'auberge, dit-il, on va l'avoir votre avion.

– Vous croyez?

– Oui... Oui... On va l'avoir.

Mais à peine le client, quelque peu décontracté, se laisse-t-il aller contre le dossier de la banquette qu'il fronce les sourcils :

– Zut! Qu'est-ce qui se passe?

A travers la pluie battante, devant eux tous les stops des voitures se sont brusquement allumés. Un coup d'œil du chauffeur dans le rétroviseur : cette fois M. Riquelinque n'est plus rouge, il est violet.

Devant eux les portières s'ouvrent, des gens sortent malgré la pluie, s'abritant tant bien que mal avec ce qui leur tombe sous la main.

– Ce doit être un accident, dit Jean-Baptiste.

Prévenant le désir du client, il sort de sa Mercedes pour aller aux nouvelles.

Elles ne sont pas fameuses, les nouvelles lorsqu'il revient. Deux autocars sont entrés en collision, écrasant comme une galette une 4 L, dans laquelle il y a paraît-il quatre personnes.

– Impossible de passer mon pauvre monsieur. Les cars tiennent toute la chaussée.

– Et si vous faisiez demi-tour?

– Regardez!

Suivant le geste du chauffeur, M. Riquelinque regarde par la lunette arrière : l'autoroute est encombrée à perte de vue.

– Alors la bande d'urgence!

Le client montre sur l'extrême droite de la chaussée la voie réservée où les voitures en principe n'ont pas le droit de circuler.

– Vous n'y pensez pas!

En effet, un concert de sirènes se fait entendre et sur la voie d'urgence passent en trombe deux gendarmes motocyclistes.

– Eh bien allez-y! ordonne le client, suivez-les!

Le chauffeur secoue la tête :

– Impossible mon pauvre monsieur, regardez.

Cette fois c'est un girophare qui clignote, celui d'une voiture de police-secours suivie quelques instants plus tard par une voiture de pompiers.

– Mais il faut que j'aille à Rome! Il le faut absolument. Ces gens m'attendent, pensez, le représentant de la banque Ambrosiano. C'est la banque du Vatican. C'est elle qui va s'occuper des transferts de fonds, et l'autre c'est le patron d'une immense boîte, un vieil homme orgueilleux, je ne peux pas leur faire faux bond. Vous croyez que cela va être long?

– Ben, répond Jean-Baptiste... le temps d'écarter les deux autocars, de découper une 4 L au chalumeau et d'en sortir quatre macchabées.

M. Riquelinque n'est plus violet... il est vert.

La commande miraculeuse

Il faut le temps en effet que surgissent les ambulances en caravane que des ouvriers de l'autoroute dévissent les boulons qui maintiennent le rail central de sécurité, qu'une camionnette sous le regard des policiers dépose une longue rangée de balises sur la voie inverse pour y organiser une déviation et il est onze heures lorsque enfin la Mercedes reprend sa route à la vitesse d'un homme au pas. A l'arrière le client est effondré.

Lorsque le chauffeur s'arrête devant l'aéroport, il crie à M. Riquelinque qui jaillit comme un fou de la voiture :

– Allez-y! A tout hasard je vous attends.

Il fait bien. Quelques minutes plus tard M. Riquelinque revient, presque décontracté, manifestement il a raté une seconde fois l'avion mais semble en avoir pris son parti :

– Il y en a un autre, dit-il en se penchant à la portière. A dix-sept heures. Je vais prévenir Rome. Je pourrai encore signer ce soir.

– Ah bon! Je suis bien content que cela s'arrange. Voulez-vous que je vous ramène à Paris?

M. Riquelinque lève les bras au ciel :

– Jamais de la vie! Je suis ici, j'y reste. D'autant plus que je ne suis pas le premier sur la liste d'attente. Il va falloir que je fasse des pieds et des mains pour embarquer.

– Alors, au revoir monsieur, et bonne chance!

Jean-Baptiste gagne la file d'attente des taxis, un peu honteux de l'addition qu'il a dû présenter à son malheureux client, qu'il n'a pour ainsi dire pas quitté depuis près de quatre heures.

Plus tard dans l'après-midi, et comme cela arrive fréquemment à tous les chauffeurs de taxis parisiens, vers quinze heures trente Jean-Baptiste a chargé devant le George-V une cliente qui se rendait à Orly. L'odyssée de son client du matin le tracasse encore, et poussé par la curiosité, il décide d'aller faire un tour dans l'aéroport, pour voir, histoire de connaître la suite, et aussi de se détendre un peu. Confusément il s'attend à tout : annulation du vol, brouillard sur Rome, avion complet. En pénétrant à son tour dans la salle des pas perdus, il aperçoit un petit groupe de personnes écartant la foule grouillante et encadrant une civière.

Par une sorte de pressentiment il se faufile, et se frotte les yeux de surprise... ce n'est pas possible! cet homme sur la civière, c'est lui! c'est son client!

Il se penche sur le malheureux avec compassion :

– Mais monsieur! Qu'est-ce qui vous est arrivé? Qu'est-ce que vous faites là?

M. Riquelinque a le visage crispé par la douleur et se tourne vers Jean-Baptiste. Même pas étonné de le trouver là. En fait M. Riquelinque ne s'étonne plus de rien, sa voix est terne, son regard abattu :

– C'est arrivé il y a cinq minutes, dit-il en serrant les dents pour réprimer un gémissement. J'attendais, et puis au comptoir de la compagnie ils m'ont appelé, la liste d'attente vous comprenez, j'étais tellement content, je suis parti d'un bond, ils avaient ciré le marbre, je me suis cassé la jambe.

Avant que M. Riquelinque soit avalé par l'ambulance, il a le temps de confier son attaché-case à Jean-Baptiste Cartant le chauffeur de taxi qui ne l'a pas quitté, et de lui passer quelques consignes. Peut-il téléphoner au directeur technique de son usine en Normandie pour le mettre au courant? Oui. Alors celui-ci devra sauter dans sa voiture pour venir à Paris. Jean-Baptiste lui remettra l'attaché-case dans lequel il trouvera le fameux contrat. Puis le directeur technique devra prendre le fameux contrat. Puis le directeur technique devra prendre le premier avion pour Rome demain matin afin de le faire signer.

Tout se passe comme prévu. Simplement le directeur technique arrivé à Paris le soir même ne prend dans l'attaché-case de M. Riquelinque que le dossier ayant trait au contrat et rend le reste au chauffeur de taxi en lui disant :

– Pourriez-vous reporter cela à M. Riquelinque à l'hôpital?

Jean-Baptiste se présente donc dans la chambre de M. Riquelinque à l'hôpital Ambroise-Paré.

Le lendemain matin vers onze heures.

– Alors monsieur, votre directeur technique est-il arrivé à Rome?

Cette fois encore le chauffeur s'attend à tout : à ce que l'avion du directeur technique ait été détourné, qu'il se soit crashé entre Rome et Paris. Mais il ne s'attend pas à la réponse de M. Riquelinque.

– Oui, mais il attend depuis une heure, avec le représentant de la banque Ambrosiano, le fabricant avec qui nous devons signer. Impossible de mettre la main dessus.

Jean-Baptiste Cartant hanté par cette affaire appelle à nouveau M. Riquelinque dans l'après-midi. Celui-ci déclare :

– Je ne sais plus à quel saint me vouer. Je crois que tout est fichu pour nous. Notre Italien est à l'hôpital à la suite d'une crise cardiaque. Son remplaçant n'ose pas prendre la responsabilité de signer le contrat. Tout cela est un temps perdu que nous ne rattraperons pas. Merci de votre sympathie, en tout cas.

Le lendemain, comme tout le monde, le chauffeur de taxi lit dans son journal que le signor Roberto Calvi président de la Banque Ambrosiano vient d'être retrouvé pendu à Londres sous un pont de la Tamise. Il n'ose plus téléphoner au malheureux Riquelinque :

– J'avais l'impression de lui porter la guigne, dira-t-il.

Pourtant huit jours plus tard, il prend son courage à deux mains pour appeler M. Riquelinque à son domicile de Normandie, car il s'est pris de pitié pour le brave homme, en toute amitié.

– Allô, monsieur Riquelinque? Vous vous souvenez, je suis votre chauffeur de taxi.

– Je me souviens très bien, c'est gentil de vous inquiéter de moi!

– Excusez-moi monsieur, mais je ne peux pas m'empêcher de vous demander ce qu'est devenue votre grosse commande de jouets.

– Complètement tombée à l'eau! Notre fabricant italien est toujours à l'hôpital et la Banque Ambrosiano est en faillite.

Le chauffeur de taxi interloqué remarque :

– Mais vous avez l'air de prendre cela plutôt bien?

– Oui, nous avons eu une chance inouïe! Ces jouets comportaient des pièces en plomb décoré avec une peinture à l'oxyde de zinc et de plomb dont le gouvernement français vient d'interdire la vente. De ce fait, la commande a été annulée. Si nous avions signé à Rome tout nous serait resté sur les bras. C'était la fermeture de l'usine. Je l'ai échappé belle!

Ainsi tous les événements de cette affaire sont totalement indépendants les uns des autres : une simple suite de coïncidences vérifiables et vérifiées. Nul ne peut imaginer en effet que pour protéger M. Riquelinque le destin ait provoqué l'erreur du portier de l'hôtel Lancaster, renversé un camion de poissons, écrasé quatre personnes dans une 4 L,

infligé une crise cardiaque à un industriel italien, provoqué une catastrophe financière par le
krach de la banque du Vatican et fait se suicider
M. Roberto Calvi sous un pont de la Tamise. Et
pourtant comme dira M. Riquelinque :

– S'il y a un Dieu, il est indiscutable qu'il a tout
fait pour que nous ne signions pas ce contrat.

J'AIMERAIS QU'ON M'EXPLIQUE

« Un Anglais en Inde doit rester un Anglais.

Un Anglais qui a chaud ne doit pas transpirer, c'est inconvenant. Un Anglais ne peut épouser qu'une Anglaise, méprise les moustiques, les boys et les servantes hindous qui se pendent à ses basques en implorant du travail. »

Au golf-club de Lahore, capitale de la province de Punjab au Pakistan, le colonel commandant le régiment parle ainsi à ses hommes en mil neuf cent trente-huit.

– Messieurs, je n'approuve pas la conduite de ce gentleman, vous le savez...

Le gentleman en question se trouve être un certain James Fitzloy, présentement accoudé au bar du golf-club, où il ingurgite force whiskies-soda.

Pour le colonel-commandant, Fitzloy a tous les défauts qu'un Anglais des Indes ne doit pas avoir : il boit quand il a soif, et il a souvent soif, car il fait chaud. Il transpire et ne craint pas de plonger dans les merveilleux bassins du golf-club, ou de s'asperger au premier jet d'eau. Il fréquente assidûment les jeunes femmes hindoues, délaissant la fine fleur de la gentry anglaise de Lahore. Depuis un an qu'il est venu en Inde prendre la direction de l'exploitation de tabac de son père, le « beau Jim », ainsi qu'on l'appelle, n'a pas daigné se fiancer, il a trente ans passés! Enfin, et surtout peut-être, Fitzloy est un civil qui n'a pas embrassé, comme son père défunt, la carrière militaire, et qui affiche une désinvolture sur le plan des mœurs tout à fait regrettable. Le colonel-commandant insiste :

– Je vous conseille vivement, messieurs, de tenir à l'écart de cet individu vos sœurs et vos fiancées. Il me paraît dénué de tout scrupule!

L'un des officiers proteste :

– C'est un compagnon tout à fait agréable au bridge comme au golf! Et sa fortune est solide! Il n'a même pas besoin de travailler, ses affaires se font toutes seules.

– En effet, son père, lieutenant-commandant en retraite, avait su faire régner l'ordre et la discipline dans son domaine! Heureusement pour le fils...

– Reconnaissez, commandant, que les réceptions qu'il donne au club sont les plus animées!

– Evidemment! Toutes ces jeunes dames se sont entichées de lui! Mais savez-vous ce qu'il a osé déclarer à l'un de mes officiers? « Qu'il en avait marre des Anglaises, et préférait les peaux brunes! » Marre! Vous vous rendez compte?

Affreux certes, d'un point de vue anglais snob et raciste.

Jim Fitzloy un mètre quatre-vingts, carré d'épaules, les yeux bleus, la moustache blonde, ne semble guère préoccupé par le jugement de ses compatriotes. D'ailleurs ce soir il a trop bu. Il lui faut de l'air, au diable cette réception guindée, au diable les uniformes et les smokings blancs, au diable les jeunes filles en fleur et aux mains moites qui s'accrochent à lui d'un air énamouré pour le moindre fox-trot.

– Qui m'aime me suive, camarades! Je connais un délicieux endroit, dans le bazar, près de la Mosquée

des Perles, où l'on sert un riz au curry remarquable!

Plus bas, il ajoute à l'intention de ses compagnons :

– Et où l'on trouve les plus merveilleuses servantes aux yeux noirs...

Dans un éclat de rire, Jim Fitzloy quitte le club
avec deux ou trois camarades de fête et sur la place
se met à chercher sa voiture avec difficulté, en
criant :

– Tous au bazar! En avant pour la Mosquée des
Perles!

Ce sera la dernière incartade de James Fitzloy en
public. Son destin l'attend devant la Mosquée des
Perles, l'un des plus beaux monuments de Lahore.

Il a le visage ridé, les jambes maigres, il est assis
en tailleur, son regard noir est perdu dans une
profonde méditation que ne dérange ni les mouches, ni les cris des marchands. Il est le destin de
James Fitzloy.

– Alors fakir? On médite? On rêve aux mouches?
On est au septième ciel?

L'homme maigre et noir, vêtu d'un pagne enroulé
à la taille, ne répond pas aux sarcasmes de l'Anglais.
Les compagnons de Fitzloy tentent de l'entraîner.

– Allons viens, laisse-le!

– Non! Il me plaît ce type! Allez fakir, fais-nous
des trucs épatants! Hein? Tiens, je parie que tu
peux faire danser ma cravate? Non? Alors fais-nous
ton numéro! Les jambes sur la tête et en extase!
Allez! Tu ne comprends pas l'anglais?

Le vieil homme ne répondant toujours pas, Jim
s'énerve et lui donne un coup de pied en l'insultant.
Les quelques mots d'hindoustani qu'il a appris en
un an ne sont d'ailleurs que des injures.

Le vieil homme ne répond toujours pas, il s'est
contenté de reculer contre le mur, et à nouveau son

regard noir se perd dans le vague. Mépris... Mépris
total envers ce représentant de la déchéance de
l'occupant anglais. Mépris pour son manque de
respect, pour son ivresse, pour sa violence. Mépris
total pour celui qui côtoie une civilisation, sans
essayer de la comprendre. Pour qui a-t-il pris ce
vieil homme? Pour un fakir de cirque? Un pantin
de foire?

— Allons Fitzloy viens! Laisse ce pauvre diable
tranquille, il ne t'a rien fait!

Rien fait non. Pas encore...

— Messieurs, j'aimerais qu'on m'explique! Où est
passé ce Jim Fitzloy? On ne le voit plus... Serait-il
tombé dans les griffes d'une de vos amies qui le
séquestre?

Le colonel-commandant plaisante, mais il n'est
pas mécontent de la subite disparition du gentleman Fitzloy, dont sa fille Sarah Jane, lui rebattait
trop souvent les oreilles. N'a-t-elle pas eu l'impu-
dence de se rendre à cheval jusque chez lui, il y a
quelques jours? Le colonel en était retourné d'émotion.

— J'aimerais qu'on m'explique, Sarah Jane? Qu'al-
liez-vous faire seule, à cheval, et à trois kilomètres
de Lahore, chez cet individu?

— Je voulais lui rendre visite, on ne le voit plus, il
est peut-être malade...

— J'espère au moins qu'il a eu la décence de ne
pas vous recevoir?

— En effet père, un domestique m'a répondu que
M. Fitzloy était occupé, et qu'il ne pouvait pas me
recevoir.

— Occupé, dites-vous? En voilà des manières!
Vous auriez pu avoir besoin d'aide. Un gentleman
qui voit se présenter chez lui une jeune fille seule,
devrait au moins s'inquiéter de savoir si elle n'a pas
besoin d'aide!

J'aimerais qu'on m'explique

Quoi qu'il fasse, Jim Fitzloy n'aura jamais les faveurs du colonel. Sarah Jane le sait bien. Mais Sarah Jane est tombée amoureuse de ce gandin farfelu, dès la première valse. Parce qu'il lui a dit :

— Vous avez la taille fine, on aimerait y poser ses deux mains et serrer jusqu'à vous couper en deux. Et vos yeux? Pourquoi avez-vous d'aussi jolis yeux noisette? Ah! je sais, vous ressemblez à un écureuil. Vous devriez lâcher tous ces magnifiques cheveux roux sur vos épaules.

Sarah Jane ne s'en est pas remise. Et pourtant, après quelques jours de cour apparemment assidue, Jim Fitzloy s'était désintéressé de l'écureuil.

Ce que ne dit pas Sarah Jane à son terrible père, c'est qu'en se rendant à la plantation de Fitzloy, elle était prête à tout pour le séduire définitivement. Une seule épingle dans ses cheveux devait lui permettre, une fois passé la ville et les curieux, d'arriver chez lui cheveux au vent, la taille serrée dans un costume d'amazone couleur feuille morte, et les yeux brillants d'avoir chevauché.

Mais tous ces préparatifs se sont révélés inutiles. Ce n'est pas un domestique qui a ouvert la porte, mais une jeune fille, presque une enfant, à la peau bistre et aux yeux en amandes, aux cheveux noirs et lisses, belle comme une statue, et qui lui a dit avec cet accent anglais inimitable des jeunes Bengalis, que Jim ne désirait voir personne.

Cachée dans les fourrés d'hibiscus, Sarah Jane a guetté, le cœur en morceaux, jusqu'au moment où elle les a aperçus tous les deux, Jim et cette petite servante.

Maintenant l'écureuil est malheureux, mais en bonne Anglaise, elle ne le montre pas. D'ailleurs elle est plus amoureuse que jamais. La jalousie est un drôle de stimulant.

Les jours et les semaines passent, sans que l'on revoie au club ou ailleurs le beau Jim, ses camarades à leur tour s'en inquiètent. Il ne répond plus à aucune invitation, on ne le voit plus à Lahore, ce n'est pas normal. D'autant plus anormal qu'il semble avoir disparu depuis cette fameuse soirée, où ivre et stupide, il a molesté un vieil homme devant la Mosquée des Perles.

Un capitaine qui se trouvait avec lui ce soir-là décide à son tour de lui rendre visite. Il est accueilli par un domestique inconnu, à l'étrange sourire hypocrite.

– Monsieur désire être seul.

– Qui es-tu toi? Je ne te connais pas! Où est son valet de chambre?

– Il l'a renvoyé, monsieur, et m'a engagé à sa place.

– Laisse-moi entrer!

– Je serai battu monsieur! Je n'ai pas le droit!

Le capitaine écarte avec décision ce domestique qui ne lui plaît pas et pénètre dans la maison, en appelant Fitzloy. Mais personne ne lui répond et le domestique, plus hypocrite que jamais, le supplie de laisser dormir son maître, lorsque surgit une jeune fille, belle, pieds nus, à peine vêtue d'un sari qui laisse deviner sa peau nue. Elle tend au capitaine un petit billet, écrit de la main de Fitzloy, et s'incline en silence.

Le capitaine lit : « Je ne veux voir personne, laissez-moi en paix. » Derrière la jeune fille inclinée, il y a la porte de la chambre de Fitzloy, fermée à clef.

Alors le capitaine s'en va, furieux, mais que faire? De toute évidence, ce fou de Fitzloy a décidé de vivre avec cette fille et ce domestique au regard faux. Comment l'en empêcher? Il est majeur, libre de sa vie et de sa fortune, et ainsi que le répète le capitaine, le soir même au golf-club :

— Après tout, s'il a décidé de se faire dépouiller ou hypnotiser par cette fille, ça le regarde.

De son côté, Sarah Jane n'a pas perdu son temps. Elle a retrouvé l'ancienne cuisinière de Fitzloy, une femme âgée, qui cherchait du travail à l'entrée du marché de Lahore. Elle faisait elle-même sa publicité devant les belles dames anglaises en récitant ses mérites :

— J'ai travaillé à la plantation Fitzloy, je suis bonne cuisinière, j'ai de bons certificats, je ne vole pas la marchandise.

Sarah Jane l'a fait monter dans sa voiture.

— Où est ton maître?

— Ce n'est plus mon maître, il m'a chassée...

— Qu'est-ce qui s'est passé? Raconte-moi, je te donnerai des piastres.

— Il est rentré soûl, un soir, il y a deux mois environ, ses amis l'avaient ramené en voiture. Le lendemain, une fille s'est présentée à la grille, elle voulait voir le maître, elle a dit qu'il la recevrait. Alors je l'ai fait rentrer dans la maison et je lui ai dit : « Méfie-toi du maître, tu es trop jolie », mais elle a haussé les épaules. Le maître l'a reçue, et elle n'est plus ressortie de sa chambre. Quelques jours après, il nous a renvoyés, moi et mon mari, il a dit qu'il n'avait plus besoin de personne que sa « Perle » ferait tout dans la maison. Mais je sais qu'il y a un homme avec eux. Un gardien. Il ne laisse plus entrer personne. C'est un mauvais homme, je l'ai vu quand je suis retournée voir le maître. Je savais qu'il aurait à nouveau besoin de nous, cette fille n'est pas venue pour faire la cuisine et laver par terre, ah non!

— Et pour quoi est-elle venue?

– C'est l'affaire du maître, Miss Sarah, vous êtes trop jeune pour comprendre!

– Mais cette fille a quinze ans à peine! Je l'ai vue moi aussi!

– A quinze ans, une fille de chez nous est une femme, elle est bonne à marier, même avant. Mais celle-là ne lui apportera que du malheur, pauvre maître, il est naïf, il ne connaît rien de nous.

– Quel malheur? Dis-moi!

– Je ne sais pas, Miss Sarah... du malheur, c'est tout.

Alors Sarah Jane prend son courage à deux mains et va supplier son père d'intervenir.

– Mais ce n'est pas mon rôle, chère enfant, c'est le rôle de la police.

– Alors prévenez la police!

– C'est ridicule voyons!

– Non ce n'est pas ridicule! Il n'est pas dans les habitudes de Jim de se cloîtrer ainsi. Ses camarades eux-mêmes n'ont pu le voir et puis, il y a ce billet étrange que le capitaine a ramené aujourd'hui. Ils vont le voler et le tuer, père, vous devez appeler la police, peut-être même est-il déjà mort. Il y a deux mois que nous ne l'avons pas revu, que personne ne l'a vu.

– Je vais envoyer un de mes hommes, épargnons-nous le ridicule de la police et ne vous mêlez plus de ça Sarah Jane! Vous vous préoccupez de cet homme d'une manière indécente!

Le capitaine retourne donc à la plantation, sur ordre cette fois du colonel-commandant.

– Et soyez discret, débrouillez-vous pour en savoir davantage, sans vous faire remarquer. Ma fille est folle! J'espère que vous pourrez la convaincre d'oublier cet individu pervers.

Le capitaine se rend donc une seconde fois à la plantation, abandonne son cheval dans un bosquet à cinq cents mètres et, le plus discrètement possible, approche de la maison.

Les grilles sont closes, il fait le tour des murs de pierre et des buissons qui protègent le parc, se glisse à l'intérieur, et réussit à grimper sur un arbre, d'où il guette la fenêtre de la chambre de Fitzloy. Après une attente inconfortable, il voit enfin apparaître derrière la vitre fermée, le visage de Jim. Pâle, défait, il lui apparaît hagard. C'est donc qu'il est malade.

Oubliant les consignes de discrétion du colonel, le capitaine dégringole de son arbre et va frapper à la porte de bois, bien décidé cette fois à faire ce qu'il faut.

Un judas s'ouvre, et les yeux du gardien apparaissent.

– Allez-vous-en! Mon maître ne reçoit pas, il dort.

– Mais je l'ai vu à la fenêtre! Allez ouvre, ou je te ferai passer l'envie de te moquer du monde! Ouvre!

Mais le judas se referme avec un claquement sec, et le capitaine à beau tambouriner sur la lourde porte, il n'a aucun espoir de l'enfoncer tout seul.

Alors il repart, et rend compte de sa mission au colonel qui, cette fois, alerte la police.

Dès le lendemain, un détachement de Cipayes, les soldats hindous incorporés dans l'armée britannique accompagne deux policiers jusqu'à la plantation Fitzloy.

Les grilles sont ouvertes, la porte également, la maison paraît vide. L'un des policiers murmure :

– Mauvais ça, très mauvais.

Les hommes traversent le salon désert, la salle à manger, la salle de bain, les cuisines, la chambre. Personne. Les domestiques ont disparu.

C'est au fond d'un couloir, à l'extrémité de la

maison qu'une porte fermée à clef, la seule, les arrête. Il faut l'enfoncer. La pièce est un cagibi de rangement où s'entassent des malles et des valises; par terre, à même le sol, le corps recroquevillé de Jim Fitzloy. Assis, les genoux serrés contre lui, vêtu de vêtements sales et en loques, maigre à faire peur, prostré, le beau Jim ne se ressemble plus. C'est un fou que les soldats emportent. Un fou muet, qui plus jamais ne parlera, plus jamais ne dansera au golf-club de Lahore, un fou qu'il faut enfermer à l'hôpital, pour l'obliger à se nourrir, pour le laver, le raser, le soigner comme un pantin muet. James Fitzloy, trente ans, célibataire, beau, riche, héritier de son père, propriétaire de l'une des plantations les plus rentables des environs de Lahore, n'est plus rien. Rien.

Sarah Jane est venue le bercer dans son lit d'hôpital, elle a effleuré, de ses mains blanches et fines d'Anglaise bien élevée, le visage hagard de l'homme qu'elle aimait, détruit par qui? Par une enfant de quinze ans et un mystérieux domestique au regard de fouine. Ils étaient venus le lendemain du jour où Jim Fitzloy avait insulté le vieil homme devant la Mosquée des Perles, en lui intimant l'ordre de « faire des trucs épatants ». Vengeance? Oui... mais comment?

– J'aimerais qu'on m'explique! a bougonné le colonel commandant le régiment de Lahore...

Mais personne n'a pu.

LA MAISON SECRÈTE

Juin mil neuf cent trente-huit, il fait une chaleur torride à Paris et les gens qui se pressent dans la cour de cette petite école paroissiale du onzième arrondissement sont en bras de chemise. Il y a là un concierge à l'œil glauque, deux femmes de ménage en blouses grises, un médecin, deux infirmiers, un policier, le directeur de l'établissement : moustaches, lunettes et crâne en forme de poire ceint d'une frise de petits cheveux gris, et le commissaire Pasquali front ridé, moustaches grises, l'air d'un paysan cévenol égaré dans la capitale.

Sur une civière les deux infirmiers emportent le cadavre d'un enfant d'une dizaine d'années, impossible à décrire, disons simplement qu'il est par endroits dévoré par les rats.

– Il est mort depuis plus de huit jours, déclare le médecin.

Le commissaire montre un morceau de fil de fer et demande :

– Et il a été étranglé avec cela?

Le médecin répond affirmativement. Il n'y a aucun doute pour lui.

Le commissaire tourne et retourne dans ses mains cette boucle de fil de fer terminée par un nœud coulant, comme ces pièges élémentaires appelés « collets » avec lesquels dans toutes les campagnes de France les braconniers prennent les lapins.

Quelques instants plus tard, péniblement, une torche électrique à la main, le commissaire Pasquali se glisse en rampant sous la petite scène de théâtre aménagée dans le préau de l'école. Il s'agit en réalité d'une estrade en planches de soixante-dix centimètres de hauteur sur trois mètres cinquante de profondeur et six mètres de largeur. C'est le rideau rouge qui donne à l'ensemble un cachet théâtral. Il n'y a pas de trou de souffleur et un homme ne pourrait séjourner dessous.

– Bon sang quelle poussière! s'exclame le commissaire Pasquali qui halète au milieu de vieilles planches pourries, de caisses défoncées, de cartonnages moisis, de chaises qui ont perdu leurs pieds : quel bric-à-brac!

Derrière lui le concierge à l'œil glauque murmure dans un souffle qui sent le vin rouge :

– Dame, ça sert de débarras! Personne n'y vient jamais!

Puis il tapote légèrement dans l'obscurité la jambe du commissaire Pasquali qui rampe toujours devant lui :

– Tenez, c'est là, le lacet était accroché à ce clou.

Le commissaire Pasquali comprend : l'enfant a dû entrer sous l'estrade, en rampant lui aussi, et la tête en avant. Puis le lacet s'est resserré autour de son cou. Pris entre la paroi qui ferme le devant de l'estrade et des caisses, coincé par le sol de ciment et le plancher de la scène, il n'a pu utiliser ses deux mains à la fois et n'a pas réussi à desserrer le fil de fer. Chaque mouvement ne réussissant qu'à l'étrangler un peu plus.

– Bon ça va, j'ai compris, grogne le commissaire... Allons-nous-en d'ici.

Quelques instants plus tard, il secoue la poussière de ses vêtements devant le directeur de l'école et le concierge. Puis, il jauge la largeur de l'estrade :

– Nous sommes restés à l'entrée... Plus loin qu'est-ce qu'il y a ?

– Ah ! ça, je ne sais pas ! répond le concierge, je n'y suis jamais allé.

– Cette estrade sert pour les spectacles du patronage et la remise des prix, explique le directeur. A la longue ce capharnaüm s'est accumulé à l'entrée, mais peut-être que là-bas, dans le fond, c'est vide. Si vous voulez, je peux faire nettoyer tout cela.

– Non... Non ! Surtout n'y touchez pas. D'ailleurs, je vais fermer le préau et faire apposer les scellés.

Dans son bureau le directeur secoue lamentablement son crâne en forme de poire et le tient à deux mains, comme si l'événement était trop énorme pour y penser.

– Mon Dieu... Mon Dieu quelle histoire, dit-il pauvrement.

Entre le front ridé, le nez busqué et la moustache grise, les yeux du commissaire Pasquali jettent un regard sévère.

– Le moins qu'on puisse dire, c'est que votre installation n'est pas très hygiénique et que vous avez mis beaucoup de temps à découvrir le cadavre de ce malheureux enfant.

– Mais monsieur le commissaire, lorsque ses parents nous ont avertis qu'il n'était pas rentré de l'école nous l'avons cherché partout : dans les classes, dans la cantine, dans les W.-C. et même dans le grenier. Mais jamais il ne nous serait venu à l'idée de regarder là-dessous. Et puis c'était le dernier jour de classe et dès le lendemain les professeurs n'étaient plus là. D'ailleurs, rien ne prouvait que l'enfant était resté dans l'école, il pouvait tout aussi bien avoir disparu après sa sortie.

– D'accord, mais si j'en crois la première enquête, personne ne se souvient de l'avoir vu sortir. Autre chose : le concierge, vos enseignants, les femmes de ménage et vous-même affirmez ne pas avoir disposé ce piège sous l'estrade, ce serait donc un élève ?

– Peut-être, je ne sais pas. Et comment savoir lequel ? Depuis six ans que l'estrade a été construite il est passé plus de deux mille élèves dans cette école.

– Je ne crois pas que ce lacet soit tellement ancien, remarque le commissaire. Le fil de fer n'est pas rouillé. D'autre part, même sur plusieurs milliers, il ne doit pas y avoir beaucoup de petits Parisiens qui sachent disposer un collet.

De retour à son bureau du quai des Orfèvres, le commissaire Pasquali s'efforce de joindre les enseignants de l'école.

Le premier qui est encore à Paris se présente le jour même. Monsieur Bout que les élèves appellent « petit bout » est haut comme trois pommes à genoux. Mais tous éprouvent néanmoins une certaine admiration pour lui car c'est un sportif.

– Dans ma classe, dit-il, je ne vois que trois garçons d'origine paysanne capables de poser un collet. Mais il y aurait peut-être aussi Barrier. C'est un garçon très intelligent. Ses parents ont une petite usine où ils fabriquent des confitures, rue de la Roquette. C'est un Parisien cent pour cent mais il est tellement habile de ses mains.

– Vous saviez que les enfants jouaient sous l'estrade ?

– Absolument pas ! Je le leur avais d'ailleurs interdit. Mais il est possible que cela se soit passé les jours de patronage, lorsque je ne suis pas là pour les surveiller. Dans ce cas, il faudrait interroger Barrier car les trois autres ne fréquentent pas le patronage.

Mlle Rose, prévenue par télégramme à Pornic où elle est en vacances pousse au téléphone des cris d'orfraie en apprenant la sinistre trouvaille. Cette vieille demoiselle n'imagine pas qu'un seul de ses élèves ait pu jouer un jeu aussi cruel.

– Mademoiselle, explique le commissaire, l'intention de l'enfant qui a disposé le piège n'était pas forcément de tuer un de ses petits camarades. Peut-être voulait-il prendre des rats, un chat ou simplement faire peur.

– De toute façon, explique Mlle Rose, j'ai interdit aux enfants d'aller sous cette estrade. Vous devriez plutôt demander à l'abbé Besoin. C'est lui qui s'occupe du patronage le jeudi et le dimanche et Dieu sait que dans une journée entière les enfants ont le temps d'en faire des bêtises! Et je ne suis pas là pour les surveiller.

M. Mauricet, autre instituteur, grand et gros dont les cheveux noirs frisés font pleuvoir sur le col de son veston avachi une pluie de pellicules, fournit lui aussi quelques noms d'enfants qui seraient capables de fabriquer un collet. Mais il doute qu'il s'agisse de l'un d'eux :

– Vous devriez plutôt vous adresser à l'abbé Besoin qui s'occupe du patronage.

Le commissaire Pasquali pense alors qu'il devient plus qu'urgent d'entrer en rapport avec cet abbé Besoin, lequel s'occupe quelque part dans les Vosges de la colonie de vacances de la paroisse.

L'abbé Besoin, averti par téléphone, appelle le quai des Orfèvres le lendemain matin. Mis au courant du drame découvert à l'école paroissiale, il promet d'interroger les enfants et se manifeste deux heures plus tard :

– Allô... commissaire Pasquali ? Ici l'abbé Besoin. Ecoutez commissaire, j'ai fait une petite enquête et...

Comme l'abbé Besoin marque un temps d'arrêt, le commissaire le presse :

– Alors monsieur l'abbé... qu'est-ce qu'elle donne cette enquête ?

– Eh bien monsieur le commissaire, je suis complètement dérouté. A tel point que je ne sais pas comment vous expliquer cela...

Cette attitude, ces hésitations, ont de quoi surprendre le commissaire, l'abbé Besoin lui ayant été décrit comme un prêtre très grand, très fort, barbu, au regard net, plutôt moderne et sachant particulièrement bien s'exprimer.

– Eh bien allez-y monsieur l'abbé, je vous écoute.

– Bon. J'ai d'abord interrogé l'un des enfants, le petit Yves Chartier : il a onze ans et son père est médecin, c'est un garçon intelligent. Il m'a dit que le piège avait été placé là par l'un d'entre eux, et sans me dire lequel, pour... protéger leur palais...

– Leur palais ?

– Oui... D'après lui, en s'enfonçant sous l'estrade on aboutit à une sorte de trappe qui débouche dans une grande pièce qu'il appelle le « palais ». Et c'est là, toujours selon lui, qu'il se glisse en cachette avec des camarades pour jouer pendant la récréation ou pendant le patronage.

– Ainsi donc, l'estrade communiquerait avec une pièce ?

– C'est ce que prétend Yves Chartier. Mais je connais bien les lieux et cela m'a paru invraisemblable. Alors, j'ai interrogé successivement plusieurs enfants : le petit Rampioni m'a confirmé qu'on aboutit en effet au-dessous de l'estrade à ce qu'il appelle une « oubliette ». Selon lui, ce serait plutôt une sorte de puits assez large, dans lequel il a coutume de se rendre avec ses camarades chaque fois que la surveillance des instituteurs le lui permet.

– Alors, j'ai interrogé à son tour Charles Besançon, dix ans. Lui n'a que des souvenirs imprécis car ses camarades ne l'ont autorisé qu'une fois à visiter la « grande chambre ». C'est comme cela qu'il appelle ce mystérieux local : « la grande chambre ». Il en a gardé un souvenir émerveillé. Il paraît que les enfants y ont installé des meubles qu'ils auraient fabriqués eux-mêmes avec les matériaux trouvés sous l'estrade.

– Qu'est-ce qu'ils font là-dedans ?

– Ma foi monsieur le commissaire, je présume; ce que font les enfants libérés du regard des adultes.

– Vous en avez interrogé d'autres ?

– Oui, tous ont entendu parler de ce mystérieux local. Mais certains n'ont pas été autorisés à y pénétrer et n'ont pas réussi à trouver l'entrée ou n'ont pas osé s'y aventurer.

– Et aucun d'eux ne sait qui a placé le piège ?

– C'est ce qu'ils prétendent mais peut-être ne veulent-ils pas dénoncer un camarade...

– Il faut leur expliquer que c'est leur devoir.

– C'est ce que j'ai fait.

– Leur expliquer que le coupable ne sera peut-être pas puni si son intention n'était pas criminelle.

– Vous pensez bien que je le leur ai dit monsieur le commissaire. Mais, ils ne veulent dénoncer personne. D'ailleurs, il s'agit peut-être d'un acte collectif.

– C'est possible mais il doit bien y avoir un meneur.

L'abbé Besoin, un peu gêné, poursuit après un instant d'hésitation :

– « Meneur » n'est peut-être pas vraiment le mot, mais il y a parmi eux un garçon doué d'une très forte personnalité que vous pourriez interroger. Il n'est pas en colonie avec nous et je crois qu'il est encore à Paris chez ses parents, rue de la Roquette. Il s'appelle : Barrier. Ses parents sont fabricants de confitures.

Une petite fabrique où luisent des chaudrons de cuivre dans une odeur écœurante de confitures chaudes. Le commissaire Pasquali interroge M. Barrier. Celui-ci décrit son fils comme un enfant à l'intelligence au-dessus de la moyenne, très imaginatif, à la fois enthousiaste et autoritaire. Malheureusement, il est parti avec sa mère pour la journée et ne sera là que le soir.

Le commissaire Pasquali décide alors de retourner à l'école paroissiale.

– Saviez-vous que certains de vos élèves ont découvert sous l'estrade une trappe qui conduit à un local? dit-il au directeur.

Sous le crâne en forme de poire les yeux s'arrondissent.

– Un local? Mais c'est impossible. Il faudrait que le préau communique avec la cave... ou alors à travers le mur avec l'immeuble mitoyen. Mais on le saurait : c'est un atelier d'imprimerie.

Pour en avoir le cœur net, le commissaire se glisse sous l'estrade du préau, toujours suivi du concierge à l'œil glauque.

– Un local! grommelle le concierge en se traînant dans la poussière. Un palais! Un puits! Pourquoi pas la ligne Maginot?

Après avoir rampé pendant un quart d'heure, le commissaire et le concierge ne découvrent ni

trappe, ni porte dérobée, ni la moindre anfractuo-
sité dans le mur ou le sol.

Simplement, ils observent qu'au fond de l'estrade,
dans le coin droit, l'espace est resté relativement
libre. Il est évident que des enfants ont joué à cet
endroit. Ils ont disposé sur le sol des morceaux de
planches simulant des sièges, tandis qu'au milieu
une sorte de billot peut simuler une table. Des
photos de femmes en maillot de bain parfaitement
chastes, des photos de voitures de course, de loco-
motives à vapeur, d'avions sont punaisées au plafond. La torche électrique du commissaire suit sur
le sol des dessins à la craie dont seuls les auteurs
doivent connaître la signification. Au milieu de tout
cela, un cendrier avec des mégots et des papiers
ayant enveloppé des bonbons. Le tout sous une
estrade de soixante-dix centimètres de hauteur.

Est-ce cela que les enfants ont pu décrire à l'abbé
Besoin comme étant le « palais «, l' « oubliette » ou
la « grande chambre »? Est-ce vraiment pour protéger ce lieu mystérieux et apparemment sacré
qu'ils y auraient déposé un piège mortel?

Ce soir de juin mil neuf cent trente-huit, le
commissaire Pasquali est assis dans la petite fabrique de confitures de la rue de la Roquette en face
du jeune Barrier. Celui-ci, en culotte courte, chemi-
sette sans manches au col largement ouvert,
balance ses jambes nues sous son siège en regardant avec une certaine méfiance le policier paterne
qui essaie de plisser son front sévère, son gros nez
aquilin, dans un sourire que démentent malheureusement ses yeux noirs et sa grosse moustache
grise.

— Alors, comme cela, dit le commissaire, tu reconnais que c'est toi qui as placé ce piège?

— Oui m'sieur.

— Et où as-tu appris à faire des pièges?

– Oh! c'est vraiment pas difficile m'sieur : dans le dictionnaire il y a un dessin.

– Pourquoi as-tu fait cela?

– Pour que tout le monde ne vienne pas dans notre maison secrète.

– Quelle maison? Moi, je n'ai vu que trois bouts de planches dans la poussière et quelques photos sous l'estrade du préau.

L'enfant jette alors sur le commissaire un regard étrange :

– C'est que vous avez mal cherché, m'sieur. Si vraiment vous aviez voulu la trouver, vous l'auriez vue.

– Peut-être... Nous reparlerons de tout cela tout à l'heure. Est-ce que tu te rends compte que ce piège était dangereux?

– Oui m'sieur.

– Tu savais qu'un de tes petits camarades pouvait en mourir?

– Oui m'sieur. Mais justement, à cause de cela je pensais qu'ils n'essaieraient pas de passer par là. Avec les copains on avait prévenu tout le monde. On leur avait dit : « Attention, il y a un piège. » A la campagne j'ai vu des jardins où il y a marqué sur la porte « chien méchant » ou « attention piège à loup ». Quand les gens voient ça, ils n'y vont pas.

– C'est bon, revenons à ta maison secrète. Comme je te le disais, je ne l'ai pas vue. Tu peux me la décrire?

Pendant quelques secondes l'enfant fixe le commissaire droit dans les yeux; puis, son visage se détourne :

– Non m'sieur! Cela ne servirait à rien, vous ne me croiriez pas.

– Je ne te croirai pas parce qu'elle n'existe pas.

– Si elle existe! La preuve c'est qu'à l'école tout le

monde le sait, et puis il y en a des tas qui l'ont vue. Seulement, il faut la chercher.

Et c'est le plus étrange dans cette affaire. Le commissaire Pasquali va interroger ou faire interroger un peu partout en France où ils sont en vacances les élèves de l'école paroissiale. Tous ont entendu parler de ce local mystérieux. Une trentaine d'entre eux disent l'avoir fréquenté presque à chaque récréation ou à chaque patronage pendant l'année scolaire. Mais chacun y a situé ses propres fantasmes. Pour l'un, ce qui l'a frappé, c'est qu'il y avait un hamac. Un autre prétend que l'on voyait la rue par un hublot comme d'un navire. Pour les uns le local avait un caractère militaire évoquant la ligne Maginot; pour d'autres, le local évoquait plutôt un fortin du Far West de l'époque héroïque.

De toute façon, pour tous, ce local imaginaire et mystérieux avait un caractère sacré.

Dès le retour de vacances, lorsque devant toute l'école réunie le directeur fait procéder à la destruction de l'estrade et leur montre le sol de ciment nu et le mur sans faille, les enfants concluent :

– Vous l'avez bouché pendant qu'on était en vacances!

Et aucun ne voudra admettre que la « maison secrète » n'a jamais existé.

UN CHAT RAPACE
AUX YEUX JAUNES

Il est petit, maigre, bossu à force de courber le dos sur ses comptes. Ses petits yeux jaunes clignotent sans arrêt comme la flamme de la lampe à pétrole qui trône sur son bureau crasseux.

Mais ceux qui ont eu le malheur de pénétrer dans l'antre de Mathias Hazer ont surtout remarqué deux choses : son long nez crochu, tombant sur un menton en galoche, et hérissé de trois poils ridicules; ensuite, son coffre-fort imposant, formidable, orné de quatre serrures rondes, qui le font ressembler à une bête aux yeux monstrueux, fixant le client comme pour l'hypnotiser.

Car Mathias Hazer est usurier de son état, au trente-six Wal Street à Edimbourg, en Ecosse. Il habite une petite chambre au dernier étage d'un immeuble et l'a transformée en véritable forteresse. La porte est blindée et armée de verrous de sûreté. Les murs ont une double cloison et l'unique fenêtre, minuscule, est défendue par d'énormes barreaux d'acier, scellés à moins de dix centimètres les uns des autres.

Mathias Hazer n'est pas un fanatique du confort. Une table de bois, longue, flanquée de deux chaises et un lit de camp dans un coin. En somme il campe dans son coffre-fort. Il y fait lui-même le ménage, et se contente de pousser sur le palier les balayures que la concierge ramassera chaque matin moyennant deux shillings par mois. Pour le reste, il fait lui-même ses courses, après avoir barricadé sa porte et fait entendre une série impressionnante de cliquetis divers.

D'un petit bond rapide, il est chez l'épicier où il achète des œufs, des harengs fumés et des pommes de terre. Son menu depuis toujours. Pas de viande, le boucher ne l'a jamais vu, pas de pain, c'est un luxe inutile, pas de fruits, mais un peu de tabac à rouler, qu'il va chercher d'un autre petit bond rapide, de l'autre côté de la rue. Le tout lui prend dix minutes et il ne s'éloigne de son antre que d'un maximum de deux cents mètres. Vite rentré, les verrous vite refermés, Mathias Hazer attend le client. Mais il ne reçoit que sur rendez-vous et sur recommandation. S'il ne connaît pas le personnage, il l'identifie des pieds à la tête par un judas minuscule, et ne se décide à ouvrir que si l'inconnu a répondu à un certain nombre de questions.

C'est que Mathias Hazer pratique ce que l'on appelle l'usure illégale. Il prête à vingt ou cinquante pour cent. Et il ne prête qu'aux riches, c'est-à-dire aux fils de bonnes familles en mal provisoire de pension familiale. Ou bien aux cocottes, dont il estime les diamants d'un œil expert, derrière une énorme loupe noire.

Le père Mathias est connu d'un petit nombre d'initiés, et depuis bientôt vingt ans qu'il exerce son métier de banquier marginal, sa fortune doit être immense. A la date du vingt-sept novembre mil neuf cent trente huit, son coffre doit renfermer quelques millions, en billets, pièces d'or et bijoux divers.

Or, ce jour-là, la concierge qui balaie les escaliers ne trouve pas le petit tas de poussière habituel devant la porte du père Mathias.

Le lendemain et le surlendemain non plus. Comme il n'a pas acheté de harengs, ni de tabac durant ces trois jours et que, l'oreille collée à la porte blindée, la concierge n'entend pas le plus petit grattouillis, la brave dame fait venir la police.

– Comment savez-vous s'il n'est pas en voyage?

– Mais il ne voyage jamais! Il faudrait qu'il emporte son coffre...

– Y a-t-il une fenêtre?

– Oui, mais avec des barreaux.

– Alors il faut enfoncer la porte!

– Oui mais elle est blindée!

– Mais qu'est-ce que c'est que cette chambre? Fort Knox?

Le policier écossais, moustachu comme il se doit, et le teint rose comme il se doit, donne l'ordre de défoncer la porte.

Mais c'est le mur qui tombe autour de cette porte, révélant un mystère dont Agatha Christie ou Sherlock Holmes auraient sûrement fait leur bonheur. Un crime secret. Au mobile aussi impénétrable que le coffre-fort de Mathias Hazer.

La porte blindée ayant consenti à s'effondrer sur le plancher, dégagée à grand-peine du mur de brique, elle pèse lourdement sur le palier du dernier étage.

Première constatation, la serrure n'a pas été forcée, personne ne l'aurait pu d'ailleurs, et les verrous étaient fermés de l'intérieur.

Mathias Hazer est étendu sur le sol, de tout son long, raide, ses yeux jaunes regardent encore le plafond d'un air surpris. Pourtant le plafond n'a rien. La fenêtre aux barreaux est intacte, la vitre qui la protège à l'intérieur, est en place.

Deuxième constatation, personne n'a pu passer par cette fenêtre. Les barreaux sont solidement en place, et la vitre ne se lève verticalement que de l'intérieur. Un loquet la coince.

Et il n'y a pas d'autres ouvertures. Ni cheminée, ni trou dans les murs, ni placards. Rien.

Troisième constatation, Mathias Hazer a dans la tempe droite un petit poignard, extrêmement fin, dont la lame s'est fichée profondément dans la tempe, pénétrant la boîte crânienne de quatre centimètres.

Il n'est pas question de suicide, bien entendu. Personne ne pourrait s'enfoncer un poignard aussi petit, avec autant de force, jusqu'à le faire pénétrer si loin.

Sans compter que Mathias Hazer, usurier, radin et harpagon de son état, n'avait pas le profil suicidaire. A moins que : « Au secours, au voleur, à l'assassin... » on lui ait volé sa cassette!

Mais non. « Involable » cette cassette de deux tonnes. Et inviolable aussi, la preuve : sorti de prison pour cette mission exceptionnelle, un ancien casseur mettra la journée et une partie de la nuit à ouvrir ce maudit coffre. Si l'on en croit le livre de comptes soigneusement tenu et couvert d'une petite écriture en pattes de mouche, il n'y manque pas un shilling. Les chiffres alignés dans les colonnes ressemblent à de petits insectes noirs. Chaque débiteur est indiqué, non par son nom, ou même par des initiales, mais par un numéro de code. Et le code est introuvable. Il doit se trouver dans la tête du père Mathias, où se trouve également le petit poignard mystérieux. Il sera donc difficile d'identifier les clients de l'usurier, au cas où l'un d'eux aurait réussi ce crime impossible.

Résumons-nous : personne n'est entré et ressorti, puisque la porte était fermée de l'intérieur, et ne peut être fermée que de l'intérieur en ce qui concerne les verrous.

Un chat rapace aux yeux jaunes

Le coffre-fort est plein. Le mobile n'est pas le vol. Pourtant, la mort d'un usurier a toujours le vol pour mobile, ou la vengeance, en tout cas les deux à la fois.

Il est impossible de pénétrer par la fenêtre, même par les toits ou avec une échelle, un policier en fait l'expérience. D'ailleurs la fenêtre est intacte. Alors? Qui a tué Mathias Hazer sans lui voler sa fortune, évaluée à près de cinq cents millions d'anciens francs actuels?

Le mystère fait le tour d'Edimbourg, les journaux s'emparent du rébus, et l'officier de police O'Malley, le moustachu aux joues roses, ronge sa pipe avec acharnement, lorsqu'on lui amène une sorcière.

Frisée en auréole, les yeux passés au charbon, les oreilles étirées sous le poids d'innombrables anneaux d'or et enroulée dans un châle rouge et noir. Elvira Scale s'est présentée à la police criminelle d'Edimbourg, affirmant qu'elle savait tout sur le crime de l'usurier.

— Je l'ai vu...
— Qui ça?
— L'assassin...
— Ah? Décrivez-le!
— Impossible, c'est un fantôme!
— Vous vous fichez de moi?
— C'est un fantôme à plusieurs têtes, il est le fantôme de tous ceux que le vieil avare a ruinés, le fantôme de tous ceux qui ont perdu la vie et l'honneur à cause de lui.
— Sortez, je ne recherche pas les fantômes!
— Vous avez tort, policier, vous avez tort. Ce n'est pas un fantôme comme vous l'imaginez. Oh non! C'est le rassemblement de toutes les haines et de toutes les souffrances de ceux que l'usurier a acculés au désespoir. C'est une force magnétique qui a dirigé le poignard!

– Une force magnétique! Dehors!

– Elle est venue de l'extérieur, elle s'est glissée par la fenêtre, invisible, elle a frappé comme dix mains à la fois!

– Vous connaissiez la victime?

– Non monsieur, j'ai vu son portrait dans les journaux.

– Alors filez!... Je n'ai pas de temps à perdre.

On expédie la sorcière, qui continue de marmonner qu'une force invisible est venue de l'extérieur...

Et au bout d'un certain temps de réflexion O'Malley se dit : on a tué de l'extérieur, forcément! Et comme on ne peut pas approcher cette fenêtre, on a tué de loin!

Le voilà sur la place, examinant l'immeuble et les immeubles voisins. Le voilà dans la chambre de Mathias Hazer, examinant par la fenêtre l'horizon possible. L'immeuble le plus proche, atteignant le même niveau que cette fenêtre, est à soixante mètres, de l'autre côté de la rue. Sur un plan horizontal, la ligne invisible qui part de cette fenêtre aboutit à une autre fenêtre, au cinquième étage. Elle est dans l'axe, elle est même la seule à être dans l'axe.

Supposition : un lanceur de poignard se trouve là-bas, il vise, l'arme franchit les soixante mètres, et vient se ficher dans la tempe du père Mathias! Il faut pour cela que la fenêtre soit ouverte, et que le poignard passe exactement entre deux barreaux. C'est-à-dire dans un intervalle de huit centimètres!

Question aux spécialistes, et réponse : c'est de la folie! Personne n'est capable de viser aussi bien, d'aussi loin.

De plus, argument rédhibitoire : la fenêtre se lève verticalement en coulissant vers le haut, et se ferme automatiquement, en coulissant vers le bas, dès qu'on la lâche. Alors?

Têtu, l'officier de police O'Malley va sonner chez le locataire demeurant à soixante mètres, dans l'immeuble voisin, le seul individu dont la fenêtre se trouve exactement dans l'axe de celle de l'usurier.

Un vieillard lui ouvre la porte. Petit, recouvert de cheveux et de barbe blanche, l'œil bleu encore vif, mais solitaire, pauvre plus ou moins, entouré de cages à oiseaux, perruches, serins, perroquets, ménates. Il y a un bruit infernal dans cet appartement, et il y règne une odeur de plumes et de fientes insupportable.

En examinant le vieillard, et en se penchant à sa fenêtre, le policier abandonne son hypothèse à regret.

– Vous n'avez pas reçu de visite ces derniers temps?

Le vieillard a une voix douce et calme, qui contraste avec les piaillements de ses oiseaux.

– Personne ne vient me voir, monsieur...

– Vous êtes sûr? Quelqu'un qui aurait voulu un renseignement...

– La dernière fois que j'ai vu quelqu'un monsieur, c'était vous, et avant cela, c'était mon frère, il est mort il y a dix ans. Que cherchez-vous?

– Comment on a pu tuer un homme qui vivait en face. Mathias Hazer, l'usurier. Vous êtes bien au courant?

– Désolé, monsieur, je ne m'informe pas de la vie des autres, j'ai mes oiseaux voyez-vous...

– Pourtant vous l'avez sûrement rencontré dans le quartier, à l'épicerie par exemple. Un petit homme au nez crochu, on m'a dit qu'il achetait toujours des harengs?

– Ah! oui... En effet, un petit homme avec des yeux jaunes. Je ne lui ai jamais parlé. J'ai supposé qu'il achetait des harengs pour son chat, je n'aime pas les chats vous comprenez...

L'officier comprend, et découragé, s'en retourne à son dossier mystérieux. Aucun témoignage bien sûr. Les clients qui devaient de l'argent à l'usurier ne se sont pas présentés, et pour cause. Quant aux autres, les emprunteurs, les nouvelles vont vite... Ils ont dû s'adresser ailleurs.

Il y a vraiment de quoi « se taper la tête contre les murs ». D'où est venu ce petit poignard si bien effilé, si efficace, si bien ajusté. D'où ? De qui ? Pas d'empreintes, aucune trace. Rien qu'un cadavre bien droit et bien raide, les bras en croix, devant son coffre-fort bourré d'argent.

Pour faire autre chose, que se « taper la tête contre les murs », l'officier de police O'Malley a interrogé presque tout le quartier, tous les occupants des immeubles voisins. Il a mis sur le gril tous les usuriers connus et fichés de la ville. Mais aucun ne travaillait avec Mathias Hazer. Le vieil harpagon n'avait besoin de personne, il ne demandait d'argent à personne, il était capable de prêter plusieurs millions sur ses propres fonds, et pire, il n'était même pas fiché lui-même! Pour une bonne raison d'ailleurs, c'est qu'au contraire de la plupart de ses confrères usuriers, il ne pratiquait pas de recel. Il était donc inconnu des casseurs connus de la police.

Pas d'amis (qui en a dans ce métier?), pas de famille, né d'un père hongrois, immigré au début du siècle, et d'une mère morte en couches. Soixante et onze ans, naturalisé écossais, seul, mort seul, il est là sur un chariot de la morgue, plus jaune et plus crochu que jamais, tandis que le médecin légiste réexplique pour la énième fois à l'officier de police, pourquoi il ne peut pas être question d'un suicide.

Un chat rapace aux yeux jaunes

Ainsi Mathias Hazer, qui était riche à millions, disparaît dans la fosse commune. Le petit poignard étiqueté, dont l'origine n'a pu être déterminée, s'en va dormir sur une étagère. Et la fortune contenue dans le coffre-fort est confisquée par l'Etat. Point final. Non. Presque un an est passé, lorsqu'une personne demande à être reçue par l'officier de police O'Malley. Un petit vieillard tout blanc, à la voix douce et feutrée, dont le costume sent la volière à dix lieues...

— Vous me reconnaissez? Vous êtes venu me voir à propos de ma fenêtre qui se trouvait en face de celle de votre assassiné...

— Vous avez des renseignements?

— Une idée.

— Dites toujours.

— Voilà. Imaginez que tous les matins, vers sept heures par exemple, cet homme ouvre sa fenêtre pour regarder le temps qu'il fait dehors. Comme moi, comme les oiseaux en cage, il regarde, cela dure quelques secondes et hop! la fenêtre se referme. Vous comprenez elle est trop petite, il ne peut pas s'y accouder, sûrement, il peut juste l'ouvrir et y passer la tête pour voir s'il fait froid ou chaud. D'accord?

— D'accord, et après?

— Alors un autre le guette. Il remarque que l'homme fait toujours le même geste, en haussant le cou, la tête en biais à cause des barreaux...

— Et puis?

— Un matin il vise avec son poignard, et juste au moment où la tête apparaît, il le lance! L'autre là-bas, recule sous le choc, lâche la fenêtre qui se referme, et tombe par terre, mort.

— J'y ai déjà pensé figurez-vous, mais c'est impossible. Il faudrait un tireur extraordinaire, et personne ne peut faire ça à soixante mètres, entre deux barreaux.

– Sauf s'il a une arbalète...

Le petit vieillard aux oiseaux a dit cela d'un air tranquille, si tranquille, que l'officier de police O'Malley lui demande tout à trac :

– Vous avez une arbalète?

– Je l'ai fabriquée moi-même.

– Quand?

– Le jour où j'ai trouvé la solution.

– La solution? Quelle solution?

– Voyez-vous, ce vieil avare plumait les gens comme les oiseaux, après votre visite j'ai réfléchi au problème. Je me suis dit, comment faire? Comment faire pour le tuer dans son piège, comme un vieux chat rapace qu'il est? Alors j'ai fabriqué une arbalète et j'ai essayé. Ça n'a pas marché du premier coup, non, mais au bout d'un mois, « pan! ». Juste entre les deux barreaux, exactement comme vous l'avez dit. Avec de l'entraînement et du calme, on réussit parfaitement... parfaitement.

– C'est vous qui l'avez tué!

– Moi? Oh! non monsieur, certainement pas. Votre problème m'a intéressé, je vous en apporte la solution, c'est tout.

– Mais ça n'est possible que de chez vous! A l'étage en dessous c'est trop bas, et au-dessus il n'y a plus rien que le toit, et l'angle est mauvais!

– Effectivement, mais ce n'est pas moi...

– Si c'est vous!

– Non monsieur!

– Vous l'avez tué, je vous dis! C'est l'unique solution. Ce que je ne comprends pas c'est pourquoi vous venez me l'expliquer maintenant!

– Parce que je viens de la trouver après l'avoir expérimentée!

– Vous l'avez expérimentée avant!

– Ne soyez pas ridicule, il aurait fallu que je rate mon coup pendant un mois, et que je récupère mon poignard tous les matins en bas de l'immeuble, c'est ce que j'ai fait ces derniers jours.

– Vous l'avez fait! C'est cela que vous avez fait!

– Non monsieur! Avez-vous déjà vu un animal se faire prendre deux fois au même endroit? Moi jamais, et je connais la chasse et les animaux. Ce vieil usurier aurait rentré la tête à la première tentative manquée, et il n'aurait plus jamais ouvert sa fenêtre, il l'aurait fait boucher au contraire!

Argument valable Votre Honneur... Et le petit vieillard aux oiseaux fut acquitté. Pas de mobile; preuves insuffisantes, il avait voulu aider la justice sans plus, rien ne disait qu'il était le meurtrier...

Voyons, un homme doux comme lui, amoureux des oiseaux, pouvait-il tuer un usurier par sa fenêtre, sous le seul prétexte qu'il ressemble à un chat rapace aux yeux jaunes, qui plume ses clients sans jamais sortir de sa cage?

– Est-ce un mobile ça? On se le demande...

TABLE

Imprimé en France sur Presse Offset par

BRODARD & TAUPIN

GROUPE CPI

La Flèche (Sarthe).
N° d'imprimeur : 16219 – Dépôt légal Édit. 29794-02/2003
LIBRAIRIE GÉNÉRALE FRANÇAISE - 43, quai de Grenelle - 75015 Paris.

ISBN : 2 - 253 - 04141 - 6   30/6327/8